CSI:NY

Blutige Spur

Stuart M. Kaminsky

CSI:NY

Blutige Spur

Aus dem Amerikanischen
von Frauke Meier

vgs
EGMONT

Bibliografische Information Der Deutschen Bibliothek
Die Deutsche Bibliothek verzeichnet diese Publikation in der Deutschen Nationalbibliografie; detaillierte bibliografische Daten sind im Internet über http://dnb.ddb.de abrufbar.

Erstveröffentlichung bei Pocket Books, a division of Simon & Schuster, Inc., New York 2006.
Titel der amerikanischen Originalausgabe:
„CSI:NY – Blood on the Sun"

Das Buch „CSI:NY – Blutige Spur" entstand auf Basis der gleichnamigen Fernsehserie von Anthony E. Zuiker, ausgestrahlt bei VOX.

Based on the hit CBS series »CSI: NY«
Produced by CBS Productions, a Business Unit of CBS Broadcasting Inc. and Alliance Atlantis Productions, Inc.
Executive Producers: Jerry Bruckheimer, Anthony E. Zuiker, Ann Donahue, Carol Mendelsohn, Andrew Lipsitz, Danny Cannon, Pam Veasey, Jonathan Littman
Series created by: Anthony E. Zuiker, Ann Donahue, Carol Mendelsohn

1. Auflage 2006

Redaktion: Sabine Arenz
Lektorat: Ilke Vehling
Produktion: Susanne Beeh
Umschlaggestaltung: Danyel Grenzer, Köln
Senderlogo: © VOX 2006
Titelfoto: Simon & Schuster
Satz: Achim Münster, Köln
Printed in Germany

ISBN 3-8025-3534-0
Ab 01.01.2007:
ISBN 978-3-8025-3534-5

www.vgs.de

Für die Kretchmans – Sheldon, Carole
und meine liebenswerte Tante Goldie.

Die Toten reden mit feuriger Zunge
jenseits der lebendigen Sprache.

T.S. Eliot

Prolog

Der Stalker starrte aus dem Fenster von *Seth's Deli,* vor ihm auf dem Tisch lag eine Ausgabe der *Post,* und in der Hand hielt er einen Becher mit entkoffeiniertem Kaffee. Er hatte bereits bezahlt und zwanzig Prozent Trinkgeld draufgelegt. Vor langer Zeit hatte er selbst mal gekellnert. Die Umgebung war zwar vollkommen anders gewesen, aber die Teller und Tassen waren genauso verschmutzt gewesen wie hier, von Leuten, die ihre Servietten, nachdem sie sich mit ihnen die Nase geputzt hatten, auf dem Geschirr zurückließen oder in eine halb volle Tassen stopften.

Er hatte sich so hingesetzt, dass er die Glastüren des Gebäudes auf der anderen Straßenseite sehen konnte. Das war der perfekte Ort, um darauf zu warten, dass sie herauskäme. Das Problem war nur, dass er nicht allzu oft herkommen konnte. Denn er wollte nicht, dass jemand sich an ihn erinnerte. Doch angesichts des morgendlichen Durcheinanders aus Kellnerinnen und Gästen, des Stimmengewirrs und des Klirrens der Teller schien das eher unwahrscheinlich. Die New Yorker standen in dem Ruf, viel zu sehr mit sich selbst beschäftigt zu sein, um anderen Leuten besondere Aufmerksamkeit zu widmen – wenn sie es überhaupt taten.

Aber die meisten Leute um ihn herum waren bloß New Yorker auf Zeit, die nur für ein paar Wochen, Monate oder Jahre hier lebten. Sie waren weiß, braun, schwarz oder gelb und fielen durch ihren Akzent auf, der ihre Herkunft aus einem anderen Land verriet.

Auch er war nicht in dieser Stadt geboren worden und hatte den größten Teil seines Lebens an einem anderen Ort verbracht. Seine Familie war vor dem Bürgerkrieg aus County Cork in Irland in dieses Land gekommen. Menschen aus seiner Verwandtschaft waren in jenem Krieg gestorben, auch in den vielen, die danach folgten. Sein Vater gehörte zu ihnen.

Dennoch war er jetzt in dieser Stadt zu Hause. Zumindest war er es, seit die Person, die er beobachtete, das Leben des letzten Menschen ausgelöscht hatte, den er geliebt hatte.

Die gläserne Doppeltür des Gebäudes auf der anderen Straßenseite öffnete sich, und sie trat heraus. Eine andere Frau, die er schon früher in ihrer Begleitung gesehen hatte, war bei ihr, außerdem ein Mann in Hemd und Krawatte. Die Frauen trugen Kunststoffkoffer, in denen ihre Ausrüstung war. Der Mann hielt nichts in seinen Händen, aber der Stalker wusste, dass in einem Halfter hinten an seinem Gürtel eine Pistole steckte.

Er stand vom Tisch auf, faltete die Zeitung zusammen, steckte sie unter seinen rechten Arm und ging zur Tür. Sobald er Zeit hätte, würde er sich Notizen in sein Büchlein schreiben. Er hatte bereits acht identische Bücher mit Notizen voll geschrieben. All diese Bücher lagen in chronologischer Reihenfolge ordentlich aufgestapelt auf seiner Schubladenkommode. Mit dem ersten hatte er vor drei Monaten begonnen.

Als er in die Morgenhitze trat und zur Sonne hinaufblickte, fühlte er einen Hauch innerer Befriedigung. Der Tag würde heiß werden. Und hart. Er würde lange duschen und eine Menge Shampoo verbrauchen, aber das war erst später dran, viel später.

Hitzewellen wie die, die gerade die Stadt beherrschte, forderten vermutlich Jahr für Jahr mehr Menschenleben als sämtliche Überschwemmungen, Tornados und Wirbelstürme zusammen. Und die meisten davon waren Menschen aus der Stadt, dort, wo dunkle Dachflächen und gepflasterte Straßen mehr Raum einnahmen als kühlende Vegetation. Ländliche Gebiete konnten sich nachts, wenn die Temperaturen sanken, wieder erholen. Die Leute, die in Städten wie New York lebten, waren immer dem Risiko ausgesetzt, ihre Gesundheit zu ruinieren, was zumindest teilweise auch auf die Luftverschmutzung zurückzuführen war.

Die Leute waren gereizt, genau wie sie es 1972 gewesen waren, als New York zwei Wochen lang unter einer Hitzewelle gelitten hatte, die damals 891 Menschen das Leben gekostet hatte. Auch der Stalker war 1972 hier gewesen, aber er erinnerte sich nicht daran, gelitten zu haben. Gelitten hatte er zwanzig Jahre früher in einem weit entfernten Land, einem Land, das ihm wenig bedeutet hatte. Die Hitze von 1972 war für ihn nicht mehr als ein unbedeutendes Ärgernis gewesen. Er erinnerte sich, dass die Menschen wegen der brennenden Hitze zu Hause geblieben waren. Heute blieben die Leute auch zu Hause. Die Temperatur lag derzeit bei neununddreißig Grad, und es gab Stromausfälle, weil alle ihre Klimaanlagen auf volle Stärke aufdrehten. Die Folge waren Notfallabschaltungen.

Er wusste, wohin die drei Personen auf der anderen Straßenseite gingen: Sie waren unterwegs zu der Garage, in der die Fahrzeuge des kriminaltechnischen Labors geparkt waren. Sein Mietwagen, ein dunkelblauer Honda Civic, stand direkt vor einem Feuerhydranten. Er hatte die Sonnenblende heruntergeklappt, damit die Karte, die er dort platziert hatte, zu sehen war. Auf der Karte stand: ›Notarzt im Einsatz, Stadtverwaltung, New York City‹.

Er benutzte die Fernbedienung, um die Wagentüren zu öffnen, und kletterte hinein. Er zog die Karte hinter der Sonnenblende hervor, legte sie neben sich auf den Sitz und ließ die Blende heruntergeklappt.

Schweigend blieb er sitzen und genoss einen Moment lang die intensive Hitze, ehe er den Wagen startete und die Klimaanlage einschaltete. Für ein paar Sekunden blies sie ihm heiße Luft ins Gesicht, dann fing es an, kühler zu werden.

Er gab sich keinen Illusionen hin, als er sich langsam in den Verkehr einfädelte. Er wusste, was er war. Ein Stalker. Und im Grunde war er stolz darauf. Er war gut darin. Aber schon bald würde er kein Stalker mehr sein. Dann würde er ein Henker werden, und die Person, deren Fotografie er nun aus seiner Tasche zog und auf den Beifahrersitz legte, würde er hinrichten.

Auf dem Foto – wie im Leben – sah sie ernst aus, hübsch, selbstsicher; eine Frau, kein Mädchen. Stella Bonasera lautete ihr Name, und sie hatte einen Fehler begangen, einen furchtbaren, nicht wieder gutzumachenden Fehler, für den sie bezahlen musste. Bald.

1

Maybelle Rose schrie.

Es war kurz nach acht an einem Dienstagmorgen in einer normalerweise recht stillen Straße in Forest Hills, wenige Kilometer vom Flushing Meadows Park und dem Shea Stadium entfernt. Maybelle, schwarz, stämmig, um die Fünfzig, stand vor einem weißen zweistöckigen Haus.

In dem Haus gleich nebenan rasierte sich Aaron Gohegan mit einem beinahe geräuschlosen elektrischen Rasierer das Kinn. Er hörte die Schreie und ging, den Rasierer in der Hand, zum Schlafzimmerfenster, vorbei an seiner Frau Jean, die mit einer Schlafmaske auf dem Gesicht und purpurfarbenen Stöpseln in den Ohren auf dem Bett lag und leise schnarchte.

Maybelle Rose blickte hektisch um sich, ihre Schreie gingen in ein Schluchzen über.

Gohegan, derzeit in Unterhemd, Hose und barfuß, verließ das Haus morgens stets um 8:15 Uhr, um zur Arbeit zu fahren. Das machte er nun schon seit zwölf Jahren. Er hatte sich den Ruf erworben, pünktlich und zuverlässig zu sein. Mit seinen zweiundfünfzig Jahren war er der jüngste Vizepräsident von *Ravenson Investments.*

Als er Maybelle sah, wusste er, dass er heute seinem Ruf nicht gerecht werden würde.

Aaron zog das ordentlich gebügelte Hemd an, das an der Schranktür gehangen hatte, schlüpfte in die Schuhe, ging aus dem Schlafzimmer und lief die Treppe hinunter.

Seine Frau murmelte hinter ihm etwas im Schlaf, das er nicht verstand.

Maybelle hatte wieder angefangen zu schreien, lauter und kreischender. Hilfe suchend blickte sie sich um, als Aaron auf die Straße trat.

Er eilte über den Rasen zu ihr, und auch Maya Anderson, eine einundsiebzigjährige Witwe, die auf der anderen Straßenseite wohnte, hastete zu der schreienden Frau.

Als die beiden Nachbarn näher kamen, konnten sie dicke Schweißperlen auf Maybelles Gesicht erkennen.

Maybelle, die gute hundertzehn Kilo auf die Waage brachte, fiel Maya Anderson in die Arme, die selbst keine siebzig Kilo wog. Erstaunlicherweise gelang es der älteren Frau, die schluchzende Maybelle auf den Beinen zu halten, bis Aaron ihr zu Hilfe kam.

Schwankend drehte sich Maybelle zu ihm um und blickte ihm flehentlich in die Augen.

»Was ist passiert?«, fragte Maya sanft.

Maybelle drehte sich zu der älteren Frau um und versuchte zu sprechen, doch außer einem heiseren Krächzen und etwas, das nur entfernt an ein Wort erinnerte, kam nichts über ihre Lippen.

Aaron und Maya setzten Maybelle vorsichtig auf dem Rasen ab. Sie keuchte nach Atem ringend. Dann sagte sie: »Tot.«

»Tot?«, wiederholte Aaron. »Wer?«

»Alle«, antwortete Maybelle und blickte sich über die Schulter zu dem Haus hinter sich um.

Die Tür zum Haus stand offen. Aaron, der im ersten Golfkrieg als Sanitäter im Einsatz gewesen war, erhob sich und ging auf das Haus zu. Maybelles Atem klang gepresst. Sie packte sich an die Brust und murmelte: »Oh lieber Jesus.«

»Ich fürchte, sie bekommt einen Herzanfall«, sagte Aaron und griff in seine Tasche, um sein Mobiltelefon herauszuziehen.

»Der Teufel ist in dieses Haus gekommen«, flüsterte Maybelle.

»Nicht sprechen«, beruhigte Maya, während Aaron die 911 wählte.

Aber Maybelle hörte sie nicht.

»Das Blut, lieber Jesus. Sie sind gebadet im Blut des Lamms. Sie versinken im Blut des Lamms. Der Teufel ...«

Aaron beschloss, das Haus nicht zu betreten, bevor nicht die Polizei eingetroffen war.

Sechs Stunden früher an diesem Morgen war Danny Messer in den Zug gestiegen. Niemand außer ihm war in dem Waggon. Danny legte seinen Rucksack ab, fläzte sich breitbeinig auf einem Sitz und nahm die Brille herunter, um sich den Nasenrücken zu reiben.

Abgesehen von zwei kurzen Pausen hatte er die letzten sechzehn Stunden damit zugebracht, sich Maden anzusehen. Die meisten fand er in der aufgerissenen Bauchhöhle der zehnjährigen Teresa Backles. Teresas Leiche war in einem Container hinter einem subventionierten Appartementkomplex in Harlem unter einem Haufen Müll begraben worden. Manchmal wurde der Müll eine Woche oder länger nicht abgeholt, wie diesmal auch. Durch die Hitze hatten sich die Maden schnell vermehrt und sich überall in der verwesten Mädchenleiche eingenistet.

Danny setzte die Brille wieder auf, und als er die Augen schloss, konnte er die weißen Maden vor sich sehen. Sie waren die Freunde jedes Tatortermittlers, denn sie erzählten viel über die Toten. Trotzdem konnte Danny nicht aufhören, daran zu denken, dass auch er irgendwann …

Nach seiner Einschätzung war das Mädchen fünf Tage zuvor gestorben. Fast hätte er sogar die Stunde nennen können. Die Maden konnten bisweilen eine bessere Auskunft über den Todeszeitpunkt geben als ein Gerichtsmediziner, vor allem, wenn man wusste, worauf man zu achten hatte. Und das wusste Danny.

Danny hatte eine Atemmaske angelegt und war in den Müllcontainer geklettert, hatte jeden einzelnen Gegenstand untersucht, einschließlich der mit Ameisen bedeckten Speisereste und einer dürren toten Ratte, die mit offenem Maul dalag.

Der Freund von Teresas Mutter hatte gelogen, als er den Zeitpunkt genannt hatte, an dem er Teresa angeblich zum letzten Mal begegnet war. Die Maden hatten Danny das verraten. Irrtum unmöglich. Der Freund, der zweiundzwanzigjährige Cole Thane, fing schließlich an zu reden, als er mit den Beweisen unter Druck gesetzt wurde. Immerhin befand sich darunter auch ein einzelner Fingerabdruck auf der Außenseite des Müllcontainers. Cole Thane hatte vorgehabt, das Mädchen zu vergewaltigen und danach umzubringen, aber dann konnte er es doch nicht tun – ein Kinderschänder mit einem Gewissen. Deshalb hatte er das Mädchen *nur* umgebracht und verstümmelt.

Cole Thane hatte in den Augen des Ermittlers nach Verständnis gesucht.

Danny hatte für heute genug. Eine Tablette und ein paar Stunden Schlaf, und er würde wieder bereit sein, sich an die Arbeit zu machen. Die Verbrechen warteten nicht. Im Gegenteil, es wurden ständig mehr. Überall Leichen, frisch oder verwest, entstellt oder unberührt. Jeden Tag.

Was war das Motiv für die Suche nach dem Mörder? Gerechtigkeit, Vergeltung, Neugierde oder Berufsehre?

Danny sah wieder die Maden vor sich und Cole Thanes Flehen um Verständnis. Der Arm, den sich Danny damals beim Probetraining für die Major League verletzt hatte, fing wieder an zu schmerzen. Nichts Neues.

Die Klimaanlage in dem U-Bahn-Waggon lief etwa mit halber Kraft, und Dannys zerknitterter weißer Anzug klebte an seinem Körper. Er konnte die Schweißtropfen spüren, die über seine Brust und seinen Bauch liefen.

Dusche. Tablette. Ein bisschen Schlaf.

Rechts von ihm wurde die Tür zum Abteil geöffnet. Er setzte sich langsam auf und legte matt eine Hand auf seinen Rucksack. Die beiden Männer, die den Waggon betreten hatten, waren hispanischer Herkunft, nicht älter als zwanzig, einer schlank, der andere muskulös. Beide trugen identische schwarze T-Shirts, auf denen in Herzhöhe ein weißes ›T‹ zu sehen war. Vielleicht wollten sie einfach nur vorbeigehen, aber Danny wusste es besser. Er kannte die Straßen in diesem Viertel, und er kannte die U-Bahn. Die Männer waren nur noch ein paar Schritte von ihm entfernt.

Danny fühlte etwas – keine Furcht, aber etwas, das er seit Jahren nicht mehr empfunden hatte. Das Gefühl vermischte sich mit den immer wieder aufflackernden Bildern herumkriechender Maden, kleinen schwarzen Mädchen, die mit verkrustetem Blut bedeckt im Müllcontainer lagen, und einem Mörder namens Cole Thane, der sich selbst einredete, er hätte Gnade verdient.

Die beiden jungen Männer bauten sich vor Danny auf. Der Schlanke zog ein Messer aus seiner Tasche, der andere hielt ein kurzes Bleirohr in der Hand.

Dannys Rucksack war voll gestopft mit schweren Büchern. Als er aufsprang, schlug er mit dem Rucksack nach dem muskulösen Mann. Er schlug hart zu, und aus seiner Kehle drangen animalische Laute.

Wenige Minuten nach acht Uhr morgens saß Mac Taylor allein an einem Tisch in *Stephan's Deli* an der Columbus Avenue, vor ihm auf dem Tisch lag eine Ausgabe der *New York Times*. Er hatte seinen üblichen Fünf-Kilometer-Morgenlauf im Central Park bereits hinter sich gebracht, noch bevor die Sonne ihre ganze Kraft entfalten konnte.

Für die Mittagszeit wurden achtunddreißig Grad bei hoher Luftfeuchtigkeit vorausgesagt. Mac hatte seine Eier mit weißem Toast gegessen, ein kleines Glas Orangensaft getrunken und las nun bei seinem zweiten Kaffee die Zeitung.

Es war nicht voll im *Stephan's*; nur etwa ein Dutzend Leute verteilten sich auf den Plätzen am Tresen und an den sechs Tischen im Raum. Im *Stephan's* wurde er nie belästigt. Die Kellnerinnen respektierten seinen Wunsch nach Ruhe. Sie wussten, dass er ein Cop war, der Dinge zu sehen bekam, die sie niemals sehen wollten.

Connie, beinahe sechzig und stets mit einem abgekämpften Lächeln im Gesicht, trat an seinen Tisch, um seine Tasse nachzufüllen. Er lächelte dankbar.

»Wird heiß werden«, sagte sie.

Mac nickte, als er die Tasse an seine Lippen führte.

»Viel zu tun heute?«

Mac sah in ihre einsamen Augen und lächelte.

»Noch nicht.«

Sein Mobiltelefon klingelte. Er zog es aus der Tasche und meldete sich. »Taylor.«

Er lauschte, und Connie wartete in der Hoffnung, noch länger mit dem Ermittler reden zu können, doch der sagte: »Bin unterwegs.«

Er klappte das Telefon zusammen, nahm einen Zehn-Dollarschein und zwei einzelne Dollarnoten aus seiner Brieftasche und legte sie neben die Rechnung, ehe er sich von seinem Sitzplatz erhob.

»Schlimm?«, fragte Connie.

»Schlimm«, bestätigte Mac.

Danny Messer schob seine Brille die Nase hinauf und hörte *NPR*, während er den Wagen durch den starken Verkehr steuerte. In Manhattan herrschte stets viel Verkehr, aber Danny kannte Wege, ihn zu umgehen. Dies war seine Stadt.

Mit Mühe hatte er es geschafft, wenigstens vier Stunden zu schlafen, wenn auch unruhig. Er hatte nicht von dem toten kleinen Mädchen geträumt oder davon, was ihm mit den beiden Männern in der U-Bahn passiert war.

Stattdessen hatte er von einem Vorfall geträumt, der sich vor mehr als einem Monat ereignet hatte, als er einen Mord- und Vergewaltigungsfall bearbeiten musste. Das Opfer, fünfzehn, war während der Vergewaltigung schlimm misshandelt worden. Man hatte dem Mädchen die Augen ausgestochen und danach die Leiche in einer Gasse zurückgelassen, in der sich die Ratten auf sie gestürzt hatten.

Das Sperma des Mörders hatte es leicht gemacht, ihn zu überführen. Reine Routine. Der Name des Mannes war Lenny Zooker, und er hatte bereits fünf Jahre wegen Vergewaltigung gesessen. Als Danny und Don Flack an seine Tür geklopft hatten, um ihn festzunehmen, sah er gerade in seiner heruntergekommenen Wohnung in der 98. Straße eine Wiederholung der *Andy Griffith Show*. Er war hager, bleich, hatte unregelmäßige Zähne, dünnes zurückgekämmtes Haar und dunkle Augen.

Zooker hatte gelächelt, als er sie hineinließ. Mitten im Raum sahen sie die Leiche einer Zehnjährigen und eine dicke Pfütze Blut, die fast vollständig mit Fliegen bedeckt war.

Zooker hatte auf das Blut gezeigt. Es war überall, sogar an den schäbigen Möbeln.

»Hatte keine Zeit, sauber zu machen«, sagte er beinahe entschuldigend. »Hätte ich vielleicht tun sollen. Hab ja schließlich mit Ihnen gerechnet.«

Danny hatte ein Ächzen ausgestoßen und dem grinsenden Mörder mitten ins Gesicht geschlagen. Zooker war zurückgestolpert und im Blut des toten Mädchens ausgerutscht.

Jetzt, da er im Wagen unterwegs nach Queens war, betrachtete Danny seine rechte Hand. Da war es wieder, das Zittern. Es hatte angefangen, als er an diesem Morgen erwacht war. Es hatte angefangen, nachdem er von Lenny Zooker und den beiden toten Mädchen geträumt hatte.

In seinem Traum wollte Danny sie ins Leben zurückholen. Sie sollten sich aus ihrem Blut, das um sie herumschwamm, erheben: Debbie, fünfzehn; Alice, zehn. Danny flehte sie an zu leben, und gerade als er überzeugt war, dass Debbies rechte Hand gezuckt hatte, war er schweißgebadet mit schmerzenden Kiefern und einer zitternden Hand aufgewacht. Es war 6:40 Uhr morgens, und Danny war aufgestanden. Er wollte nicht länger schlafen, und er wollte nicht länger träumen.

Vierzig Minuten später fuhr er direkt hinter Macs Wagen in eine Parklücke. Er war in einem Wohngebiet in Forest Hills, in dem sich gut gepflegte, große alte Häuser mit makellosen Rasenflächen aneinander reihten. Gegenden wie diese waren weit entfernt von dem, was Danny aus seiner Jugendzeit kannte. Und damit war nicht die räumliche Distanz gemeint. Er stieg aus dem Wagen und griff nach seinem Koffer mit der Arbeitsausrüstung. Dann bahnte er sich einen Weg durch die Menge der Neugierigen. An der Eingangstür stand Mac, ebenfalls einen Tatortkoffer in der Hand.

»Was ist passiert?«, fragte eine Frau mit rot gefärbtem Haar, die nur einen Bademantel trug, den sie mit beiden Händen fest geschlossen hielt.

Danny antwortete nicht.

Er und Mac hatten ihre C.S.I.-Ausweise hervorgeholt und um den Hals gehängt. Danny hatte eine Hand zur Faust geballt, um das Zittern zu verbergen, das anscheinend immer schlimmer wurde. Neben dem Hauseingang stand ein uniformierter Officer.

»Was haben wir hier?«, fragte Mac den Officer, der seiner Marke zufolge auf den Namen Wychecka hörte.

Wychecka konnte nicht älter als fünfundzwanzig sein.

»Mehrere Leichen«, antwortete Wychecka. »Oben. Zwei Detectives sind schon da. Defenzo und Sylvester.«

»Niemand geht da rein«, befahl Mac. »Niemand. Nicht einmal Sie.«

Wychecka nickte.

Mac erwiderte das Nicken und ging mit Danny im Schlepptau an dem Officer vorbei. Beide Männer griffen in ihre Taschen und zogen Latexhandschuhe heraus. Mac sah, dass Danny Mühe hatte, seine Handschuhe anzuziehen.

»Alles in Ordnung?«, fragte er seinen Kollegen.

»Bestens. Machen wir uns an die Arbeit.«

Mac musterte Danny, der bereits die Kamera in der Hand hielt und, während er die Treppe hinaufstieg, die ersten Fotos schoss.

Sie konnten den Tod riechen und das Blut, dem sie sich näherten.

Es war hell in dem Haus, das mit kostspieligen, massiven, aber behaglich aussehenden Antiquitäten möbliert war. Die Klimaanlage surrte. Sie lief auf höchster Stufe.

Mac und Danny hörten Stimmen und gingen über den gebohnerten Holzboden auf das Schlafzimmer zu. Die Tür stand offen. Auf dem Bett lagen zwei weibliche Leichen, blutige Leichen, die Hände über der Brust gefaltet, die Köpfe auf den Kissen, die Augen fest geschlossen. Die ältere der beiden trug einen farbenfrohen chinesischen Pyjama, das jüngere Opfer nur ein schlichtes XXL-T-Shirt mit dem Aufdruck ›USHER‹ und dem Bild eines jungen Schwarzen, dessen Mund geöffnet war, als würde er der Toten ein Lied singen. Auf dem Boden, auf der rechten Körperseite ruhend, die Beine in sonderbarem Winkel abgespreizt, lag mit offenen Augen ein Mann in einem blutverschmierten weißen Frotteebademantel.

Die beiden Detectives am Tatort begrüßten die Ermittler mit einem Handschlag.

»Defenzo«, sagte der ältere Detective, ein kleiner stämmiger Mann mit zurückgekämmtem dunklem Haar.

Der andere Polizist war jünger, schwarz, keine dreißig und besaß das gute Aussehen eines Fernsehstars. Sein Kollege stellte ihn als Trent Sylvester vor.

Mac reichte jedem der beiden Detectives ein Paar Latexhandschuhe. Sie hätten sie eigentlich schon anziehen müssen, bevor sie in das Haus gegangen waren.

Danny machte Fotos von den Leichen und dem Zimmer. Als er den Koffer mit seiner Ausrüstung auf dem Boden abstellte, sagte Defenzo: »Die beiden auf dem Bett sind Eve Vorhees, die Mutter von Opfer Nummer zwei, Becky Vorhees, siebzehn. Der Mann auf dem Boden ist der Ehemann und Vater, Howard Vorhees.«

Mac sammelte Blutproben, die er gewissenhaft und vorsichtig in verschließbare Plastikbeutel gleiten ließ. Er verstaute sie in seinem Koffer, während Danny weiter fotografierte.

Dann sah Mac sich im Zimmer um. Das war das Zimmer eines jungen Mädchens, voll gestopft mit Kosmetika und kleinen gerahmten Fotografien von Jungs und Mädchen, die für die Kamera posierten. Becky Vorhees, blond und hübsch, war auf allen Fotos zu sehen, oft mit herausgestreckter Zunge. Mac beugte sich über das tote Mädchen und berührte ihren Arm mit seinem Handgelenk.

Der Körper fühlte sich warm und steif an, was darauf hindeutete, dass sie erst zwischen drei und acht Stunden tot war. Wäre die Leiche warm, aber nicht steif gewesen, hätte Mac angenommen, dass sie noch keine drei Stunden tot war. Kalt und steif hieß *zwischen* acht und sechsunddreißig Stunden, kalt und nicht steif *über* sechsunddreißig Stunden. Das war eine forensische Faustregel; nicht präzise, aber hilfreich.

Sie würden mehr über den Zeitpunkt ihres Todes erfahren, wenn der Gerichtsmediziner Sheldon Hawkes die Leichen untersucht hätte. Die winzigen Organismen, die, sobald ein Mensch starb, im Innern einer Leiche in Aktion traten, befielen die Gedärme und das Blut. Durch Darmwandrisse, die in der Regel durch Gasansammlungen hervorgerufen wurden, breiteten sich die Organismen immer weiter aus. Die Muskelzellen, denen es an Sauerstoff mangelte, produzierten in der Zwischenzeit große Mengen an Milchsäure.

Das Ergebnis war eine komplizierte chemische Reaktion, in deren Verlauf die Proteine Aktin und Myosin eine feste Bindung eingingen und den Körper versteiften, bis die Verwesung einsetzte. *Rigor mortis* war der Fachausdruck für diesen Vorgang.

Anhand des Verwesungsprozesses würde Hawkes den Todeszeitpunkt genau ermitteln können.

Aber es gab noch viele andere Dinge, die eine Autopsie ihnen verraten würde, und deshalb mussten Mac und Danny jetzt schnell und gründlich arbeiten, um die drei Leichen so rasch wie möglich ins Labor bringen zu können.

Mac blickte auf die Leiche von Howard Vorhees. Der Mann hatte die Arme um den Leib geschlungen, entweder in der Hoffnung, den Blutfluss aufhalten zu können, oder um einen weiteren Angriff abzuwehren.

»Die Putzfrau, Maybelle Rose, die vor ein paar Stunden gekommen ist, hat sie gefunden«, sagte Sylvester. »Sie ist nebenan bei einem Nachbarn. Wir haben versucht, mit ihr zu sprechen, aber sie weint nur.«

»Wir werden mit ihr reden«, sagte Mac.

»Waffe?«, fragte Danny.

»Wir suchen danach«, antwortete Defenzo. »Aber das ist nicht das Einzige, wonach wir suchen müssen. Es gibt noch ein Familienmitglied, einen zwölfjährigen Sohn namens Jacob. Wir können ihn nicht finden.«

Stella Bonasera und Aiden Burn standen in der kleinen Bibliothek einer Synagoge an der Flatbush Avenue in Crown Heights, Brooklyn, und blickten hinab auf den Leichnam eines Mannes, der im hellen Licht der Morgensonne auf dem Boden lag.

Der Mann mit dem schwarzen Bart trug einen dunklen Anzug und eine blaue Krawatte. Er lag mit geschlossenen Augen auf dem Rücken und hatte den Kopf nach rechts gedreht. Unter ihm war der Umriss eines Kreuzes zu erkennen, das mit Kreide gemalt worden war. Durch seine Hände – die Handflächen nach oben gewandt – und die nackten Füße waren dicke Nägel in den Holzfußboden getrieben worden. Gekreuzigt. Ebenfalls mit Kreide waren die hebräischen Worte ›Ein tov sche-ein bo ra‹ auf den Boden geschrieben worden.

An einer der Wände lag ein Haufen langer, dicker, fast schwarzer Nägel und daneben ein Hammer.

In einer Handschrift, die nach Stellas Eindruck aussah, als stamme sie von einer anderen Person, waren ebenfalls in weißer Farbe die Worte »Jesus ist der König der Juden« zu lesen. Waren es also zwei gewesen? Zwei Mörder?

In dem makellos sauberen Raum gleich vor der Tür zur Bibliothek sprach Detective Don Flack mit einem bärtigen Mann in Schwarz. Flack hatte den Namen des Mannes in sein Notizbuch geschrieben, Rabbi Benzion Mesmur. Rabbi Mesmur trug einen Hut mit breiter Krempe. Seine faltigen, arthritischen Hände hielt er vor dem Körper.

»Wer ist er?«, fragte Flack, der sich nach einer Tasse Kaffee sehnte.

Er hatte länger als üblich geschlafen und keine Zeit mehr gefunden, sich eine Tasse von dem Kaffee des Vortags aufzuwärmen; er hatte nicht einmal genug Zeit gehabt, sich einen Kaffee zum Mitnehmen aus dem koreanischen Restaurant in der Nähe seiner Wohnung zu holen. Flack war nicht glücklich über den Beginn dieses Tages.

»Asher Glick«, sagte der Rabbi und sah sich zu der geschlossenen Tür um, hinter der Stella und Aiden den Tatort untersuchten.

Flack schrieb auch diesen Namen auf. »Haben Sie seine Adresse?«

Der Rabbi nickte und sagte: »Die kann ich Ihnen holen, aber das ist nicht notwendig. Seine Frau ist mit einigen anderen draußen. Ihr Name ist Yosele. Seine Kinder heißen Zachary und Menachem.«

Der Rabbi schloss die Augen.

»Was hat er hier gemacht?«, erkundigte sich Flack.

Der Rabbi zuckte mit den Schultern.

»Ich weiß es nicht. Der morgendliche Minjan war vorbei. Die Männer sind alle schon gegangen, zur Arbeit oder nach Hause.«

Flack notierte.

»Wissen Sie, was ein Minjan ist?«, fragte der Rabbi.

»Wenigstens zehn Männer, die ihre Bar Mizwa schon hinter sich haben, versammeln sich jeden Morgen zum Gebet.«

»Sie sind kein Jude«, bemerkte der Rabbi.

»Nein, aber mein bester Freund, Noland Weiss, war einer.«

»Wir hatten vor einigen Jahren einen Noland Weiss in unserer Gemeinde«, sagte der Rabbi. »Er hat uns verlassen, um sich den Konservativen anzuschließen.«

»Und der Polizei. Wir waren Partner.«

Der Rabbi wartete auf weitere Worte.

»Er ist tot«, sagte Flack. »Er wurde erschossen bei einer Verhaftung während einer routinemäßigen Drogenkontrolle. Er hat mir damals bei dieser Aktion das Leben gerettet.«

Der Rabbi schloss erneut die Augen, beugte sich vor und murmelte etwas auf Hebräisch.

»Fällt Ihnen jemand ein, der so etwas tun könnte?«, wollte Flack wissen.

»Vielleicht.«

»Wer?«

»›Du sollst nicht falsch Zeugnis reden wider deinen Nächsten‹«, entgegnete der Rabbi. »Falls er unschuldig ist, was er wohl sein kann, hätte ich falsch Zeugnis geredet.«

»Rabbi …«

»Fragen Sie Yosele, seine Witwe«, sagte der Rabbi. »Sie ist draußen bei den anderen. Sie ist die schwangere Frau mit den zwei kleinen Kindern. Es wäre besser, ich würde sie hereinlassen.«

»Das ist ein Tatort. Wissen Sie, warum an der Wand neben dem Verstorbenen Nägel und Hammer liegen?«

»Reparaturen«, entgegnete der Rabbi.

»Asher Glick?«

Der Rabbi nickte.

»Asher Glick war ein wohlgelittenes Mitglied unserer Gemeinde«, sagte er. »Streng gläubig, aber nicht pedantisch.«

»Womit hat er seinen Lebensunterhalt verdient?«, fragte Flack, während er die Bimah betrachtete, eine kleine Erhebung, auf der eine schlichte Kanzel stand. In der Wand hinter der Bimah befand sich eine Nische mit einer hölzernen Schiebetür.

»Die Thora«, erklärte der Rabbi, der Flacks Blick gefolgt war.

»Die ersten fünf Bücher der Heiligen Schrift. Abgeschrieben von einem Sofer, handschriftlich mit einer Schreibfeder auf einer einzigen Rolle Pergament. Der Sofer widmet sein Leben der langwierigen Abschrift aller fünf Bücher. Und wenn er auch nur den kleinsten Fehler macht, muss er die Rolle aufgeben und von vorn beginnen.«

»Sie muss rein und unverfälscht sein«, sagte der Rabbi. »Es gibt keine Umkehr, wie auch nicht im Leben. Wir haben vier Thoras. Ihr Partner hat Ihnen offenbar einiges über unsere Religion erzählt.«

»Ein bisschen«, gab Flack zu. »Womit hat Mr Glick seinen Lebensunterhalt verdient?«

»Möbel«, sagte der Rabbi. »Er hat antike Möbel bei Nachlassverkäufen erworben, zumeist von Leuten, die keine Ahnung von dem Wert der Gegenstände hatten. Man hat mir erzählt, er hätte ein hervorragendes Auge dafür gehabt zu erkennen, was unter Farbe, Politur oder einfach nur Vernachlässigung zu finden war. Am Ende hat er die Ware Kunden angeboten, von denen er wusste, dass sie an seinen Erwerbungen interessiert waren. Diese haben die Stücke schließlich restauriert und ihrerseits weiterverkauft.«

In der Bibliothek betrachteten Stella und Aiden die Leiche. Es war Zeit, die Sanitäter zu rufen, um den toten Mann fortbringen zu lassen.

Aber Stella konnte ihren Blick nicht von dem Leichnam lösen. Etwas stimmte hier nicht. Sie hatten etwas übersehen.

»Wie lange ist er schon tot?«, fragte Stella.

Aiden hatte die Temperatur des Mannes gemessen.

»Ungefähr zwei Stunden«, sagte sie.

»Diese Nägel hätten ihn nicht umbringen können«, sagte Stella. »Er hat auch nicht um Hilfe gerufen.«

Stella hockte sich neben dem Leichnam hin und hob den Kopf hoch. Unter ihm fand sie eine kleine Blutlache. Aiden hatte die Leiche vorher untersucht und das Blut übersehen.

Sie wusste warum. Kein Schlaf. Die ganze Nacht hatte sie nicht geschlafen. Und sie war nicht allein gewesen. Trotz der zwei Tassen Kaffee heute Morgen war sie immer noch benommen.

Sie hatte daran gedacht, ihm zu sagen, dass es vorbei sei und sie ihn nicht wiedersehen wollte. Es sollte möglichst schmerzlos über die Bühne gehen, doch sie hatte sich nicht überlegt wie. Und nun hatte sie einen Fehler bei ihrer Arbeit gemacht.

»Einschusslöcher im Hinterkopf«, sagte Stella. »Dicht beieinander. Keine Austrittswunden.«

Sie sah sich zu Aiden um, die den Leichnam anstarrte.

»Alles in Ordnung mit dir?«

Aiden nickte, ging zu ihrem Koffer und holte die Kamera heraus, um weitere Fotos zu machen. Danach saugte sie mit einem kleinen Staubsauger die Kleidung des Toten ab und nahm außerdem Proben von dem Sägemehl, das gleich neben einer provisorischen Zimmermannsbank auf dem Boden lag.

Drei Minuten später verließen Aiden und Stella die Bibliothek. Zusätzlich zu ihren Ausrüstungskoffern trug Aiden noch zwei Kunststoffbeutel in der Hand, in dem einen war der Hammer, in dem anderen die Nägel.

Der alte Rabbi erwartete sie zusammen mit Flack. Beide hielten Tassen mit heißem Kaffee in ihren Händen. Während Aiden zu der Tür an der Rückseite der Synagoge ging und die Sanitäter holte, fragte Stella den Rabbi nach der Bedeutung der Worte, die auf dem Boden neben der Leiche geschrieben waren.

»Was heißen diese hebräischen Worte?«

»›*Ein tov sche-ein bo ra*‹: ›Es gibt nichts Gutes, dem nicht auch Böses innewohnt.‹ Das stammt aus der Kabbala.«

»Dann ist der Mörder Jude«, sagte Flack.

»Nicht zwangsläufig«, entgegnete der Rabbi. »Der Zweck dieser hebräischen Worte kann ebenso gut der sein, Sie glauben zu lassen, der Mörder sei ein Jude.«

»Sie würden einen guten Detective abgeben«, erwiderte Flack.

»Der Talmud lehrt uns, einfachen Antworten gegenüber vorsichtig zu sein«, antwortete der Rabbi. »Wann können wir den Leichnam bekommen?«

»Vielleicht in drei Tagen«, sagte Stella.

»Das ist inakzeptabel«, entgegnete der Rabbi. »Er muss morgen beerdigt werden.«

Flack nickte, er wusste Bescheid.

»Eingehüllt in ein Leinentuch. In einem schlichten Sarg aus Weichholz. Keine Einbalsamierung.«

»Er muss so schnell wie möglich in die Erde zurückkehren, aus der er erschaffen wurde«, sagte der Rabbi.

»Wir werden versuchen, die Autopsie noch heute zu erledigen.«

Der Rabbi schüttelte den Kopf.

»Der Leichnam darf nicht geöffnet und seine Organe nicht entnommen werden. Er muss nackt und unversehrt gehen, so, wie er gekommen ist.«

»Ich fürchte, die Autopsie ist unumgänglich«, entgegnete Stella mit sanfter Stimme, als zwei Sanitäter die Synagoge betraten und eine Aluminiumbahre auf Rollen hereinschoben. Die Rollen ratterten über den Boden, und die Geräusche hallten laut durch den ganzen Raum.

»Wir werden uns dagegen wehren«, sagte der Rabbi, während er die beiden Sanitäter mit einem langen Blick musterte.

»Viele orthodoxe Juden mussten schon autopsiert werden«, sagte Flack. »Unser Gerichtsmediziner wird so behutsam wie möglich vorgehen.«

»Dennoch wird er Schaden anrichten«, antwortete der Rabbi. »Wir haben Anwälte. Wir werden alles tun, um das zu verhindern.«

»Das wird Ihnen nicht gelingen.«

»Ich weiß, aber seit wann ist die Gewissheit, nicht gewinnen zu können, ein Grund, es nicht wenigstens zu versuchen?«

»Wir brauchen die Namen der anderen Männer, die an diesem Morgen am Minjan teilgenommen haben«, sagte Flack.

Der Rabbi schüttelte seinen Kopf.

»Die kann ich Ihnen nicht geben, solange ich nicht die Zustimmung dieser Männer habe.«

»Dann müssen wir sie uns auf andere Weise beschaffen«, meinte der Ermittler.

Stella entschied, dass es Zeit war, Asher Glick die Nägel aus den Händen und Füßen zu entfernen. Sie kehrte in die kleine Bibliothek zurück und kümmerte sich darum. Während sie diese Aufgabe erledigte, sprach sie in ein Diktiergerät und hielt fest, wie tief die Nägel in den Boden geschlagen worden waren. Als sie fertig war, verließen die Sanitäter die Bibliothek und schoben die Bahre mit Asher Glicks Leiche vor sich her.

Der Rabbi sah zu, wie die Bahre über den Mittelgang rollte.

»Wenn ich die Namen der Teilnehmer des Minjan auf andere Weise in Erfahrung bringen muss, kostet das Zeit. Zeit, die ich eigentlich dazu verwenden könnte, Mr Glicks Mörder zu suchen«, versuchte es Flack noch einmal.

»Ich kann nicht«, erwiderte der Rabbi.

Flack gab auf, stemmte die Hände in die Hüften und sah Stella an, die mit den Schultern zuckte. Hier und jetzt würden sie nichts mehr erfahren können.

»Sie hätten einen jüdischen Detective schicken sollen«, sagte der Rabbi milde, mehr zu sich selbst als zu den Ermittlern.

Keiner von ihnen erwiderte etwas, aber alle stimmten ihm zu.

»Ich sollte – ich muss – zu der Gemeinde gehen und sie hereinholen«, beendete der Rabbi das Gespräch und beugte sich vor.

»Das ist ein Tatort«, wehrte Flack ab. »Sie werden sie für einige Stunden nicht hereinlassen können.«

Der Rabbi nickte und sagte: »Sprechen Sie mit Yosele. Sie ist draußen.«

Mehr gab es nicht zu sagen. Die drei Ermittler gingen zur Tür, öffneten sie und sahen sich einer Gruppe bärtiger Männer jeglichen Alters gegenüber. Sie alle trugen schwarze Anzüge und hatten Hüte mit breiten Krempen auf dem Kopf. Die Frauen hatten sich Kopftücher umgebunden, und viele von ihnen waren von Kindern umgeben. Jenseits der ersten Gruppe wartete noch eine weitere, kleinere Ansammlung von Menschen. Sie bestand überwiegend aus neugierigen jungen und farbigen Männern.

Crown Heights war im August 1991 Schauplatz eines mehr als vier Tage dauernden Aufruhrs gewesen. Auslöser war ein ultraorthodoxer Lubawitscher Jude, der mit seinem Wagen zwei schwarze Kinder überfahren hatte. Viele afroamerikanische Schwarze und eine wachsende Anzahl von Schwarzen, die aus der Karibik kamen, hatten sich an Aufständen und Übergriffen beteiligt. Aber sie richteten ihren Zorn nicht gegen alle Weißen oder alle Juden, sondern nur gegen die, die durch ihre schwarzen Hüte, Anzüge und Bärte auffielen.

Viele Mitglieder der schwarzen Gemeinde waren schon seit Jahren überzeugt gewesen, dass diese Juden von der Stadt eine Sonderbehandlung erhielten. In jener heißen Augustnacht kam es zu einem großen Knall. Flack, damals ein Anfänger, war zusammen mit Hunderten von Kollegen in voller Montur in den 71. Bezirk geschickt worden.

Über die Jahre hatten die Spannungen nachgelassen, aber verschwunden waren sie nicht.

Hatten sie gehört, dass Asher Glick gekreuzigt worden war? Flack dachte daran, solche Überlegungen in seinen Ermittlungen zu berücksichtigen. In dem Moment rief eine Frau aus der Mitte der Menge: »Joshua.«

Die anderen nahmen den Ruf auf, und der Name ›Joshua‹ hallte durch die enge Straße.

Einer der Männer in dem Gedränge, ein Mann, der nicht schwarz gekleidet war, stand mit einer Hand in seiner Tasche da und beobachtete die Tür. Die Hand berührte ein Foto. Es zeigte Stella Bonasera.

2

»Keine Spur von dem Jungen«, sagte Danny. »Keine Spur von dem Messer. Wir haben nur das hier gefunden.«

Er hielt einen festen, durchsichtigen Kunststoffbeutel hoch, in dessen Inneren Dutzende von bunten Glasteilchen lagen. Mac nahm ihm den Beutel ab und hielt ihn gegen das Licht.

»Ich habe das Spektroskop benutzt«, fuhr Danny fort. »Keine Blutspuren an den Fragmenten. Nicht überraschend, schließlich wurden sie alle mit einem Messer getötet, aber …«

»Ich bringe das ins Labor«, sagte Mac.

Danny und Mac standen vor dem Schlafzimmer, in dem die Toten lagen. Mac sah über das hölzerne Geländer hinunter auf den gebohnerten Holzboden des Wohnzimmers. Das Sofa war dunkelgrün. Außerdem standen dort zwei braune Eichenlehnstühle mit Lederbezügen und passenden Fußkissen, ein massiver Kaffeetisch aus dunkler Eiche und Stehlampen mit gläsernem Schirm. Ein großer, farbenfroher Teppich, der aussah wie eine indianische Handarbeit, lag diagonal auf dem Boden. Ein goldgerahmtes Gemälde schmückte die Wand, ein Bild der Familie Vorhees, fünf oder sechs Jahre alt. Das Mädchen war nicht älter als zwölf, der Junge ungefähr sieben Jahre alt. Alle sahen geradeaus und trugen das gleiche künstliche Lächeln zur Schau, das nichts darüber verriet, was sie dachten oder fühlten.

Danny folgte Macs Blick und musterte das Gemälde. Mac sah sich nicht zu ihm um, als er sagte: »Wenn wir zurück sind, besorgst du dir einen Termin und sprichst mit dem Psychologen des Departments über diesen Tremor.«

Mac waren auch die wunden roten Stellen an Dannys Knöcheln aufgefallen, aber darüber verlor er kein Wort.

Danny suchte nach einer Antwort, doch ihm wollte keine einfallen. Außerdem hatte Mac Recht.

Im Elternschlafzimmer war Mac eine gerahmte Fotografie im Format 21 x 30 aufgefallen, auf der die ganze Familie abgebildet war. Die Eltern saßen und lächelten, die Kinder standen hinter ihnen und lächelten ebenfalls. Sie alle lächelten das Lächeln von Leuten, denen jemand gesagt hatte, sie sollten lächeln. Es war das gleiche Lächeln, wie auf dem Gemälde im Wohnzimmer.

»Ziemlich neu«, meinte Danny und betrachtete das Foto. »Das Mädchen sieht genauso aus wie jetzt.«

Mac nickte, ohne den Blick von dem Foto abzuwenden. »Was kann hier passiert sein?«

Danny richtete seine Brille und sah das Foto an.

»Der Junge hat sie umgebracht und ist weggelaufen«, schlug er vor.

»Aber?«, fragte Mac.

»Aber der Junge wiegt vielleicht fünfundvierzig Kilo und sieht nicht gerade stark aus«, sagte Danny. »Wer immer das getan hat, hat die beiden Frauen hochgehoben und auf das Bett gelegt. Die Mutter wiegt an die siebzig Kilo, die Tochter etwa fünfundfünfzig. Es gibt Blutstropfen, aber keine Schleifspuren. Wer das auch war, er hat die Frauen vorsichtig zum Bett getragen, dort abgelegt und ihre Arme gekreuzt, und damit fällt der Junge raus.«

Mac nickte, aber Danny wusste nicht, was das Nicken zu bedeuten hatte.

»Eindringlinge«, versuchte es Danny erneut. »Jemand ist eingebrochen, um das Mädchen zu vergewaltigen, wurde von den Eltern erwischt und hat alle umgebracht. Dann hat er Schuldgefühle bekommen und die beiden Frauen so auf das Bett gelegt, wie wir sie gefunden haben.«

»Hast du die Fenster kontrolliert?«, fragte Mac.

»Keine Anzeichen für ein gewaltsames Eindringen. Alle Fenster sind geschlossen.«

»Wie ist er reingekommen?«

»Das weiß ich noch nicht.«

»Und der Junge?«

»Hat gesehen oder gehört, was passiert ist. Und ist weggelaufen. Oder der Killer hat ihn erwischt und beschlossen, ihn nicht umzubringen, jedenfalls nicht hier.«

»Warum?«

»Weil er eine Geisel haben wollte«, schlug Danny vor. »Oder …«

»Weil er pädophil ist?«, überlegte Mac. »Bring die Proben ins Labor und sag Jane, sie soll die DNS-Untersuchung so schnell wie möglich durchführen.«

»Dann mache ich mich wohl besser sofort auf den Weg«, entschied Danny, als sie die Treppe hinunterstiegen.

»Und vergiss den Psychologen nicht«, ermahnte ihn Mac.

Danny antwortete nicht.

»Sobald du dort bist«, stellte Mac klar.

Die Vordertür wurde geöffnet, und Detective Defenzo trat ein.

»Die Seitentür der Garage steht weit offen«, rief er durch das Wohnzimmer. »Die Putzfrau sagt, der Junge hat ein Fahrrad, aber in der Garage ist kein Fahrrad.«

»Ich überprüfe das, bevor ich gehe«, antwortete Danny und ging weiter die Stufen hinunter.

Mac nickte zustimmend und kehrte zurück in den Korridor. Die anderen Schlafzimmer hatten sie bereits untersucht. Kein Blut. Da war nichts, was im Schlafzimmer der Eltern nicht an seinem Platz gewesen wäre. Die Kleidung war ordentlich im Schrank verstaut, und in dem sauberen Badezimmer hingen weiße Handtücher symmetrisch auf weißen Handtuchhaltern aus Plastik.

Das Zimmer des Jungen war klein und sah relativ aufgeräumt aus. Abgesehen von einer Jeans und einem Hemd, die über einem Stuhl hingen, der vor einem sehr vollen Schreibtisch stand. Das leuchtende Lämpchen des Computers auf dem Tisch deutete auf den Stand-by-Betrieb hin. Das Bett war auch nicht gemacht worden, die Decke war zurückgeworfen und das Kissen zerdrückt.

Die Wände waren erstaunlich kahl bis auf ein großes Poster, das eine Gruppe von vier jungen Männern zeigte, die allesamt aus der Wäsche guckten, als teilten sie ein schmutziges Geheimnis. Am oberen Rand des Posters war in Schreibschriftbuchstaben ein einzelnes Wort zu lesen: ›Coldplay‹. Ein großes, überfülltes Bücherregal aus Metall stand neben dem Bett. Mac nahm eines der Bücher heraus, ein Band aus der *Harry-Potter*-Reihe. Das nächste Buch, das er griff, war eine Biografie von John Glenn. Das dritte war laut Schutzumschlag eines der Bücher über das wunderbare Reich Oz von L. Frank Baum. Mac schlug es auf. Was immer der Titel auf dem Schutzumschlag auch sagte, in dem Buch ging es definitiv nicht um Oz. Es war ein Buch über klinisch auffälliges Sexualverhalten.

Mac überprüfte das Zimmer des Jungen erneut auf

Blutspuren, fand aber keine. Auf dem Weg zum Kleiderschrank fiel ihm ein kleines Laubblatt auf. Es war gerade so groß wie der Fingernagel eines Babys und steckte in den Fasern eines blauen Teppichs, der mitten im Zimmer auf dem Boden lag. Mac bückte sich, zog das Blatt mit einer Pinzette, die er aus seinem Koffer geholt hatte, aus den Teppichfasern und ließ es in einen Kunststoffbeutel fallen.

Das Innere des Kleiderschranks hatte Ähnlichkeit mit einem Saustall. Kleidungsstücke lagen auf einem großen Haufen am Boden oder hingen unordentlich auf Bügeln. Die Hemden nicht zugeknöpft, die Hosen zerknittert.

Für den Augenblick war Mac hier fertig. Nun war es Zeit, mit den Lebenden zu reden, den Toten zuzuhören und die Beweise zu befragen.

Im Haus der Gohegans, das gleich neben dem Haus der verstorbenen Vorhees' stand, saß der junge schwarze Detective Trent Sylvester zusammen mit Maybelle Rose im Wohnzimmer und redete sanft auf sie ein, während er ihre Hand hielt.

Als Mac eintrat, blickte die Frau furchtsam auf.

»Alles in Ordnung«, versicherte ihr Sylvester. »Er ist einer von uns. Ein Ermittler.«

In einem unberührten Wasserglas, das auf dem Tisch neben dem Sofa stand, spiegelte sich das Licht der Morgensonne.

»So etwas habe ich noch nie erlebt«, sagte sie.

»So etwas hat kaum jemand je erlebt«, meinte Mac und setzte sich neben sie. »Wie lange arbeiten Sie schon für die Familie Vorhees?«

»Seit Jacob geboren wurde. Ist er ...?«

»Wir haben ihn noch nicht gefunden.«

»Er ist ein guter Junge. Sie waren alle gut zu mir.«

»Hat irgendjemand aus der Familie Feinde gehabt?«, erkundigte sich Mac.

»Niemand«, sagte sie. »Das sind gute Menschen. Keine Kirchgänger, aber gute Menschen.«

»Verwandte?«

»Nicht, dass ich wüsste.«

»Gab es je Streit in der Familie?«

»Kaum.« Maybelle sah Sylvester Hilfe suchend an.

»Worüber haben sie gestritten?«, fragte Mac.

»Über Beckys Freund«, sagte die Frau. »Er heißt Kyle Shelton. Mr Vorhees dachte, er wäre zu alt für sie.«

»Wie alt ist er?«

»Keine Ahnung. Vielleicht fünfundzwanzig. Die wenigen Male, die ich ihm begegnet bin, war er immer nett zu mir.«

»Wissen Sie, wo er wohnt?«, fragte Mac.

»Nein.«

»Hat er einen Wagen?«

»Ja, den hat er. So eine Art blauen Pick-up, wissen Sie? Mit einem verbeulten Kotflügel auf der Beifahrerseite, aber ich weiß nicht, woher die Beule kommt.«

»Können Sie mir sonst noch etwas über den Wagen erzählen?«

»Das Kennzeichen. Das kann man sich leicht merken: BEAST 1.«

Die Bestie.

»Können Sie mit mir in das Haus gehen und mir erzählen, ob Ihnen irgendetwas auffällt, das nicht an seinem Platz ist? Wir suchen vor allem nach einem Messer.«

»Sind sie noch da drin?«, fragte sie und sah sich nach dem Korridor um, hinter dem das Haus der Toten lag.

»Ja, aber wir werden nicht rübergehen, solange die Sanitäter noch dort sind.«

»Ich kann warten«, sagte sie und streckte die Hand nach dem Glas Wasser aus.

Als Mac aufstand, ging die Vordertür auf, und Detective Defenzo betrat das Haus.

»Ich glaube, wir haben einen Zeugen«, sagte er.

Im Bett liegend konnte sie die Geräusche des städtischen Verkehrs, der unter ihr vorbeidonnerte, ebenso laut hören wie die auf voller Stärke laufende Klimaanlage. Sie war bekleidet, trug ein locker fallendes Kleid aus weißer Baumwolle mit einem beinahe symmetrischen farbigen Muster, das sie an die Bilder Piet Mondrians erinnerte.

Sie hatte Kunst studiert, hatte gemalt, aber sie wusste, dass sie nicht gut genug war oder nicht wagemutig genug, um auf dem Kunstmarkt Manhattans auch nur die kleinste Spur zu hinterlassen.

Der Fernseher war eingeschaltet, doch sie hatte den Ton abgedreht. Sie schloss die Augen und bedeckte sie mit dem linken Arm, um das Sonnenlicht abzuwehren.

An ihrem nächsten Geburtstag würde sie dreiundvierzig Jahre alt werden, und sie wusste, dass sie mindestens zehn Jahre älter aussah. Sie hatte fünf Kilo Übergewicht und nicht die Absicht, wieder abzunehmen.

Die Frau sah sich nicht als Versagerin, aber sie betrachtete sich auch nicht als erfolgreich. Sie verbrachte ganz schlicht und einfach jeden Tag mit Büchern oder dem Besuch des Museums für Moderne Kunst. Früher hatte sie Freude am Kochen gefunden, aber das war inzwischen vorbei. Schließlich gab es ganz in der Nähe billige Gerichte zum Mitnehmen.

Ihr Vater, ein großer Mann, hatte während und nach dem Koreakrieg beim militärischen Geheimdienst gearbeitet. Stets hatte er ein überlegenes Lächeln zur Schau getragen, das andeutete, dass er Dinge wusste, die andere, vor allem seine Kinder, nie wissen würden und zu ihrem eigenen Besten auch nie wissen sollten. Als er in seinem Zimmer gestorben war, hatte er darauf bestanden, allein gelassen zu werden. Selbst einen Geistlichen hatte er nicht um sich haben wollen. Sie wusste nicht einmal, ob er an Gott geglaubt hatte oder irgendeiner Religion verbunden war.

Was wusste sie überhaupt von ihm? Das Lieblingsessen ihres Vaters war Ente gewesen. Sein Lieblingsfilm war *Kinder auf den Straßen*. Er hatte die *New York Times* täglich von der ersten bis zur letzten Seite gelesen, wenn er zu Hause gewesen war. Er schien stets mit jeder Fernsehsendung einverstanden zu sein, die seine Familie hatte sehen wollen. Sie wusste auch nicht, ob er Republikaner, Demokrat oder Sozialist gewesen war.

Ihre Mutter, ähnlich gebaut wie sie, hatte ihren Mann zweifellos geliebt. Ihre Tage hatte sie damit verbracht, in der örtlichen Grundschule zu unterrichten und Tagebuch zu schreiben. Sie war als Methodistin zur Welt gekommen. Soweit die Frau auf dem Bett wusste, hatte ihr Vater nie versucht, seiner Frau ihren Glauben auszureden. Sie hatte ihn einfach aufgegeben.

Sie hörte Schritte auf der Treppe, leise, beinahe lautlos. Vorzugeben sie würde schlafen, hatte keinen Sinn. Er würde es merken.

So, wie sie es gewusst hatte, wenn ihr Vater von einer seiner »Pflichten im Ausland« zurückgekehrt war, wusste sie nun, dass der Mann, der die Treppe heraufkam, etwas getan hatte, das sie nie erfahren würde.

Die Schritte waren nun am oberen Ende der Treppe angelangt, und die Tür wurde geöffnet.

»Tee«, sagte er und hielt das Tablett mit der kleinen blau-weißen Kanne, einer passenden Tasse und Untertasse hoch.

Sie blickte auf.

Ja, auf seinem Gesicht lag der Ausdruck, den sie im Gesicht ihres Vaters gesehen hatte, wenn er von einer seiner »Pflichten« zurückgekommen war. Die nächsten Tage würden finster werden.

Sie setzte sich auf und nahm das dargebotene Tablett entgegen.

Sie hegte den Verdacht, dass er getötet hatte. Und sie hegte den Verdacht, dass er es bald wieder tun würde. Vielleicht war das nur ein Hirngespinst, aber sie hatten so viel Zeit ihres Lebens zusammen verbracht, dass sie überzeugt war, es spüren zu können.

Und ihm war durchaus bewusst, dass sie das konnte.

Defenzo und Mac gingen über die Straße zum Haus von Maya Anderson. Es war gut gepflegt, erst vor kurzem gestrichen und vermutlich das kleinste Haus in dieser Gegend.

Die Gaffer waren, wenn auch nicht viele, immer noch da. Nun sahen sie, wie die Sanitäter ihre Bahre aus dem Wagen hoben und in das Haus der Vorhees' trugen. Dies war nur die erste von drei Bahren, und die Gaffer würden sich jedes Detail aufgeregt und abgestoßen zugleich ansehen. Froh, selbst noch am Leben zu sein, würden sie zuschauen, wie jede einzelne Leiche aus dem Haus gebracht wurde. Danach hätten sie eine Geschichte zu erzählen, etwas Neues zum Fürchten, etwas, das in die Sammlung all der Geschichten eingehen würde, die beinahe jeder mit sich herumschleppte.

Maya Anderson öffnete die Tür sofort. Ihr graues Haar war kurz geschnitten, und sie trug Jeans und ein grünes, langärmeliges Hemd über ihrem kompakten Leib. Sie war über siebzig, ihre leuchtend grünen Augen verrieten eine immer noch hellwache Intelligenz.

Maya führte sie hinein, ging voran zu einer kleinen Küche und bot ihnen einen Platz an, ehe sie fragte, ob die Ermittler etwas trinken wollten: »Kaffee, Diätcola, Wasser, Bier, Schnaps?«

»Nichts, danke«, sagte Mac.

Defenzo ließ sich von einer Diätcola überzeugen.

Als sie alle Platz genommen hatten, sagte Maya, die Hände vor sich auf dem Tisch gefaltet: »Ich gärtnere.«

Sie sah sich über die Schulter zu dem Fenster um, hinter dem Mac eine Reihe blauer, roter, weißer und gelber Blumen erblickte.

»Ich gärtnere, ich lese, ich schaue *HBO* im Fernsehen, mache lange Spaziergänge und spioniere meine Nachbarn aus«, erzählte sie. »Früher war ich Bankdirektorin. Ich schlafe nicht viel, darum habe ich viel Zeit, am vorderen Fenster zu sitzen und zu lesen, mir alte Filme anzusehen und zu beobachten, was so vor sich geht.«

»Was ist letzte Nacht vor sich gegangen?«, fragte Mac.

»Am Morgen, gegen zwei Uhr, ist der Freund von dem Vorhees-Mädchen mit seinem Pick-up gekommen und hat ein Stück weit die Straße runter vor dem Haus der Packers geparkt. Dann ist er ausgestiegen, zum Haus der Vorhees' gegangen und durch den Hintereingang reingegangen.«

»Der Pick-up?«, fragte Defenzo, während er an seiner Diätcola nippte.

»Blau«, sagte die Frau. »Beule an der rechten Seite.«

»Der Mann?«, hakte Mac nach.

»Recht groß. Weiß. Dunkles Haar. Einer dieser Angeber. Ich kann nicht sicher sagen, ob es der Freund des Mädchens war, zu dunkel, aber der Kerl sah so aus wie er und hat seinen Wagen gefahren.«

»Kommt der Freund des Mädchens oft her?«, fragte Mac.

»Vermutlich sollte ich das gar nicht erzählen«, antwortete Maya seufzend. »Aber was soll's. Er hat das Mädchen nachmittags nach der Schule hier abgesetzt.«

»Und was war gestern Nacht?«

Maya Anderson nickte.

»Vielleicht ein Geräusch, ein paar Minuten lang, nachdem der Freund durch den Hintereingang gegangen war«, sagte sie. »Schwer zu erklären. Meine Augen sind gut, aber mein Gehör lässt nach. Außerdem hat dieses alte Haus dicke Wände und gute Fenster. Um die Wahrheit zu sagen, ich glaube, ich habe ein paar Minuten gedöst. Dann habe ich gehört, wie eine Autotür geöffnet wurde, habe mir meine Brille aufgesetzt und gesehen, wie der Pick-up davongefahren ist.«

»In welche Richtung?«, erkundigte sich Mac.

»In die Richtung.« Sie streckte den Finger aus. »Zum Queens Boulevard.« Der Queens Boulevard führte direkt zur Queensboro Bridge nach Manhattan.

»Warum haben Sie nicht die Polizei gerufen?«, fragte Defenzo und leerte seine Cola. Maya erhob sich, nahm ihm die Dose ab und ließ sie in einen versteckten Behälter fallen, der als Recyclingeimer ausgewiesen war.

»Während der letzten vier Jahre habe ich die Polizei vierzehnmal gerufen«, sagte sie. »Familienstreitigkeiten, zu laut gestellte Fernsehgeräte, Hunde, die unangeleint durch die Gegend laufen und überallhin kacken, ohne dass jemand sauber macht, Parker Niles aus dem nächsten Block, der besoffen mit Steinen auf Straßenlaternen wirft, all solche Dinge. Die nehmen mich nicht mehr ernst.«

»Danke, Ms Anderson«, sagte Mac und erhob sich.

»Sie sind alle tot, nicht wahr?«, fragte sie.

»Den Jungen haben wir bisher nicht gefunden«, erwiderte Mac.

»Ich hoffe, er ist davongekommen.«

»Das werden wir herausfinden.«

Statt zu seinem Wagen zu gehen, überquerte Mac gemeinsam mit Defenzo die Straße, hielt vor dem Haus der Vorhees' inne und musterte die Bäume. Während der nächsten fünfzehn Minuten verglich Mac jeden Baum auf dem Grundstück der Vorhees' mit denen, die auf den beiden Nachbargrundstücken standen.

Er blickte die Straße erst hinauf, dann hinunter.

»Was?«, fragte Defenzo nach einer Weile, nicht im Stande, sich noch länger zurückzuhalten.

»Kein Treffer«, sagte Mac tief in Gedanken.

»Wobei?«, fragte Defenzo.

Statt ihm eine Antwort zu geben, ging Mac zu seinem Wagen. Dort wartete er einen Moment, bis die Sanitäter die Leichen herausgebracht hatten.

Kyle Shelton saß am Steuer.

In einer Welt, die sich vor Morgen fürchtete und Gestern nachtrauerte, war er, Kyle Shelton, ein Mann, der wusste, wie man eine saubere Jeans und ein gebügeltes Hemd so anzog, dass die Tätowierungen verdeckt waren.

Er kannte den Wert guter Zähne, hatte sich die seinen richten lassen und ließ sie regelmäßig reinigen und bleichen. Und er trug einen braven Businesshaarschnitt.

Obwohl er einen Collegeabschluss besaß, arbeitete er nun im Anlieferungsbereich eines gewaltigen Haushaltswarengeschäfts in Manhattan. Er machte keinen Ärger und lächelte, wenn die anderen lachten. Ein Jahr Krieg im Irak hatte ihn verändert. Der Tod, der gewaltsame Tod, war nun ein Teil seines täglichen Lebens.

Er hatte seinen Abschluss in Philosophie an der City University von New York gemacht. Kyle hatte das Glück gehabt, dass ein junger Philosophiedozent mit einem Doktortitel der Brown University ihn betreut hatte. Der akademische Grad war eine Bestätigung seiner Bildung, ein Blatt Papier, das er vorzeigen konnte, was er jedoch nie tun würde. Sollte er je Ambitionen gehabt haben, so hatte er sie im Irak verloren. Von Philosophie wusste er mehr als viele, die den Graduiertenstatus besaßen.

Die Sonne stand schon einige Stunden am Himmel. Kyle blickte nach Queens, zurück zu etwas, das für immer verloren war. Er war in sein Einzimmerappartement an der 101. zurückgekehrt, hatte eine große Tasche gepackt und nur einmal in New Jersey zum Tanken angehalten. Die Rechnung hatte er mit seiner Visakarte bezahlt.

Er fuhr langsam. Autos, sogar Lastwagen, überholten ihn. Er sah alles vor sich. War das wirklich nur ein paar

Stunden her? Ein Traum? Kein Traum. Becky, ihre Mutter, ihr Vater, tot. Das Messer. Das Messer lag, eingewickelt in Papierhandtücher, neben ihm auf dem Sitz. Er hatte noch nicht entschieden, was er damit machen wollte.

Kurz vor drei Uhr morgens war er in der vergangenen Nacht bei drückender Hitze und tiefer Finsternis eine Meile weit gefahren, mehr nicht, dann hatte er den unbefestigten Weg in dem Wald neben der Straße entdeckt und war abgebogen. Nach wenigen Metern, überzeugt, dass er von der Straße aus nicht mehr gesehen werden konnte, hatte er den Wagen gestoppt, das Licht ausgeschaltet und war mit einer Taschenlampe aus seinem Handschuhfach ausgestiegen.

Er war in das Dickicht der Büsche getreten. Als er weiter hindurchging, fand er, wonach er suchte, eine Lichtung. Er beschloss, dass sie perfekt für sein Vorhaben war und kehrte zu seinem Wagen zurück, um das zu holen, was er auf der Ladefläche deponiert und mit fleckigem geteerten Segeltuch abgedeckt hatte.

Keine fünf Minuten später hatte Kyle Shelton in der Dunkelheit gestanden und das Fahrrad mit dem verbogenen Vorderrad angestarrt. Er hatte das ganze Waldgebiet durchstreift. Spuren des Jungen – ein blutiges Hemd und eine Hose, sogar die Nike-Sneakers – lagen überall in der Umgebung verstreut.

Kyle stellte sich vor, wie der Junge durch das Gestrüpp rannte, nackt, nur mit seiner Brille auf der Nase, und sich ständig über die Schulter umblickte. Er dachte an den Truffaut-Film *Der Wolfsjunge*, die angeblich wahre Geschichte eines Jungen, der sein ganzes Leben nackt unter Tieren im Wald gelebt hatte. Henri Poincarés Worte kamen ihm in den Sinn: »Es ist immer besser vorauszuschauen, auch wenn es keine Gewissheit gibt.«

Er hatte keinen wirklichen Plan gehabt. Es könnte klappen. Aber vermutlich tat es das nicht.

Kyle Shelton wusste, was Fingerabdrücke, DNS und Blutproben bedeuteten. Er wusste zwar nicht viel, aber er wusste genug. Er war nicht in Sicherheit.

Das Scheinwerferlicht der vorbeifahrenden Wagen war durch das Gebüsch gedrungen. Er stellte sich den Jungen vor, wie er zitterte, aber nicht vor Kälte, sondern vor Furcht und Entsetzen. Vor seinem inneren Auge sah er, wie der Junge all seine Kleider ablegte und nur die Brille aufbehielt. Shelton ging zu seinem Pick-up, setzte zurück zur Straße, stieg ein und fuhr die Straße zurück bis zur Brücke, zurück in sein kleines Zimmer. Das Rennen hatte begonnen.

»Ms Glick?«, fragte Stella, als sie sich einer Frau in der Menge näherte.

Beide Kinder an ihrer Seite waren kleine Jungs mit Gebetskäppchen auf dem Kopf und Haarlöckchen, die vor ihren Ohren baumelten.

Yosele Glick blickte auf und sah Stella an. Ihre leuchtenden, wachsamen Augen waren von einem tiefen Braun. Die hübsche Frau war hellhäutig und nicht älter als dreißig. Neben ihr stand ein Berg von einem Mann, ganz in Schwarz, mit einem wallenden Bart voller schwarzer Locken. Auf seiner Nase saß eine randlose Brille.

Die kleine Ansammlung von Männern, Frauen und Kindern drängte sich dicht an Stella und Aiden heran, um zuzuhören, was die beiden zu sagen hatten.

»Können wir irgendwohin gehen, wo es still ist und wir uns unterhalten können?«, fragte Stella.

Yosele sah den großen Mann an ihrer Seite an, der sagte: »*Timken's*.«

»Und Sie sind?«, erkundigte sich Aiden.

»Hyam Yussel Glick«, sagte der Mann. »Asher war mein Bruder. Sind Sie die Detectives?«

»Kriminalisten«, verbesserte Stella.

»Waren keine Männer da, die man hätte herschicken können?«

»Die arbeiten an anderen Fällen«, sagte Stella. »*Timken's?*«

Der Mann ging quer über die Straße, und es wurde still. Glick hielt eine Hand hoch, um den anderen zu signalisieren, dass sie ihnen nicht folgen sollten. Ein hagerer alter Mann löste sich aus der Menge und ging ihnen voraus.

Timken's war ein koscheres Restaurant in einer kleinen Ladenzeile, dessen Name sowohl in hebräischer als auch in englischer Sprache die Fassade zierte.

Der alte Mann, der ihnen vorausgeeilt war, zog eine Kette mit vielen Schlüsseln aus seiner Tasche und wählte einen von ihnen aus, um die Vordertür zu öffnen. Als er aufgeschlossen hatte, trat er zur Seite und ließ sie ein.

Auf der Straße wurde ein Stimmengemurmel laut, aus dem immer wieder ein einzelnes Wort herausfiel ›Joshua‹.

Dann fiel die Tür des Restaurants ins Schloss, und Stille kehrte ein. Glick ging zu einem runden Tisch. Ein Platz in einer Nische kam nicht in Frage. Dafür war Glick einfach zu groß. Sie setzten sich an einen Tisch, und die Deckenlampen flammten auf.

»Zachary«, sagte Glick, »kannst du deinen Bruder ins Hinterzimmer begleiten? Mr Schwartz wird euch ein paar Kekse bringen.«

Hinter dem Tresen nickte der alte Schwartz, der gerade damit beschäftigt war, Tee zu kochen. Widerwillig erhoben sich die beiden Jungs von ihrem Platz. Als sie fort waren, fragte Stella: »Wer ist Joshua?«

»Ein Eiferer mit falschen und widersinnigen Motiven«, erklärte Glick.

»Joshua ist ein messianischer Jude«, sagte Yosele sanft, als der alte Mann ihnen Tee und Rugalach servierte. »Eine Prüfung, die der Herr über uns gebracht hat.«

»Er ist kein Jude«, korrigierte Glick.

»Das behauptet er aber. Er sagt, er sei ein Jude, der glaubt, dass Jesus der Messias war«, widersprach Yosele. »Er und seine Anhänger, das *Jüdische Licht Christi*, meinen, es sei ihre Mission, die orthodoxen Juden davon zu überzeugen, Jesus zu akzeptieren.«

»Er ist so verrückt, dass sich andere Messianer und Juden, die an Jesus glauben, sich von ihm distanziert haben«, sagte Glick. »Vor nicht einmal einem Jahr hat er in einer Ladenzeile einen Tempel eröffnet, zwei Blocks von hier entfernt an der Flatbush Avenue. Er hat nicht mehr als zwei Dutzend Anhänger, aber sie kommen immer wieder her, direkt zu unserer Synagoge, um Flugblätter zu verteilen und unsere Gemeindemitglieder in ein Gespräch zu verwickeln. Und da immer nur ein paar von ihnen auf einmal auftauchen, kann die Polizei nichts unternehmen.«

»Und«, sagte Stella, »ihr Bruder hatte Ärger mit ihnen.«

»Asher hat mit ihnen diskutiert, und er hat sie angeschrien«, sagte Glick. »Und er hat vernünftig mit ihnen gesprochen, so überzeugend, dass sogar ein paar von ihnen sich von Joshuas idiotischen Lehren abwendeten.«

»Also war Joshua auf ihren Bruder besonders schlecht zu sprechen.«

Glick, der gerade von einem dunklen Mohnrugalach abgebissen hatte, hörte auf zu kauen und sagte: »Vor nicht einmal einer Woche hat Asher vermutlich zum hundertsten Mal versucht, mit diesem Irren zu reden. Es endete damit, dass Joshua sagte, mein Bruder würde gekreuzigt werden wie die alten Hebräer, weil er nicht bereit sei, die Wahrheit über die Wiederkunft des Herrn zu akzeptieren.«

»Können Sie uns die Namen der Männer nennen, die heute Morgen am Minjan teilgenommen haben?«, fragte Stella.

Glick zögerte, zuckte mit den Schultern und sagte: »Wir waren zehn. Ich, Asher, Rabbi Mesmur, Simon Aaronson, Saul Mendel, Justin Tuchman, Herman Siegman, Sanford Tabachnik, Yale Black und Arvin Bloom.«

»Alles regelmäßige Teilnehmer?«, hakte Aiden nach.

»Alle bis auf Mendel, Bloom und Black«, sagte Glick. »Bloom kenne ich nicht. Er kam zusammen mit einem der anderen Mitglieder und hat sich eine Weile mit meinem Bruder unterhalten. Mendel und Black sind berufstätig und schaffen es nicht immer. Die anderen sind alle im Ruhestand. Der Minjan und die Shul sind ihr Leben.«

»Gibt es einen Grund, warum ihr Bruder nach dem Minjan hätte bleiben sollen?«, fragte Stella.

»Nein«, sagte Glick und nippte an seinem Tee. »Er musste zur Arbeit.«

»Er hat irgendetwas darüber gesagt, dass er nach dem Minjan noch etwas in der Synagoge zu tun hätte«, erinnerte sich Yosele. »Er meinte, es würde nur ein paar Minuten dauern.«

»Es hat ihn mehr als ein paar Minuten gekostet«, sagte Glick und blickte zu Boden. »Es hat ihn das Leben gekostet.«

»Hat Ihr Mann Ihnen erzählt, was er dort zu tun hatte?«, erkundigte sich Stella.

»Nein, aber ich konnte ihm ansehen, dass er sich nicht darauf gefreut hat.«

Hyam Glick begann leise, etwas mit geschlossenen Augen auf Hebräisch zu murmeln.

Yosele übersetzte: »›Leg mich wie ein Siegel an dein Herz, wie ein Siegel an deinen Arm! Denn stark wie der Tod ist die Liebe, hart wie der Scheol die Leidenschaft … Mächtige Wasser sind nicht in der Lage, die Liebe auszulöschen, und Ströme schwemmen sie nicht fort.‹«

»Lied der Lieder?«, fragte Stella.

Yosele nickte und sah ihren Schwager an, der zu weinen begonnen hatte.

Detective Trent Sylvester fuhr langsam die Straße hinunter und ließ sich von den anderen Verkehrsteilnehmern überholen. Er konzentrierte sich auf den rechten Straßenrand, hielt an, wann immer er etwas entdeckte, das verdächtig aussah, und fand erst nach fünfunddreißig Minuten etwas, das ihnen hätte weiterhelfen können. Er hatte eine Stelle erreicht, an der sich im Unterholz eine Bresche befand. Er bremste und parkte seinen Wagen. Dann stieg er aus und trat vorsichtig durch das Unterholz.

Auf der Lichtung hinter den Büschen sah Sylvester das Fahrrad. Das Vorderrad und die Lenkstange waren verbogen. Vorsichtig tat er ein paar Schritte, dann blieb er stehen, um keine Spuren zu vernichten.

Hinter dem Fahrrad lag ein zerknittertes, blutiges weißes Hemd neben einigen anderen Kleidungsstücken – Unterwäsche, Jeans, Socken und ein einzelner Turnschuh. Mit den Augen suchte er den Boden nach dem zweiten Turnschuh ab, konnte ihn aber nicht entdecken. Er fand auch keinen toten Jungen, aber das hieß nichts. Die Leiche konnte tiefer im Wald liegen oder vergraben und mit Laub bedeckt sein.

Sylvester ging zurück, nahm das Mobiltelefon aus der Hüfttasche und meldete seinen Fund. Unnötigerweise wies man ihn an, den Tatort abzusperren.

Mac, der sich noch immer in der Nähe des Vorhees-Hauses aufgehalten hatte, während Danny schon längst mit den Beweisen ins Labor gefahren war, traf keine zehn Minuten später am Fundort ein.

»Fangen wir mit der Suche nach der Leiche an?«, fragte Detective Defenzo, der neben dem Ermittler stand.

Defenzo fühlte den warmen Schweiß unter seinen Armen und auf seiner Stirn. Es war noch nicht Mittag, und seine Unterhose klebte schon so sehr an seinen Lenden, dass die Haut zu jucken begann.

Mac antwortete nicht. Er betrachtete die Szenerie – Fahrrad, verstreute Kleidungsstücke, Schuhe, Waldboden. Was er nicht sah, war der zweite Schuh des Jungen und die Brille, die er trug.

Er zog seine Latexhandschuhe an und reichte Defenzo ein zweites Paar. Sie mussten suchen: Blut, Fußabdrücke, Fingerabdrücke, Haar, einfach alles.

Aber da war nichts zu finden. Mac war nicht bereit, so einfach aufzugeben. Der Boden der Lichtung war mit Laub bedeckt. Hunderte, Tausende von Blättern, die ihnen die Suche erschweren würden. Gut so, dachte er, denn er wurde stets misstrauisch, wenn die Dinge zu glatt liefen.

Er fing an zu suchen, passte auf, wo er hintrat, entfernte vorsichtig ein Insekt von seinem Nacken und stellte sich dann einen verängstigten, blassen, mageren zwölfjährigen Jungen vor, der nackt auf dieser finsteren kleinen Lichtung stand.

»Suchen Sie«, sagte er zu dem Detective. »Und passen Sie auf, wo Sie hintreten.«

Defenzo nickte und verschwand zwischen den Bäumen auf der linken Seite.

Mac machte Fotos, kniete neben jedem möglichen Beweisstück nieder und untersuchte es mit einem tragbaren Mikroskop, das nicht die geringste Ähnlichkeit mit dem Vergrößerungsglas hatte, das Sherlock Holmes wohl benutzt hätte. Das Gerät in Macs Hand sah aus wie ein kleines metallisches Brillenetui. Von Zeit zu Zeit richtete er einem eingebauten Strahler auf einen Gegenstand, um diesen dann in fast hundertfacher Vergrößerung anschauen zu können.

Während der nächsten fünfzehn Minuten sammelte Mac Laub vom Boden auf, untersuchte die einzelnen Blätter und tütete sie ein.

3

Die Worte ›*Das Jüdische Licht Christi*‹ standen in großen goldenen Lettern auf den großzügig geschnittenen, dunkel eingefärbten Fensterscheiben. Auf der Tür war zu lesen: ›Treten Sie ein. Hier ist jeder willkommen‹.

Auf der Markise über den beiden Fenstern waren die verblassten Überreste eines weiteren Schriftzugs zu erkennen: „Goldman's Schneiderei und Trockenreinigung". Vor den starken Sonnenstrahlen bot die Markise nur wenig Schutz.

Aiden und Stella sehnten sich nach einer Klimaanlage, stattdessen empfing sie ein müder Deckenventilator, der sich knirschend über ihnen drehte. Während sie sich hier umsahen, hatte Flack Yosele Glick nach Hause begleitet, in der Hoffnung, vielleicht die ein oder andere Spur zu erfahren, der er hätte nachgehen können.

In dem Tempel standen vierzehn Stühle in einem Halbkreis. Alle waren besetzt. Sieben Männer, sieben Frauen. Die sauber rasierten Männer trugen Gebetskäppchen, und die Frauen hatten ihre Köpfe mit Tüchern bedeckt.

Sowohl Aiden als auch Stella fiel auf, wie jung diese Leute waren. Der älteste Anwesende war ein Mann, der in der Mitte saß und allenfalls vierzig sein konnte.

In dem Raum herrschte die Hitze des späten Vormittags.

»Wir haben Sie bereits erwartet«, sagte der ältere Mann.

Er war schlank, hatte einen dunklen Teint, dünnes Haar, ein leicht vernarbtes Gesicht und tiefblaue Augen, die unentwegt die beiden Kriminalistinnen fixierten.

»Joshua?«, fragte Stella.

»Der bin ich«, sagte der Mann. »Und dies ist unsere Gemeinde.«

»Die ganze Gemeinde?«, hakte Stella nach.

»Wir werden wachsen, in unserer Zahl, unserem Glauben und unserer Bestimmung«, erklärte er. »Es gibt vierzehn Millionen Juden auf der Welt.«

»Rabbi Mesmur sagt, Sie würden ihn und die Mitglieder seiner Gemeinde belästigen.«

Die Leute, die auf den Stühlen saßen, bewegten sich kaum, aber ein paar von ihnen richteten nun ihre Blicke auf Joshua und lächelten ihn vertrauensvoll an.

»Es ist unsere Mission, Juden zum wahren Licht Christi zu führen«, sagte Joshua. »Um das zu vollbringen, müssen wir jenen, die irregeleitet sind, gegenübertreten, um sie von der Wahrheit zu überzeugen.«

»Warum?«, fragte Aiden.

»Damit sie gerettet werden.«

»Heute Morgen wurde ein Mann in der Synagoge ermordet«, sagte Stella.

»Das wissen wir«, entgegnete Joshua.

»Gekreuzigt«, fügte Stella hinzu.

Nun plötzlich ruhten alle Augen auf den beiden Ermittlerinnen, die vor den Gemeindemitgliedern standen.

»Wir würden gern Ihre Fingerabdrücke und eine DNS-Probe von Ihnen bekommen«, erklärte Aiden.

»Wir haben niemanden umgebracht«, verkündete Joshua mit ruhiger Stimme. »Wir folgen den Geboten und den Worten Christi, des Erlösers.«

»Dann macht es Ihnen doch sicher nichts aus, uns Beweismittel zu liefern, damit wir Sie als Verdächtige ausschließen können«, sagte Stella.

»Und das Gleiche machen Sie auch mit den Gemeindemitgliedern, die heute Morgen am Minjan teilgenommen haben?«, fragte Joshua. »Oder mit den Gemeindemitgliedern der Saint Martine's Church?«

»Das werden wir«, entgegnete Aiden.

Joshua sah die Leute an, die zu seiner Rechten saßen, und sagte: »Devorahs Vater ist Kantor in einer der größten orthodoxen Gemeinden Connecticuts. David hat in Yale seinen Doktortitel in Judaistik gemacht. Joel ist Assistenzprofessor für alte Sprachen an der Columbia. Carole ist psychiatrische Sozialarbeiterin. Erik ist Anwalt. Jeder von uns kennt die Welt außerhalb dieser Wände. Jeder von uns fühlt sich verpflichtet, diese Welt zu ändern, jene zu retten, die erst Frieden finden werden, wenn sie das Wort Christi annehmen.«

»Fingerabdrücke«, sagte Aiden gelassen.

Sie hatte diese Art von religiösem Geschwätz schon als Kind über sich ergehen lassen müssen, und sie traute niemandem, der einer strengen religiösen Richtung folgte. Sie wusste, dass einige der religiösen Eiferer wirklich das meinten, was sie sagten, aber den meisten dienten die Worte nur als Deckmantel für irgendwelche finsteren Absichten im Hintergrund – Verführung, Geld, Macht. Joshua kam Aiden vor wie einer derjenigen, die hinter ihren schönen Worte Geheimnisse verbargen. Außerdem trug er auch das wahnsinnige Lächeln absoluter Gewissheit in seinem Gesicht, dass sie schon oft bei fanatischen Gläubigen gesehen hatte.

»Wir würden es vorziehen, wenn Sie darauf verzichteten«, sagte Joshua, streckte die Hände zu beiden Seiten aus und berührte zur Rechten sanft die Schultern eines Mädchens, zur Linken die eines Mannes.

»Wir können uns einen Gerichtsbeschluss holen«, sagte Stella.

»Nein«, widersprach ein Mann auf der linken Seite.

Er war etwa dreißig und trug Anzug und Brille.

»Sie haben keinen ausreichenden Grund, um uns zur Mitarbeit zu zwingen«, sagte er.

Joshua lächelte, sah Aiden und Stella an und zog triumphierend die Augenbrauen hoch.

»Erik …«, fing er an.

»… ist Anwalt«, beendete Stella seinen Satz.

»Niemand in dieser Gemeinde hat einen Mord begangen«, verkündete Joshua leidenschaftlich.

»Ich glaube nicht, dass wir uns einfach mit Ihrem Wort begnügen können«, konterte Stella.

»Das hatte ich nicht im Entferntesten erwartet.«

»Und was haben Sie gemacht, bevor Sie Ihre Religion gefunden haben?«, wollte Aiden wissen.

»Ich war der Sohn eines Rabbi«, erklärte Joshua. »Ich war Autor pornografischer Taschenbücher, eine verlorene Seele. Aber nun habe ich das Licht gesehen und die Wahrheit und bin selbst ein Rabbi, ein Lehrer des Glaubens.«

Devorah, das hübsche Mädchen mit der reinen Haut, deren Vater Kantor war, erhob sich und sagte: »Sie können meine Fingerabdrücke und meine DNS haben.«

Sie sah Joshua nicht an, als dieser erklärte: »Wir sind keine Sekte. Wenn irgendein Gemeindemitglied Ihren Wünschen entsprechen möchte, so ist das seine eigene Entscheidung.«

David, schlank, lockiges rotes Haar, der Mann mit dem Doktortitel in Judaistik, erhob sich ebenfalls und sagte: »Ich werde auch kooperieren.«

Dann sah er Joshua an. »Wir haben nichts zu verbergen.

Wir sind in der Hand des Herrn, und wir werden erlöst werden.«

Zwei weitere Gemeindemitglieder standen auf. Joshua verlor seine Macht, und er verlor sein Gesicht gegenüber zwei Frauen. Er sah Stella an. Seine Lippen lächelten, aber in seinen Augen brannte Wut.

Auch er stand nun auf, was den Rest seiner kleinen Gemeinde veranlasste, seinem Beispiel zu folgen.

Auf einem Tisch an der Wand packten Aiden und Stella ihre Utensilien aus, ehe sie die Gemeindemitglieder baten, sich in einer Reihe aufzustellen. Das Ganze ging zügig vonstatten. Stella untersuchte auch Hände und Kleidung jeder einzelnen Person. Sie sah nach Blutspuren oder Anzeichen eines Kampfes und warf einen Blick auf die Schuhsohlen, um dort vielleicht Sägespäne vom Schauplatz des Mordes zu entdecken. Mit Wattestäbchen nahm Aiden die Speichelprobe aus der Mundhöhle jedes einzelnen Anwesenden, dann tütete sie sie in durchsichtige Plastikbeutel ein und beschriftete sie.

Die DNS, Desoxyribonukleinsäure, ist aus festen Chromosomensträngen zusammengesetzt. Von jedem Elternteil bekommt der Mensch mit seiner Geburt dreiundzwanzig Chromosomen. Eines der Chromosomenpaare bestimmt das Geschlecht des Menschen. Auf jedem DNS-Strang finden sich ungefähr dreißigtausend Gene. Diese Gene sind der Bauplan für das, was wir sind, und für das, was aus uns wird. Die DNS eines Menschen ist einzigartig und stimmt mit der keines anderen Menschen überein. Nur eineiige Zwillinge bilden die berühmte Ausnahme von dieser Regel.

Stella untersuchte jede Person mit einer forensischen Lichtquelle und entdeckte Blutspuren an einer Person in der Gruppe, einem jungen, gut frisierten Mann mit vollem dunklen Haar, der sich als Earl Katz vorstellte.

»Sie haben frisches Blut an den Händen«, sagte Stella.

»Ja«, entgegnete der junge Mann, der deutlich größer war als die beiden Frauen. »Eine Frau mit einer gebrochenen Nase hat Blut an meiner Hand hinterlassen. Häusliche Gewalt. Ich bin Polizist. Ich bin vor etwa einer Stunde vom Dienst gekommen, habe geduscht und die Kleidung gewechselt und meine Uniform in die Waschmaschine gesteckt.«

»Wir werden das überprüfen«, sagte Stella.

»Davon bin ich überzeugt«, gab Earl Katz zurück. »Sie würden Ihren Job nicht richtig machen, täten Sie es nicht.«

Joshua war der Letzte. Und hatte das beste Ergebnis von allen: Blutspuren an beiden Händen und unter seinen Schuhsohlen etwas, das aussah wie zusammengepresste Sägespäne. Stella nahm Proben, hielt den Beutel mit den Blutproben und den Sägespänen hoch und fragte:

»Möchten Sie uns das erklären?«

»Das möchte ich lieber nicht«, entgegnete Joshua.

Und Stella nahm ihn zur weiteren Befragung mit aufs Revier.

Gerichtsmediziner Sheldon Hawkes neigte bisweilen zu einem äußerst makabren Humor, aber nicht an diesem Tag. Auf dem Tisch vor ihm lag der Leichnam von Becky Vorhees. Drei weitere Leichen warteten in den Kühlfächern an der Wand. Der Morgen würde lang werden. Hawkes, ein Afroamerikaner, hatte kürzlich geträumt, er ginge durch hohes Gras unter einer Sonne, die viel zu tief stand. Er hörte Stimmen in einer Sprache, die er nicht verstand, wenngleich er überzeugt war, dass er sie einst verstanden hatte. Hawkes wollte zu den Stimmen laufen, aber es war zu heiß, und er war zu müde. Schließlich schaffte er es, das Gras hinter sich zu lassen und auf eine weite, offene Fläche zu treten, auf der sich drei junge schwarze Männer mit nacktem Oberkörper über einen toten, blutüberströmten Löwen beugten. Die drei Männer hießen Hawkes willkommen, als er sich näherte. Sein Ziel war der tote Löwe. Als Hawkes erwachte, wusste er, dass das mehr gewesen war als ein schlechter Traum.

Jane Parsons, deren ordentlich gekämmtes blondes Haar auf ihre Schultern fiel, betrachtete die Proben, die vor ihr auf dem großen Tisch lagen. Es waren mehr als zwanzig. Vor Jahren hatten privatwirtschaftliche Laboratorien noch drei bis sechs Wochen für einen DNS-Test gebraucht. Inzwischen reichten drei bis sieben Tage. Jane hatte den Zeitraum sogar auf zwei Tage verkürzt. Wenn sich die Proben stapelten und die Kriminalisten in Eile waren, konnte sie es notfalls auch an einem Tag schaffen.

»Fangen Sie mit dem Blut der Tochter an«, sagte Mac, während er sich über ihre Schulter beugte.

Hatte sie Parfüm aufgelegt? Nein. Es war eine Kombination aus Shampoo und Spülung. Er wich zurück, bevor … Jane blickte sich über die Schulter zu ihm um.

»Alles in Ordnung?«, fragte sie.

»Bestens«, sagte Mac. »Wie lange wird es dauern?«

»Das alles?« Sie betrachtete die Proben auf dem Tisch. »Zwei Tage. Reicht das?«

»Das wird es wohl müssen«, erwiderte er, drehte sich um und ging quer durch den Raum zur Glastür.

Mit dem Mikroskop vor sich und den Proben zur Rechten, begann Jane mit ihrer Arbeit. Sie kannte den Namen des willigen oder unwilligen Spenders jeder einzelnen Probe, und sie wusste, dass einige der Spender ermordet worden waren und andere möglicherweise gemordet hatten. Was sie hingegen nicht wissen wollte, war, wie die Gesichter aussahen, die zu den einzelnen Proben gehörten, oder welches Leben sie geführt haben mochten.

Sie extrahierte mit Hilfe von Phenol und Chloroform die DNS aus der ersten Probe. Dann präparierte sie die DNS mit Isopropanol und benutzte Restriktionsenzyme, um sie in kleine DNS-Fragmente aufzuschneiden. Die aufgetrennte DNS gab sie auf ein Agarosegel, das aussah wie durchsichtiger Wackelpudding. Sie schüttelte das Gel und goss es in einen Behälter, der an eine rechteckige Backform erinnerte. Dann widmete sie sich der nächsten Probe. Jede Probe würde abschließend mindestens drei Stunden ruhen müssen, ehe sie für den Test brauchbar war.

Wenn alle DNS-Proben auf das Gel übertragen waren, musste sie die Gel-Elektrophorese durchführen. Dabei wurden die negativen DNS-Moleküle mit Hilfe eines elektrischen Feldes durch das Gel gezogen. Die kleinen DNS-Moleküle, die sich schneller durch das Gel bewegten als die anderen, konnten nun ihrer Größe nach klassifiziert werden. Am Ende wurden diese Fragmente mit Ethidiumbromid eingefärbt, und wenn all das getan war, konnte sie die Muster der einzelnen Fragmente mit dem jener DNS-Probe vergleichen, die am Tatort gefunden wurde. Das Bild der separierten Fragmente erinnerte an den allgemein bekannten Strichcode. Zum Abschluss ihrer Untersuchung würde sie mit Fotos alles dokumentieren.

Die Arbeit musste sorgfältig durchgeführt werden. Es gab zu viele Schritte, bei denen jederzeit ein Fehler passieren konnte. Sie nahm an, dass Mac die Codes an das FBI weiterleiten wollte, um in der DNS-Datenbank CODIS danach zu suchen und sie anschließend der Datensammlung zuzufügen.

Jane hatte starke Kopfschmerzen. Sobald sie Gelegenheit bekam, würde sie ein paar Aspirin nehmen. Der Schmerz war ihr vertraut. Er war ein Teil ihres Jobs. Ihre Augen brannten. Ihr Mund war trocken. Aber sie arbeitete weiter.

Don Flack trank eine Tasse starken, kräftig gesüßten schwarzen Tee und hörte Hyam Glick zu, dem Bruder des Ermordeten. Sie saßen in der Küche von Asher Glicks Haus, vier Blocks von der Synagoge entfernt, in der er ermordet worden war.

Aus vielerlei Gründen lebten mehr als tausend strenggläubige Juden in dieser Gegend. Da war das Gefühl der Gemeinschaft, der Wunsch, in der Nähe von Verwandten zu leben, vor allem am Sabbat, der Zeit von Sonnenuntergang am Freitag bis zum Sonnenuntergang am Samstag. In dieser Zeit war es verboten, zu arbeiten oder ein Fahrzeug zu steuern. Außerdem waren alle aufgefordert, den Gottesdiensten am Freitagabend und am Samstagmorgen beizuwohnen. Die Häuser in dieser Gegend hatten oftmals umfassende Renovierungsarbeiten nötig, aber durch ihre Lage in der Nähe der Synagoge erzielten sie trotzdem horrende Verkaufspreise.

Das Haus der Glicks schien, soweit Flack es sehen konnte, gut in Schuss zu sein. Die Böden waren glatt und eben, die Wände weiß, sauber und nicht verkratzt, und an der Decke zeigten sich keine Anzeichen von Wasserschäden oder sonstigen Missständen.

Einige Frauen waren gekommen, um Yosele Trost zu spenden und sich um die Kinder zu kümmern. Andere Frauen und Männer bereiteten die Schiwa, die siebentägige Trauerzeit, vor und verhängten Spiegel und stellten Stühle auf. Wieder andere holten Kuchen, Kekse und Süßigkeiten und stellten sie für die Leute bereit, die herkommen würden, um ein Gebet für den Toten zu sprechen und ihm die letzte Ehre zu erweisen.

»Das Minjan«, sagte Glick seufzend. »Was soll ich Ihnen sagen? Ich kann mir nicht vorstellen, dass irgendjemand von uns so etwas tun könnte. Aaronson, Mendel, Tuchman und Siegman sind alle über achtzig. Ich kann mir nicht denken, dass einer von ihnen meinen Bruder hätte überwältigen oder die Kraft aufbringen können, Nägel durch seine …«

Glick unterbrach sich, seufzte noch einmal und schluchzte auf. »Mein Bruder war ein kräftiger Mann«, sagte er dann. »Er hat mit den Händen gearbeitet, mit dem Rücken, hat Möbel gehoben und transportiert. Er …«

Flack nippte an seinem Tee und wartete, bis Glick sich wieder gefasst hatte.

»Black hat Parkinson«, fuhr Glick endlich fort. »Mendel und Bloom sind jung genug, nicht älter als fünfzig und bei guter Gesundheit, soweit ich weiß.«

»Kommen sie regelmäßig zum Minjan?«, fragte Flack. Er wusste, dass Glick diese Frage bereits Stella und Aiden beantwortet hatte, aber er wollte die Antwort von ihm selbst hören.

»Das sagte ich doch. Alle kommen regelmäßig, bis auf Black, Mendel und Bloom.«

»Stand Ihr Bruder einem dieser Männer besonders nahe?«

»Allen. Asher war in dieser Gemeinde der Fels in der Brandung.«

»Womit verdienen diese Männer ihren Lebensunterhalt?«

»Außer mir, Asher, Mendel und Bloom sind alle im Ruhestand. Mendel arbeitet in Schlosmans koscherer Bäckerei. Er ist Bäcker. Sein Challah gilt als das Beste in der ganzen Stadt.«

»Bloom?«

»Ich weiß nicht viel über ihn. Er ist neu. Ich denke, er ist wie Asher in der Möbelbranche. Scheint ein netter Mann zu sein.«

Fünfzehn Minuten später fand Flack auf der Festplatte des Computers in Asher Glicks Büro, gleich neben dem Schlafzimmer der Eheleute, eine Datei, in der alle Aufträge verzeichnet waren, die Glick während der letzten fünf Jahre übernommen hatte. Verzeichnet waren auch die notwendigen Arbeiten, die Dauer, der Materialaufwand und das Geld, das er für den jeweiligen Job erhalten hatte.

Außerdem fand Flack eine Datei mit Außenständen. Unter diesen Außenständen befand sich eine Rechnung über zweiundvierzigtausend Dollar, ausgestellt auf Arvin Bloom, den Bloom, der an dem morgendlichen Minjan teilgenommen hatte. Sie war beinahe zwei Monate überfällig.

Eine Anmerkung unter dem Eintrag lautete: »Zeit, ihn darauf anzusprechen.«

Flack ging Glicks E-Mails durch und konzentrierte sich dabei auf die letzten beiden Tage. Da waren Werbemails für Viagra, Cialis, Rolexuhren und Alaskareisen. Flack öffnete den Ordner für gespeicherte Nachrichten und durchsuchte die Liste, bis er eine erst kürzlich gespeicherte Mail von Glick an Bloom entdeckte. Die Botschaft lautete:

Du bist also ein alter Schulkamerad aus der Yeshiva-Schule in Chicago. Willkommen in New York. Es tut mir Leid, dass du krank gewesen bist, aber ich hoffe, es geht dir jetzt wieder besser, wenigstens gut genug, um einen alten Freund zu besuchen. Erinnerst du dich an Chaver Schloct und daran, wie leicht es war, den armen alten Mann aus der Fassung zu bringen? Ich frage mich, was aus ihm geworden ist. Auf jeden Fall würde ich mich freuen dich wieder zu sehen. Außerdem wäre es nett, wenn du mir einen Scheck über den Betrag schicken würdest, den du mir für den englischen Esstisch und die acht passenden Stühle aus dem 18. Jahrhundert schuldest, für die Möbel, die deine Frau bei mir gekauft hat. Eine Teilzahlung wäre für den Moment auch in Ordnung. Aber diese finanzielle Geschichte hat nichts damit zu tun, dass ich dich gern sehen würde.

Asher Glick

Chad Willingham blickte vom Mikroskop auf, grinste Aiden an und kratzte sich am Kopf, was seine Ähnlichkeit mit Stan Laurel nur verstärkte.

»Eine Minute, nur noch eine Minute, bitte«, sagte er, bevor er sich wieder dem Computer zuwandte. »Da haben wir es.«

Er deutete auf den Bildschirm, auf dem eine Webseite zu sehen war. Ganz oben auf der Seite war etwas abgebildet, das aussah wie dunkles Holz.

»Blutholz«, sagte er. »Großartiger Name. Wächst in Brasilien, Französisch-Guayana, Surinam.«

»Selten?«, fragte sie.

»Schätze schon«, sagte er. »Langlebig. Wird für Bodenbeläge und Möbel benutzt. Schon mal gegrillte Iguana probiert?«

»Hat das irgendetwas mit dem Blutholz zu tun?«, fragte Aiden.

»Nicht, dass ich wüsste. Aber es gibt ein Restaurant in Chinatown, in dem kann man das essen.«

»Fragst du mich etwa, ob ich mit dir Iguana essen gehe?«

»Nein«, sagte er. »Ich dachte nur, es wäre interessant. Etwa so, als hätte ich gesagt, ich hätte ein Einhorn gesehen.«

»Ein Einhorn«, wiederholte Aiden skeptisch.

»Kennst du nicht die Geschichte von James Thurber?«, fragte er. »Die, in der ein Mann in seinem Garten ein Einhorn sieht und es seiner Frau erzählt, die darauf antwortet, er sei ein Trottel und sie würde ihn in die Klapsmühle bringen, aber am Ende selbst dort landet?«

»Hat diese Geschichte auch eine Pointe, Chad?«

»Ich sehe gern Einhörner«, entgegnete er grinsend.

Es gab viele Gründe, eine virtuelle Autopsie zu befürworten, aber bisher hatte Hawkes diese Art der Untersuchung nur bei Angehörigen des jüdischen Glaubens durchgeführt. Die Prozedur erforderte eine Computertomographie und eine Magnetresonanz-Tomographie. Der Todeszeitpunkt lässt sich bei einer Virtopsie mit Hilfe der Magnetresonanz-Spektrografie exakt ermitteln. Auf einem Computermonitor erscheint ein dreidimensionales Bild der Leiche, dass die Stoffwechselabbauprodukte im Hirn, die im Zuge des postmortalen Verwesungsprozesses auftreten, sichtbar macht.

Der Hauptgrund, die Virtopsie nicht einzusetzen, war, dass nur wenige Gerichte bereit waren, den so gewonnenen Ergebnissen Beweiskraft zuzugestehen. Im Zeugenstand musste Hawkes während der Befragung durch den Verteidiger immer irgendwann die Frage beantworten, ob er die Organe tatsächlich gesehen hatte. In diesem Fall, in dem es um einen orthodoxen Juden ging, würde der Verteidiger von ihm hören, dass eine Virtopsie vorgenommen worden war.

Ein vernünftiger Verteidiger würde dann mit höchster Wahrscheinlichkeit fragen, ob Dr. Hawkes der Ansicht wäre, dass die Ergebnisse einer Virtopsie ebenso aussagekräftig seien wie die einer allgemein anerkannten herkömmlichen Autopsie.

»Das kommt darauf an, wer das Verfahren anwendet«, würde Hawkes dann antworten.

Und dann würde der Verteidiger ihm die Frage aller Fragen stellen: »Denken Sie, dass diese virtuelle Autopsie mit der gleichen Gründlichkeit erfolgt ist, mit der Sie eine herkömmliche Autopsie durchgeführt hätten?«

Und Sheldon Hawkes wäre gezwungen, Nein zu sagen.

Hawkes wollte alles versuchen, um die Wünsche von Asher Glick und die Grundsätze seiner Religion zu respektieren, aber als er den auffallend hellhäutigen nackten Mann auf dem Tisch vor sich anschaute, griff er zu einer langen Pinzette. Auch wenn er nun doch in den Körper eindrang, so könnte er wenigstens sagen, dass er sich auch um eine andere Möglichkeit bemüht hatte. Mit den Ergebnissen der Virtopsie konnte er immerhin einige Körperbereiche unangetastet lassen und sich auf das konzentrieren, was noch ausstand.

Vor drei Jahren war Hawkes vom stellvertretenden Police Commissioner abgekanzelt worden, weil er eine blutige Autopsie an einem Mann namens Samson Hoffman durchgeführt hatte, der, wie sich herausgestellt hatte, orthodoxer Rabbi gewesen war. Leider hatte es niemand für nötig gehalten, Hawkes über dieses Detail in Kenntnis zu setzen.

Nun jedoch machte er sich behutsam an die Arbeit, um die zwei Kugeln zu entfernen, die in Asher Glicks Hirn steckten. Die Virtopsie hatte ihm ihre Lage offenbart. Sie kamen sauber und in gutem Zustand heraus. Er ließ die Kugeln in eine Metallschale fallen.

Normalerweise hätte er den Oberkörper des Leichnams einfach von Schulter zu Schulter und in der Mitte des Brustkorbs aufgeschnitten und die Rippen danach wie zwei schwere Türen aufgeklappt, um die lebenswichtigen Organe freizulegen. Stattdessen brauchte Hawkes nun fast zwei Stunden, um bei der Autopsie so vorsichtig wie möglich ans Werk zu gehen und dem Toten keine unnötigen Wunden zuzufügen.

Auf ihn warteten noch drei weitere Leichen, und wer wusste schon, wie viele noch kommen würden?

Hawkes war müde. Sechzehn Stunden ohne Schlaf, zu viel Kaffee und eine arg verbrannte Leiche heute Früh. Immerhin hatte er herausgefunden, dass die Frau erdrosselt worden war, bevor man sie verbrannt hatte.

Als er mit Glick fertig war, brachte er die Leiche des Mannes zurück zu der Kühlkammer, aus der sie gekommen war. Dann öffnete er eine andere Lade und brachte die Leiche von Eve Vorhees zum Vorschein. Sie war eine gut aussehende Frau mit einer hübschen Frisur und einem durchlöcherten Körper.

Als Hawkes die Frau betrachtete, dachte er, dass sie wirklich friedlich aussah.

Er steckte den Ohrstöpsel seines iPod in das rechte Ohr, stopfte das Gerät in seine Brusttasche und schaltete es ein. Dies war ein Tag für Modern Jazz aus den Fünfzigern, für die klagenden Posaunen von J.J. Johnson und Kai Winding, die tiefen, seelenvollen Klänge von Gerry Mulligans Saxophon und die traurige, wissende Stimme von Chet Baker, während er *You Don't Know What Love Is* sang.

Als Hawkes zum ersten Schnitt ansetzte, war ihm nicht bewusst, dass er mitsang.

Die Fotos lagen neben dem kleinen Stapel Computerausdrucke auf dem sauberen Labortisch. Stella wartete, während Aiden eine weiße Kunststoffflasche mit Salzlösung aus einer Schublade holte, den Kopf zurücklegte und zwei Tropfen in jedes Auge fallen ließ.

Sie wusste, dass das stunden- und tagelange Anstarren eines Monitors seinen Tribut forderte. Zwei Jahre zuvor hatte Matt Heath, ein einundzwanzigjähriger Computerfreak mit einem gewinnenden Lächeln und unbezwingbarem rotem Haar, eine Sechzehn-Stunden-Sitzung am Computer hinter sich gebracht. Als er danach versucht hatte aufzustehen, war sein Sehvermögen getrübt gewesen und er war gestürzt. Er hatte einen Krampfanfall erlitten und sich eine Platzwunde am Kopf zugezogen, die mit zehn Stichen hatte genäht werden müssen.

Drei Tage später war er mit einer dicken Brille auf der Nase wieder zur Arbeit gekommen. Es schien, als wäre er ganz der Alte gewesen, bis er sich vor den Bildschirm gesetzt hatte. Er hatte den Computer eingeschaltet und zugehört, wie dieser summend erwachte. Als auf dem Monitor die kleinen Desktopsymbole vor einem hellblauen Hintergrund sichtbar wurden, hatte Matt Heath den Computer sofort wieder ausgestellt, war aufgestanden und zur Tür hinausgegangen. Soweit Stella gehört hatte, besuchte er nun eine Schule für Gourmetköche in Zürich.

»Alles in Ordnung?«, fragte Stella ihre Kollegin.

»Bestens«, sagte Aiden, griff nach einem der Ausdrucke und reichte ihn an Stella weiter. »Sieh mal, was wir hier haben.«

»Um welche Zeit hast du deinen Termin?«, fragte Mac und blickte über Dannys Schulter auf den Monitor.

»Zwei«, sagte Danny.

Mac hatte Danny angewiesen, einen Termin mit Sheila Hellyer zu vereinbaren, der Psychologin des NYPD, die Bereitschaftsdienst hatte. Jeder Mitarbeiter musste sich in regelmäßigen Abständen zur Bewertung seines psychischen Zustands bei Sheila oder einem der anderen Psychologen vorstellen, doch diese Sitzungen waren zumeist nur kurz.

Mac hatte, nachdem Claire am 11. September gestorben war, fünf Sitzungen bei ihr hinter sich gebracht. Das hatte ihm geholfen. Nun blickte er auf Dannys Hand. Das Zittern war noch immer da, doch Danny schaffte es, die Computertastatur zu bedienen. Es dauerte nur länger, und er musste öfter etwas löschen oder neu eingeben.

Mac hatte nach Claires Tod nicht mit einem Tremor zu kämpfen gehabt. Er hatte unter einem plötzlichen und auffallenden nervösen Zucken in der rechten Wange gelitten, und das war etwas, das er nicht hatte verbergen können. Also hatte er sich eine Auszeit genommen und Sheila Hellyer aufgesucht. Das Zucken war verschwunden, aber sein Verschwinden hatte in ihm ein dauerhaftes Schuldgefühl ausgelöst.

Auch wenn das keinen Sinn ergab, hatte Mac doch stets das Gefühl, das Zucken sei eine Ermahnung, vielleicht sogar eine Bestrafung gewesen, nicht nur für den Tod seiner Frau, sondern auch für das Schuldempfinden, das ihn verschont hatte, solange das Zucken noch gegenwärtig gewesen war. Manchmal vermisste er den Trost dieser kleinen Heimsuchung zutiefst.

Vor etwas mehr als einem Jahr hatte auch Danny schon mal eine psychologische Untersuchung über sich ergehen lassen müssen. Er hatte einen Mörder, der seinerseits auf Danny geschossen hatte, getötet. Erst hatte er nach der Schießerei einen leicht geistesabwesenden Eindruck gemacht. Dann aber war er immer öfter für eine Minute oder so in einen Zustand benommener Verwirrung abgedriftet. Nach der Untersuchung hatte Danny langsam wieder zu sich gefunden, auch wenn das Lächeln, dass er früher so oft auf den Lippen gehabt hatte, immer seltener zu sehen war.

»Fingerabdrücke überall am Tatort«, sagte Danny. »Die meisten sind erwartungsgemäß von Vater, Mutter und

Tochter. Andere, zwei blutige Abdrücke am Bett, sehen wie die eines Kindes aus. Wir haben in den Akten keine Vergleichsabdrücke für Jacob Vorhees, aber sie passen zu den Abdrücken in seinem Zimmer. Da sind noch weitere sehr interessante Abdrücke.«

»Kyle Shelton«, sagte Mac. »Die Bestie.«

»Seine Abdrücke sind überall im Zimmer des Mädchens«, entgegnete Danny. »Einige davon sind blutig.«

»Haben wir seine Adresse?«, fragte Mac.

»Ja. Sollen wir uns einen Gerichtsbeschluss holen und ihn festnehmen?«

Mac warf einen Blick auf seine Armbanduhr. »Das mache ich. Du gehst zu deinem Termin bei Sheila Hellyer.«

Danny nickte resigniert.

Joshua saß aufrecht da, eine kleine schwarze Bibel lag aufgeschlagen in seinen Händen. Sein schwarzer Anzug und das weiße Hemd waren knitterfrei und erst kürzlich gereinigt worden. Er trug keine Krawatte und war frisch rasiert. Als Aiden und Stella den Raum betraten, blickte er sie über den Rand seiner Brille hinweg an. Er hatte auf sie gewartet.

Die beiden Frauen setzten sich ihm gegenüber. Joshua klappte die Bibel zu und verstaute sie in seiner Jackentasche.

Aiden legte den Computerausdruck auf den Tisch. Joshua würdigte ihn keines Blickes.

»An Ihren Schuhen war Sägemehl«, sagte Stella. »Es stimmt mit dem Sägemehl am Tatort überein.«

»Sollten Sie mir nicht erklären, dass ich das Recht auf einen Anwalt habe?«, fragte er.

»Sie stehen nicht unter Arrest«, entgegnete Stella. »Aber wenn Sie einen Anwalt wollen …«

Joshua schüttelte den Kopf.

»Ich war gestern dort«, berichtete er. »Ich bin in dieses Zimmer gegangen und habe eine Botschaft an der Wand hinterlassen: ›Jesus ist der König der Juden‹. Ich bin nicht eingebrochen. Die Türen der Synagoge waren offen. Das ist ein Haus des Gebets. Ich habe auch keine Sachbeschädigung begangen. Die Farbe, die ich benutzt habe, lässt sich leicht abwaschen.«

»Dann versuchen wir es mit Belästigung«, schlug Aiden vor.

»Das wüsste ich zu schätzen«, sagte Joshua. »Ein richterlicher Verweis. Öffentliche Aufmerksamkeit für unseren Glauben. Es gibt Böses unter uns, den Teufel. ›Seid nüchtern und wachet; denn euer Widersacher, der Teufel, geht umher wie ein brüllender Löwe und sucht, welchen er verschlinge.‹ Der erste Brief des Petrus, Kapitel fünf, Vers sieben.«

»Vers acht«, korrigierte Stella.

Joshua schaute auf, und ihre Blicke trafen sich. Er zog die Bibel aus der Tasche hervor, blätterte eine Weile, bis er gefunden hatte, was er suchte, und sagte: »Vers acht.«

»Wenn man etwas beinahe jeden Tag liest, vergisst man das nicht«, bemerkte Stella.

»Nonnen, Priester?«, fragte Joshua, und seine Stimme zitterte ein wenig, während er überlegte, wer sie beeinflusst haben konnte.

Stella antwortete nicht. Es gab eine Menge Dinge, die Stella nicht vergessen würde. Sie war ein Jahr alt gewesen, als sie ins städtische Waisenhaus gekommen war. Als sie alt genug gewesen war, hatte man ihr erzählt, dass ihr Vater ihre Mutter und das neugeborene Kind verlassen hätte und zurück nach Griechenland gegangen sei, wo er bei einer Messerstecherei in einer Kneipe ums Leben gekommen war. Stellas Mutter war an einer Lungenentzündung gestorben, und so hatte sich der Staat des Babys angenommen.

Als sie älter geworden war, hatte sie den größten Teil ihrer Zeit in der Bibliothek zugebracht, Bücher gelesen und Filme angeschaut. Nicht Nonnen hatten sie dazu gebracht, das Alte und das Neue Testament zu lesen. Das war Stella selbst gewesen.

Joshuas selbstsichere Pose hatte ein wenig gelitten, als er nun die Bibel wieder in seiner Tasche verstaute. Für einen Augenblick sah er aus wie ein kleiner Junge, ein verängstigter Junge, der entschlossen war, alles durchzustehen. Stella nickte Aiden zu, worauf diese auf den Bericht blickte, der vor ihr auf dem Tisch lag.

»Ihr Name ist nicht Joshua, sondern Warner Peavey«, sagte Aiden. »Ihr Vater war kein Rabbi. Er war Baptistenpastor in Rock Island, Illinois. Sie sind nicht einmal Jude. In Ihrer Akte unter dem Namen Warner Peavey stehen drei Vorstrafen, und Sie haben zwei Jahre wegen eines bewaffneten Raubüberfalls in Attica gesessen.«

»Ich bin Jude«, widersprach Joshua. »Ich bin zum reformierten Judentum konvertiert und später zum messianischen Judentum. Die meisten messianischen Gemeinden glauben, man könne kein ›Jude für Jesus‹ sein, wenn man nicht als Jude geboren wurde. Wie Jesus wurde ich wegen meines Glaubens gemieden. Haben Sie gewusst, dass jeder, der jüdische Eltern hat, als Bürger nach Israel zurückkehren kann, sogar wenn er Atheist oder Humanist ist, aber wir dürfen das nicht? Also bin ich hier, und hier, im Herzen von Crown Heights, werden ich und meine Gemeinde wachsen, und in diesen Mauern und in den Augen von Jeschua bin ich ein Rabbi.«

»Beschnitten?«, fragte Stella trocken.

»Wir fordern das nicht«, entgegnete Joshua. »All diese Dinge, die in den Akten geschrieben stehen, sind die finstere Seite des Warner Peavey. Dieser Warner Peavey wurde vor fünf Jahren in der Person wiedergeboren, die Sie vor sich sehen. Joshua, Nachfolger des Moses; jener, der die Israeliten ins gelobte Land führte, als Gott Moses gesagt hatte, er dürfe nicht hinein. Es war Joshua, der gegen die Streitmacht derer im gelobten Land gekämpft und sie besiegt hat. Es war Joshua, der die Mauern von Jericho zum Einsturz gebracht hat.«

»Besitzen Sie eine Waffe?«, fragte Stella rundheraus.

»Nein«, sagte Joshua.

»Sie sind Linkshänder«, stellte Aiden fest.

»Ja.«

Stella schob ihm eine Fotografie zu. Sie zeigte die linke Seite von Asher Glicks Leichnam sowie die Umrisse aus Kreide. Joshua betrachtete sie und zuckte mit den Schultern.

»Sehen Sie sich die Kreidemarkierung an«, forderte ihn Stella auf.

Joshua schaute sich das Bild ein weiteres Mal an, ehe er aufblickte.

»Das Kruzifix besteht nicht aus einer durchgängigen Linie«, erklärte Stella. »Der Mörder hat nach ungefähr einem Meter immer wieder innegehalten. Können Sie erkennen, wie die Kreidelinie schwächer wird und ein wenig nach links abweicht?«

»Nein«, sagte Joshua.

»Die Nägel wurden durch Hände und Füße tief in das Hartholz des Bodens getrieben. Ich habe selbst einen Nagel in dieses Holz geschlagen. Er ging nicht sehr tief hinein, und ich habe ihn zuvor nicht durch Fleisch getrieben. Um sie so tief einzuschlagen, muss man schon sehr kräftig sein.«

Joshua schwieg.

»Und«, fuhr Stella fort, »der Gerichtsmediziner hat uns angerufen, kurz bevor wir hergekommen sind. Die Nägel wurden in einem leicht schiefen Winkel von links nach rechts eingeschlagen.«

Joshua schwieg wieder.

»Dann war der Mörder also ein Linkshänder«, sagte er. »Millionen Menschen sind Linkshänder. Jesus war Linkshänder. Ich kann Ihnen den Beweis in der Bibel zeigen.«

»Der Gerichtsmediziner hat gesagt, dass, wer immer Glick erschossen hat, genau gewusst hat, was er tat«, sagte Aiden. »Zwei Schüsse von hinten, perfekt platziert, wie bei einem Profi.«

»Und das beweist was?«, wollte Joshua wissen.

Stellas Blick ruhte auf dem Blatt Papier, das vor ihr auf dem Tisch lag. »Sie hatten ein bewegtes Leben.«

Joshua zuckte mit den Schultern.

»Nachdem Sie Ihr Elternhaus verlassen hatten, haben Sie eine Weile gesessen, weil sie ein Geschäft überfallen hatten.«

»Ich habe gefehlt«, sagte Joshua. »Wie so viele Heilige musste ich erst tief sinken, ehe ich mich mit der Hilfe des Herrn erheben konnte. Wie kann man Erlösung erwarten, wenn man die Sünde nicht erfahren hat?«

»Weiß Ihre Gemeinde, dass Sie im Gefängnis waren?«, fragte Aiden.

»Ja.«

»Als Sie entlassen wurden«, griff Stella den Faden wieder auf, »sind Sie bei einem Zimmermann in die Lehre gegangen.«

»Demütig in den Fußstapfen Jesu, der seine jüdische Herkunft nie geleugnet hat.«

»Danach«, fuhr Stella fort, »haben Sie sich einer messianischen Gemeinde angeschlossen.«

»Eine Zusammenkunft der Zaghaften und Feigen«, sagte Joshua. »Sie erhoben sich nicht einmal, um wenigstens die erste Wange darzubieten. Ich verließ sie und gründete meine eigene Gemeinde.«

Joshua blickte die beiden Frauen an und schüttelte den Kopf.

»Ich weiß, wie man eine Waffe abfeuert«, sagte er. »Ich weiß, wie man den Hammer schwingt und einen Nagel einschlägt. Ich bin Linkshänder. Aber ich habe Asher Glick nicht getötet. Wir glauben an Bekehrung, an Überzeugung, nicht an Mord. Würden wir morden, würde das unsere Sache um Jahre, um Jahrzehnte zurückwerfen.«

»Sehen Sie sich die Fotos an«, forderte Aiden ihn auf.

Er nahm sie an sich. Die Bilder zeigten die Wand der Synagogenbibliothek, an der die Worte ›Jesus ist der König der Juden‹ zu lesen waren. Joshua gab die Fotos an Aiden zurück.

»Daran glauben Sie, nicht wahr?«, bedrängte sie ihn.

»Ja«, sagte Joshua. »Gibt es noch etwas, dass Sie mir sagen möchten?«

»Dass es Ihnen freisteht zu gehen«, entgegnete Stella. »Aber wir werden uns noch einmal mit Ihnen unterhalten.«

4

Dinah Washington sang gerade *Love for Sale*, als Sheldon Hawkes den ersten Schnitt an Becky Vorhees' Leichnam vornahm. Vorher hatte er die Wunden am Körper des Mädchens untersucht, sechs in Brust und Bauch, eine am Hals. Die Art der Wunden, ihre Lage, Größe, Form und Tiefe hielt er in seinem Bericht fest, den er in das Mikrofon über seinem Kopf diktierte. Das Mikrofon war an einen Rekorder angeschlossen, der ganz in der Nähe auf einem Tisch stand.

Darüber hinaus erwähnte er in seinem Bericht, dass Becky, trotz leichter Druckstellen und oberflächlicher Anzeichen sexueller Penetration, anscheinend nicht vergewaltigt worden war.

Dafür gab es viele mögliche Gründe, die er, sollte er gefragt werden, auch nennen würde, aber er war überzeugt, Mac würde sich seine eigenen Gedanken darüber machen. Drei mögliche Gründe lagen auf der Hand. Erstens, der Vergewaltiger hatte es sich anders überlegt. Unwahrscheinlich, bedachte man die brutale Gewalt, die er angewendet hatte. Zweitens, das Mädchen hatte ihn abwehren können, oder drittens, das Mädchen hatte ihn nicht abwehren können, er aber war bei dem Versuch, sie zu vergewaltigen, gestört worden.

Die Mutter des Mädchens hatte vier Stichwunden erlitten, vier im Bauch, eine in der Brust, ein tiefer, schwerer Stich, der einen Knochen gebrochen hatte und ins Herz eingedrungen war. Bei der Frau gab es keine Anzeichen für sexuelle Aktivitäten.

Endlich, beinahe zwei Stunden später, hatte Hawkes den letzten Leichnam auf dem Tisch. Howard Vorhees war ein großer Mann, über neunzig Kilo schwer und gut in Form, offensichtlich durchtrainiert. Er war einmal in den Rücken und zweimal in den Bauch gestochen worden. Von diesen drei Wunden und einer Gesichtsverletzung abgesehen war das einzig möglicherweise Interessante, das Hawkes entdecken konnte, eine purpurfarbene Quetschung kurz über dem rechten Handgelenk. Der Knochen unter dem Bluterguss war nicht gebrochen, aber Vorhees hätte Schmerz empfunden, wäre er noch am Leben gewesen.

»Das Blut der Opfer wird klassifiziert und die DNS untersucht«, sprach Hawkes in das Mikrofon. »In der Annahme, dass die Wunden alle von derselben Waffe verursacht wurden, was ich für wahrscheinlich halte, wird eine Blutuntersuchung vorgenommen, um die Reihenfolge zu ermitteln, in der die Opfer getötet wurden.«

Hawkes schaltete den Rekorder aus und blickte hinab auf den toten Mann. Hätte er die Waffe, so wäre er im Stande nachzuweisen, was er derzeit nur vermuten konnte.

Stammte das Blut in Beckys Wunden beispielsweise ausschließlich von ihr selbst und war nicht mit Spuren des Bluts anderer Familienmitglieder vermengt, so war sie mit hoher Wahrscheinlichkeit das erste Opfer gewesen. Fand er in den Wunden von Howard Vorhees neben seinem Blut auch das seiner Tochter, nicht aber das seiner Frau, so war er als Zweiter ermordet worden. Wenn er die Ergebnisse der Blutuntersuchung vorliegen hätte, würde er es genau wissen.

Er betrachtete das ruhige, blasse Gesicht von Howard

Vorhees. Inzwischen hatte Hawkes sechzehn Lieder von Dinah Washington gehört. Das letzte, *Destination Moon*, ging gerade zu Ende.

Schon lange vor der Zeit des iPods hatte Hawkes sich wieder und wieder die Musik von Maxine Tucker, Sarah Vaughn und Dinah Washington angehört. An einem jener Tage hatte Hawkes einen ausgezehrten Obdachlosen zugenäht, dessen Leber ausgesehen hatte wie ein knollenartiger Klumpen grauer Silikonknetmasse, als bereits ein neuer Leichnam hereingerollt wurde.

»Bringen Sie ihn da drüben hin«, hatte er zu den Sanitätern gesagt und auf die linke Seite gezeigt, während er, ohne aufzublicken, die Naht über der Bauchhöhle geschlossen hatte.

Als er die Leiche zurück in ihr Kühlfach gebracht und eine neue CD eingelegt hatte, wandte er sich der Leiche zu, die gerade erst hereingekommen war.

Hinter ihm erklang die bittersüße Stimme von Maxine Tucker, die sich der Frage widmete, was es wert sein könnte zu sterben. Und vor ihm lag die Leiche von Maxine Tucker.

Hawkes war schweigend stehen geblieben und hatte sich das Lied zu Ende angehört.

Hawkes saß zusammen mit Mac am Tresen im *Metrano's*. Mac hatte einen Kaffee vor sich, Hawkes aß ein Gyrossandwich.

»Und?«, fragte Hawkes und griff nach einem großen Glas Cola.

»Ich denke, du hast Recht«, sagte Mac. »Das Mädchen wurde zuerst getötet. Dann die Mutter. Die Blutuntersuchungen haben gezeigt, dass Spuren vom Blut der Tochter auch in ihrer Wunde zu finden waren und über dem ihren ›lagen‹. Der Vater wurde zuletzt ermordet.«

»Aber das ergibt keinen Sinn«, sagte Hawkes. »Du willst drei Leute umbringen, also holst du dir zuerst die Person, die dir am ehesten Schwierigkeiten machen kann, den Vater, aber der war das letzte Opfer.«

»Vielleicht ist er in das Mädchenzimmer gegangen, nachdem sie und ihre Mutter erstochen worden waren«, schlug Mac vor.

»Und den Lärm hat er nicht gehört? Er hat keine Schlaftabletten und auch keine anderen Drogen genommen. Anderenfalls hätte ich Spuren davon in seinem Magen finden müssen. Und sein Gehör war, soweit ich es sehen konnte, auch in Ordnung.«

»Was hat er also getan, als seine Frau und seine Tochter ermordet wurden?«, sinnierte Mac.

Hawkes zuckte mit den Schultern.

»Und warum wurden die beiden Frauen auf das Bett gelegt und der Vater nicht?«

Mac stierte in die braune Tiefe seines Kaffeebechers, während Hawkes ihn aufmerksam ansah.

»Hast du eine Idee?«, fragte Hawkes.

Mac nickte.

»Du weißt, wo die Leiche des Jungen ist?«

»Vielleicht«, sagte Mac. »Ich muss Kyle Shelton finden.«

»Die Bestie. Es wäre hilfreich, wenn du auch das Messer auftreiben würdest.«

»Wir arbeiten daran«, sagte Mac.

Mac gefiel nicht, was in seinem Kopf vorging. Es gefiel ihm ganz und gar nicht.

Danny saß Sheila Hellyer gegenüber auf einem Stuhl. Ihr Büro war klein und sauber, und es zeichnete sich durch glänzend polierte Holzoberflächen aus.

Sheila Hellyer war in den Vierzigern, sah gut aus, trug große, silberne Ohrringe und einen Kurzhaarschnitt, wo jede einzelne Strähne ihres grauen Haars in der richtigen Position lag.

»Strecken Sie die Hand aus«, sagte sie.

Er tat, wie ihm geheißen. Das Zittern war da. Sheila Hellyer notierte etwas auf dem gelben linierten Block, der vor ihr lag.

»Wann hat das angefangen?«, fragte sie.

»Aufgefallen ist es mir heute Morgen beim Aufstehen«, sagte Danny, bemüht, nicht gar zu unbehaglich aus der Wäsche zu schauen.

»Was, denken Sie, ist passiert?«, erkundigte sie sich.

»Mein Großvater hatte Parkinson.«

»Ist das bei ihm plötzlich aufgetreten?«

»Nein, Stück für Stück, hat mir meine Mutter erzählt.«

»Ich denke nicht, dass Sie unter Parkinson leiden, aber wir werden eine neurologische Untersuchung durchführen.«

»Haben Sie so etwas schon einmal erlebt?«, fragte Danny.

»Oft«, sagte Sheila. »Manchmal ist es ein Tremor, manchmal ein nervöses Zucken im Gesicht, eine undeutliche Aussprache oder ein unkontrollierbares Blinzeln. Das liegt an der Arbeit. Sie hatten so etwas schon einmal.«

Danny blickte sie verwirrt an und sagte: »Nein.«

Sheila Hellyer blätterte in den Seiten ihrer Ordner und fand die Stelle, die sie gesucht hatte. »Vor zwei Jahren wurden Sie psychologisch untersucht, nachdem Sie in einer U-Bahn-Station auf einen bewaffneten Mörder geschossen und ihn getötet hatten.«

Sie legte den Auswertungsbogen weg und sagte: »Die Empfehlung lautete, dass Sie Ihre Arbeit wieder aufnehmen können, wenn sie sich alle sechs Monate zur Nachuntersuchung melden.«

»Das habe ich getan«, sagte Danny.

»Ich weiß. Hier steht auch, dass Sie bei jeder Untersuchung Anzeichen von Abneigung gegenüber dem behandelnden Arzt gezeigt haben.«

»Vielleicht waren die alle paranoid«, gab Danny ganz ernsthaft zurück. »Gestresst von der Arbeit. Ich glaube, einer von ihnen, Dr. Dawzwitz, hatte ein zuckendes rechtes Auge.«

Sheila konnte sich ein Lächeln nicht verkneifen. Er hatte Recht. Aber er versuchte auch, von sich abzulenken.

»Wir waren bei dem Zittern in Ihrer Hand«, sagte sie. »Bei der ersten Untersuchung hat Dr. Dawzwitz einen leichten Tremor in Ihrer rechten Hand bemerkt.«

»Nein«, protestierte Danny und versuchte, sich zu erinnern.

Da war so vieles, worüber er hatte nachdenken müssen, so vieles, worüber er auf keinen Fall hatte nachdenken wollen. Er hatte sich ins Bett verkriechen und die Decke über den Kopf ziehen wollen. Und gleichzeitig hatte er sich in die Arbeit stürzen wollen, hatte sich vierundzwanzig Stunden am Tag den alles fordernden Ansprüchen seines Jobs hingeben wollen. Hatte seine Hand tatsächlich gezittert?

»Was ist letzte Nacht passiert?«, fragte sie.

Danny zuckte mit den Schultern.

»Als Sie Ihre Hand vorgestreckt haben, konnte ich sehen, dass Sie Schürfwunden an den Knöcheln haben. Einer könnte sogar gebrochen sein.«

Danny wandte den Blick ab, untersuchte seufzend seine Hand und sagte: »Gestern, auf dem Heimweg von der Arbeit, haben zwei Männer versucht, mich auszurauben.«

»Auf der Straße?«

»In der U-Bahn.«

»Hatten Sie Angst?«, fragte sie.

Danny lächelte ein bitteres Lächeln.

»Nein«, sagte er. »Das war das Problem. Sie waren zu zweit. Einer hatte ein Messer, der andere ein Bleirohr, und ich glaube, ich habe mich über ihr Auftauchen gefreut.«

»Was haben Sie getan?«

»Die Beherrschung verloren«, gestand er. »Ich habe ihnen die Scheiße aus dem Leib geprügelt. Ich habe eine Rippe und eine Nase brechen gehört und gesehen, wie das Blut gespritzt ist. Und ich habe immer weiter zugeschlagen. Ich wollte sie umbringen. Ich glaube, ich habe gebrüllt oder gegrunzt oder irgendwas.«

»Was haben Sie gedacht?«

»Gedacht?«, wiederholte er. »Nichts. Ich habe Maden gesehen. Ein totes kleines Mädchen. Einen Mörder, der mein Verständnis wollte. Und dann noch mehr Leichen. Zerschlagen, zerfetzt, manchmal gesichtslos. Eine alte Frau, die tot auf dem Boden eines U-Bahn-Waggons liegt und ihre Einkaufstasche umklammert. Ich dachte, ich hätte die meisten von ihnen längst vergessen.«

»Und der Mann, den Sie vor zwei Jahren getötet haben, haben Sie den auch gesehen?«

»Nein«, sagte er.

»Sie haben immer noch auf die beiden Männer in der U-Bahn eingeschlagen, nachdem Sie sie bereits überwältigt hatten?«

Danny nickte.

»Wie hat sich das angefühlt?«

»Die Beherrschung zu verlieren? Beängstigend. Als ich aufgehört habe, auf sie einzuschlagen, und mir die beiden stöhnenden Kerle angesehen habe, konnte ich mich nicht erinnern, sie geschlagen zu haben. Aber noch schlimmer war, dass ich mich, so beängstigend es auch war, danach gut gefühlt habe.«

»Beim C.S.I. bekommen Sie die bösen Jungs nicht in die Finger.«

»Nein. Nicht, wenn es sich vermeiden lässt. Und selbst wenn wir gezwungen sind, Gewalt anzuwenden, kommt das im Fall einer Verhandlung immer auch vor Gericht zur Sprache.«

»Dieses Mal haben Sie Gewalt angewendet«, sagte sie. »Für all die Opfer, die Sie gesehen haben, für all die Mörder unschuldiger Menschen, denen Sie begegnet sind. Sie haben etwas getan.«

»Das Falsche«, sagte er.

»Und Sie bedauern es?«

»Nein«, sagte er. »Ich habe sie laufen lassen.«

Er blickte hinab auf seine zitternde Hand, ehe er ihr in die Augen sah und sagte: »Ich will nur, dass das Zittern aufhört.«

»Ich werde Dr. Pargrave in der Neurologie anrufen, damit er ein paar Tests durchführt und eine Blutuntersuchung veranlasst«, sagte sie und machte sich eine Notiz. »Und ich werde ihn bitten, Ihnen gegen das Zittern Propranolol und ein mildes Beruhigungsmittel zu verschreiben, das auch Soldaten nach einem Kampfeinsatz verabreicht wird. In einer Woche kommen Sie wieder zu mir. Sollten Sie schon früher meine Hilfe brauchen, rufen Sie mich an, Tag und Nacht.« Sie reichte ihm eine Karte.

»Was ist mit mir los?«, fragte Danny.

»Wie viel Kaffee trinken Sie durchschnittlich am Tag?«

»Nicht viel. Vier, fünf Tassen.«

»Cola?«

»Diätcola, vielleicht drei am Tag.«

»Zu viel Koffein. Verzichten Sie auf Koffein. Umgehend.«

Danny sah sie an, richtete seine Brille und wiederholte: »Was ist mit mir los?«

Sheila Hellyer nickte und sagte: »Coptrauma. Sie haben zu viele schlimme Dinge gesehen, zu viele Tote. Das ist alles bei Ihnen gespeichert, und dann hat es in Ihrem Fall ein Ereignis gegeben, das all die Erinnerungen hervorgebracht hat, und Sie sind explodiert. Diese Hand ist wütend.«

»Sind Sie sicher, dass ich wieder in Ordnung komme?«

»Nein«, sagte sie. »Darum führen wir die Tests durch. Das Zittern könnte durch den Koffeinentzug schlimmer werden. Das Beste wäre, Sie bleiben ein paar Tage zu Hause und meditieren. Oder Sie leihen sich alle sechs *Star-Wars*-Filme aus.«

»Heißt das, Sie empfehlen, mich zu beurlauben?«

Sheila klappte den Ordner zu, der vor ihr lag, und sagte: »Wenn ich bei allen traumatisierten Polizisten empfehlen würde, sie zu feuern, würden dem New Yorker Polizeiapparat vielleicht noch ein paar Hundert Leute bleiben. Außerdem sind diese Polizisten, die mit dem

Entsetzen über all das, was sie sehen und tun, leben müssen, meist die besten, die diese Stadt oder irgendeine andere Stadt zu bieten hat. Aber das ist nur meine persönliche Meinung. Ich habe nicht die Absicht, eine wissenschaftliche Arbeit darüber zu verfassen.«

Der Stalker betrat Stellas Appartement mit einem Schlüsselduplikat. Er hatte es mit Hilfe eines Schlüssels angefertigt, den er bei seinem ersten Besuch in dieser Wohnung in einer Küchenschublade gefunden hatte. Beim ersten Mal hatte er noch das Schloss aufbrechen müssen. Das war nicht leicht gewesen. So etwas gehörte nicht zu den Dingen, mit denen er sich auskannte, aber er hatte geübt und zwar mit einem Schloss, dass in der Art auch in Stellas Tür eingebaut war. Er hatte sich ein baugleiches Schloss gekauft, hatte ein Buch gelesen, sich das passende Werkzeug besorgt und geübt.

Bei seinem ersten Besuch hatte er beinahe zwanzig Minuten gebraucht, bis er sich Zugang zu Stellas Wohnung verschafft hatte. Als es dann so weit gewesen war, befürchtete er, jemand könne ihn erwischen, und war in Schweiß gebadet gewesen. Außerdem hatte er Angst, er würde Kratzer verursachen, die ihr auffielen.

Nun war er schon das dritte Mal in ihrer Wohnung, und dieses Mal machte er sich nicht die Mühe, ihre Schubladen zu durchsuchen oder sich Zugriff auf ihren Computer zu verschaffen. Es dauerte einfach zu lang, alles wieder exakt so zu hinterlassen, wie er es vorgefunden hatte, damit sie nicht merkte, dass jemand in ihrer Wohnung gewesen war.

Sein Weg führte ihn direkt in ihr Badezimmer, wo er

das Arzneischränkchen öffnete. Er wusste, wo das Fläschchen stand. Nun zog er das Fläschchen hervor, das er mitgebracht hatte, und goss vorsichtig das weiß-braune Gel in Stellas Medizin. Dann schüttelte er Stellas Fläschchen ganze zwei Minuten gründlich durch.

Wie man das Gel mischte, das für einfache Fliegenfänger und Terpentin benötigt wurde, hatte er von einer Website erfahren, deren Adresse Stella in ihrem Computer gespeichert hatte.

Er war überzeugt gewesen, dass es funktionieren würde. Die Person, die diese Informationen niedergeschrieben hatte, kannte sich mit derartigen Dingen aus, aber für alle Fälle hatte er das Gift vorher an einem Dutzend weißer Ratten, die er bei einer Heimtiermesse gekauft hatte, ausprobiert. Der Frau, die ihm die Ratten verkauft hatte, hatte er erzählt, er würde sie an seine beiden Kornnattern verfüttern. Die Ratten waren auf der Stelle gestorben. Das war nicht gut. Er versuchte es mit Meerschweinchen und auch mit einem Rhesus-Makaken und experimentierte mit verschiedenen Mixturen und Konzentrationen, bis er eine gefunden hatte, die den Affen für etwa zwei Minuten lähmte, ehe er starb.

Vielleicht nahm sie es schon in dieser Nacht. Vielleicht dauerte es noch Tage oder Wochen, bis sie es brauchen würde, aber sie würde es brauchen. Und wenn sie es nahm, würde es sie schnell umbringen, und sie würde dennoch leiden müssen.

Sorgfältig reinigte er das Waschbecken mit Klopapier und dem Reinigungsmittel, das Stella unter dem Waschbecken aufbewahrte. Das Papier spülte er in der Toilette fort, und als er sich vergewissert hatte, dass es vollständig weg war, packte er sein Fläschchen wieder ein und stellte

Stellas halb volle Flasche mit Antihistaminsaft zurück in den Schrank. Das Etikett zeigte exakt in die gleiche Richtung wie zuvor.

Keine Minute später verließ er die Wohnung. Er würde erst zurückkehren, wenn die Zeit gekommen war. Er wollte dabei sein, wenn sie starb. Er wollte, dass sie lange genug lebte, um zu begreifen, warum sie sterben musste. Aber er würde sich auch damit zufrieden geben, einfach zu wissen, dass sie tot war.

Mac war kurz vor Einbruch der Morgendämmerung in das bewaldete Gebiet zurückgekehrt, in dem Jacob Vorhees' Fahrrad und Kleidung gefunden worden waren. Er wollte eine ALS, Alternate Light Source, benutzen, um den Bereich auf Blutspuren zu untersuchen. Mit der Lampe, die Luminol in Verbindung mit Blut sichtbar machte, und einem bernsteinfarbenen Visier vor den Augen, bewegte sich Mac in immer größeren Kreisen durch das Gelände, bis er eine Entfernung von etwa fünfzig Metern erreicht hatte.

Keine Spuren von Blut, aber als die Morgendämmerung heraufzog, fand Mac den fehlenden Turnschuh hinter einem Stein, etwa ein halbes Fußballfeld von Fahrrad und Kleidern entfernt. Hatte sich der Junge von Kyle Shelton befreien können, als er noch einen Schuh getragen hatte? Hatte er den Schuh verloren, als er davongelaufen war?

Mit Latexhandschuhen an den Händen hob Mac den Schuh hoch und sah das Blut. Er tütete den Schuh ein und verstaute ihn bei seiner Ausrüstung.

Mac gingen einige Ideen durch den Kopf. Manche waren einfach, manche – eine ganz besonders – bizarr, aber er hatte schon merkwürdigere Dinge erlebt.

In dem betroffenen Gebiet standen mindestens sechs Lindenbäume. Unter einigen von ihnen hatte er das Laub bereits untersucht. Die meisten Blätter waren an den Rändern angenagt oder wiesen unregelmäßig geformte Löcher in der Blattfläche auf. Er musste nicht lange suchen, um die seidenen Fasern auf den Bäumen zu finden, auch nicht die Spannerlarven auf den noch lebenden Blättern des Lindenbaums.

Um das hundertzwanzigfache vergrößert, offenbarten die Blätter zwei Geheimnisse.

Am Rand eines Blatts ganz in der Nähe des Stiels befand sich ein kleines Bissmal. Und da war auch eine Spur von etwas anderem, etwas Weißem, Breiigem. Mac vergrößerte das Bild immer weiter, bis er überzeugt war, dass der kleine weiße Fleck animalischer Herkunft war und mit größter Wahrscheinlichkeit von einer toten Raupe stammte, ähnlich der Raupe, die er auf dem Lindenblatt in Jacob Vorhees' Zimmer gefunden hatte.

Zurück in seinem Büro warf Mac einen Blick zur Uhr. Er hatte einen anstrengenden Vormittag vor sich. Er streckte sich auf seinem Schreibtischstuhl aus und betrachtete die beiden Gegenstände auf dem Schreibtisch, das Fragment eines Blatts und den Ausdruck der Kreditkartendaten. Beides waren Dinge, die in einem bestimmten Zusammenhang mit dem Mord an der Familie Vorhees standen.

Als Danny mit einer Aktenmappe und einem Buch zur Tür hereinkam, sah Mac weder seine Hand an, noch erkundigte er sich nach seinem Termin bei Sheila Hellyer. Stattdessen fragte er: »Was wissen wir über Kyle Shelton?«

Danny klappte die Aktenmappe auf und überflog den Bericht, obwohl er bereits wusste, was darin stand.

»Alter fünfundzwanzig, Abschluss in Philosophie an der City University in New York. War drei Jahre als Freiwilliger bei den Marines. Hat an der irakisch-syrischen Grenze gedient. Purple Heart. Milzverletzung durch eine Mine. Hat den Dienst quittiert und einen Job als Blumenlieferant angenommen. Schlägerei in einer Bar namens *The Red Lamp Lounge* in der Lower East Side. Irgendein Typ, möglicherweise ein kleiner Säufer, hat sich mit Shelton über die Nahostpolitik gestritten. Shelton hat ihm das Maul gestopft, indem er ihm mit einem Schlag den Kiefer gebrochen hat. Er war drei Monate in Riker's, ehe er nach einer Anhörung auf Bewährung entlassen wurde. Schließlich hat unsere flüchtende Bestie ein Buch geschrieben, *Krieg und Rationalisierung*, veröffentlicht von einem angesehenen kleinen Verlag. An einem Dienstag ist eine kurze, aber wohlwollende Besprechung in der *Times* veröffentlicht worden. Das Buch hat sich nicht gut verkauft, nur zweitausend Ausgaben.«

Danny reichte Mac eine Ausgabe des dünnen Büchleins. Mac klappte es auf, um einen Blick auf den inneren Klappentext zu werfen. Dort sah er das Gesicht eines ernsten jungen Mannes, der über seine Schulter in die Kamera blickte.

Sehr früh an diesem Morgen, noch ehe er in den Wald gegangen war, war Mac kurz vor Sonnenaufgang mit einem Durchsuchungsbefehl in der Hand zu Sheltons Ein-Zimmer-Appartement gefahren. Er hatte eine Menge von

Sheltons Fingerabdrücken gefunden, und er war sicher, dass sie mit den blutigen Abdrücken aus dem Haus der Vorhees' übereinstimmen würden.

Sheltons kleine Wohnung war sauber. Ein glänzendes Universaltrainingsgerät beherrschte den Raum. An der Wand stand ein Bücherregal aus dunklem Massivholz, das voller Bücher war, vorwiegend aus dem Bereich der Psychologie und der Philosophie: Jung, Freud, Nietzsche, Sartre und einige Namen, die Mac nicht kannte. Das untere Fach war mit CDs belegt. Shelton bevorzugte, wie Mac, die klassische Musik: Bach, Vivaldi, Haydn, Mozart. An der Wand stand zwischen den beiden Fenstern ein leicht ausgebleichter Futon, der offenbar kürzlich gereinigt worden war. Einen schweren Schreibtisch aus dunklem Holz konnte man an der anderen Wand sehen. Neben dem Kühlschrank und der kleinen Junggesellenküche befand sich ein runder, glänzend polierter Holztisch mit zwei Metallklappstühlen. Ein weiterer kleiner Schreibtisch samt Stuhl fand seinen Platz an der letzten Wand. Auf dem Schreibtisch stand ein Computer, der nicht mehr ganz dem Stand der Technik entsprach. Mac überprüfte die Dateien und E-Mails auf dem Rechner.

Die Bestie war ihm ein Rätsel. Er hatte E-Mails empfangen und gesendet, die sich mit der Notwendigkeit einer massiven Entsendung von Truppen oder Söldnerheeren in gesetzlose afrikanische Länder befassten. Er war bereit sich zu bewaffnen und bereit zu töten, sollte eine Söldnerarmee aufgestellt werden können. Er hatte auch E-Mails empfangen und gesendet, in denen es um Kinder ging, die in den Ländern der Dritten Welt hungerten und starben, oder E-Mails, die sich mit dem Thema Kindesmissbrauch beschäftigten. Einige der E-Mails waren zweifelsfrei in einem Zustand der Rage geschrieben worden, und in allen von ihm verfassten Mails zitierte Shelton Philosophen, Romanschriftsteller, Poeten und Psychiater.

Doch in der Wohnung gab es keine einzige Ausgabe von Sheltons eigenem Buch.

»Also«, stellte Mac fest, »ist Shelton gebildet.«

»Sieht so aus«, sagte Danny.

Mac betrachtete die Kreditkartenabrechnung auf dem Tisch. »Wenn er so schlau ist, warum hat er dann vor ein paar Stunden in New Jersey getankt und mit seiner Kreditkarte bezahlt?«

»Kein Bargeld?«, schlug Danny vor.

»Er hätte sich in Manhattan Geld aus dem Automaten holen können«, wandte Mac ein.

»Dann will er uns vielleicht wissen lassen, dass er in New Jersey ist«, schlug Danny vor. »Er will, dass wir glauben, er wäre nach Westen oder Süden unterwegs. Aber er könnte ebenso gut kehrtmachen und nach Norden fahren.«

Mac nickte zustimmend, ohne den Blick von der Kreditkartenabrechnung zu lösen.

»Ich schätze, er ist auf dem Weg hierher«, meinte er. »Vermutlich ist er bereits hier. Er hat noch etwas zu erledigen.«

Als Danny sein Büro verließ, zog Mac das Blatt aus dem durchsichtigen Plastikbeutel und drehte es am Stiel hin und her.

Du hast mir etwas Wichtiges zu sagen, dachte er. Aber was?

Im Garten von Bob und Shirley Straus in der Nachbarschaft der Vorhees' stand ein einzelner Lindenbaum.

Mac fand die Straus', die beide Anfang sechzig waren, in Shorts, breitkrempigen Hüten und bequemen, langärmeligen Hemden bei der Gartenarbeit vor. Die Straus' kannten die Familie Vorhees, hatten sich aber nie gegenseitig besucht und gehörten auch nicht der gleichen Kirche oder den gleichen Clubs an. Bob Straus, der sich den schwitzenden Hals mit einem roten Halstuch abwischte, nahm an, dass die Vorhees' Republikaner gewesen seien, aber er wusste nicht, wie er darauf gekommen war. War je ein Angehöriger der Familie Vorhees in seinem Garten gewesen? Sowohl Bob als auch Shirley sagten, es sei möglich gewesen, sie würden es jedoch nicht annehmen. Dazu gab es keinen Grund.

Mac ging zu dem Lindenbaum und hob ein Blatt vom Boden auf. Es passte wunderbar zu dem Blatt, das er in Jacob Vorhees' Zimmer gefunden hatte.

»Wir werden diesen Baum retten«, verkündete Bob und deutete auf eine Schaufel, die am Stamm ruhte.

»Spannerraupenplage«, erklärte Shirley und schob den Hut zurück, um Mac besser sehen zu können. »Dafür ist es schon ziemlich spät im Jahr. Gott sei Dank sind sie noch nicht bis hierher vorgedrungen, aber wenn sie es tun, dann sind wir vorbereitet.«

In Macs Ohren hörte sie sich an wie eine streitsüchtige Figur aus einem Horrorfilm, die ankündigt, sie und Bob wären bereit, wenn die Zombies die Straße herunterkämen.

»Schätze, die Raupen werden nicht kommen«, sagte Bob. »Sie sind nur ein paar Wochen lang aktiv.«

»Dann kommt etwas anderes«, gab Shirley zurück.

Bob nickte zustimmend. »Milben. Aber die haben wir schon früher davon abgehalten, sich in unseren Bäumen festzusetzen.«

Der Mann steckte das Tuch zurück in die Tasche. »Da muss man Kompromisse schließen«, fuhr er fort. »Wir benutzen Chemikalien. Damit tragen wir vielleicht ein bisschen zur Verschmutzung von Luft und Boden bei, aber wenn wir es nicht täten, wäre das das Ende unserer Bäume.«

Als sich Mac zum Gehen wandte, sagte Shirley: »Detective?«

Mac drehte sich um und sah sie an.

»Der Junge«, sagte sie. »Jacob. Ist er ...?«

»Das wissen wir noch nicht«, sagte Mac.

»Ich kann nicht ...«, fing sie an.

Ehe sie in Tränen ausbrechen konnte, war ihr Mann an ihrer Seite und legte ihr einen Arm um die Schultern.

»Wir haben selbst zwei Jungs, inzwischen Männer«, erklärte Bob Straus. »Wir können uns kaum vorstellen, was das für uns bedeutet hätte ... ich hoffe, er ist am Leben.«

Seine Frau nickte zustimmend und hielt tapfer die Tränen zurück.

»Wir werden ihn finden«, versprach Mac.

Er sagte nicht, ob tot oder lebendig, sondern beschränkte sich darauf, ihnen zu danken, ehe er sich auf den Rückweg ins Labor machte.

Arvin Blooms Möbelladen an der 82. Straße, gleich jenseits der Second Avenue, war klein, hatte aber in der Nähe Dutzender Antiquitätenläden, von denen viele auf Möbel spezialisiert waren, eine sehr gute Lage.

Als Stella, Flack und Aiden eintraten, konnten sie ein leises Summen aus dem hinteren Bereich des Ladens hören und den Geruch von frischem und altem Holz riechen.

Der Laden war voll gestopft mit Möbeln, großen Kleiderschränken und Frisierkommoden, Schreibtischen, ein paar kunstvollen Lampen und vier gewaltigen Kristallkronleuchtern.

Aus einer Nische kam ein großer Mann mit einem Bauch und schütterem Haar, gekleidet in einen Anzug und mit einer Schürze auf dem Arm, die er auf einem hölzernen Lehnsessel mit goldenem Polster ablegte. Stella war überzeugt, dass diese Polsterung aus edler alter Seide bestand. Der Mann bewegte sich nur langsam.

»Suchen Sie etwas Bestimmtes?«, fragte der Mann lächelnd.

Etwas an dem Lächeln ärgerte Flack, der seine Brieftasche hervorzog, seine Marke vorzeigte und sagte: »Arvin Bloom? Wir suchen einen Mörder.«

Verwirrt sah Bloom sie an.

»Ich verstehe nicht«, sagte er.

»Asher Glick wurde gestern umgebracht«, erklärte Flack.

Bloom senkte den Kopf. »Ich weiß. Ich wollte an der Schiwa teilnehmen, aber, um ehrlich zu sein, ich weiß nicht, ob ich willkommen bin.«

»Warum nicht?«, fragte Stella.

»Ich schulde Asher eine große Menge Geld«, sagte er.

»Zweiundvierzigtausend Dollar«, stimmte Aiden zu. »Wir haben die Geschäftsdateien auf seinem Computer überprüft.«

»Eigentlich ist es noch mehr«, sagte Bloom. »Meine Frau hat Geschäfte mit Asher abgewickelt. Sie hat erkannt, was für ein Schnäppchen da zu machen war, und es mit mir abgesprochen. Ich war zu dem Zeitpunkt bettlägerig. Prostatakrebs. Jetzt geht es mir wieder gut. Bestrahlung und radioaktive Implantate. Als Ivy, meine Frau, mit Asher gesprochen hat, hat sich herausgestellt, dass wir beide gemeinsam zur Yeshiva-Schule gegangen sind.«

»Können wir mit Ihrer Frau sprechen?«, fragte Flack.

»Gewiss«, entgegnete Bloom. »Ich hole sie. Möchten Sie vielleicht einen Kaffee? Ich koche immer welchen für meine Kunden. Kaffee und Tee. Das ist das Geheimnis erfolgreichen Handels: Wenn ein potenzieller Kunde Kaffee, Tee, Wein oder Gebäck annimmt, fühlt er sich verpflichtet, nicht notwendigerweise zum Kauf, aber dazu, sich ernsthafter umzuschauen, als er es sonst vielleicht getan hätte.«

»Das werde ich mir merken«, kommentierte Aiden.

»Ich werde jeden Penny, den ich Asher schulde, an seine Familie zurückzahlen«, erklärte Bloom. »In diesem Geschäft geht es ständig auf und ab. Ich habe bereits Kunden an der Hand, die an seiner Ware interessiert sind. Die werden mehr als genug dafür bezahlen, sodass ich meine Schulden abtragen kann.«

»Macht es Ihnen etwas aus, wenn ich mich ein bisschen umsehe?«, fragte Aiden.

»Nur zu«, sagte Bloom. »Sie sind eingeladen, mir jede Frage zu stellen, die Ihnen in den Sinn kommt, und alles anzufassen, solange Sie vorsichtig sind.«

»Ich werde so vorsichtig vorgehen, wie ich es mit allen Tatortbeweisen mache«, sagte Aiden, als sie, den Koffer in der Hand, an Bloom vorbeiging, der ihr mit den Augen folgte.

»Dort hinten ist ein kleiner Werkbereich, in dem ich

kleinere Restaurationsarbeiten selbst durchführe«, erzählte Bloom. »Meine Frau und ich haben eine Wohnung über dem Laden.«

Er deutete auf eine Holztreppe, die zu einer Doppeltür hinaufführte.

Bloom sah Stella und Flack an, nickte und sagte: »Ich bin ein Verdächtiger, richtig? Die junge Dame sagte etwas von Tatortbeweisen.«

»Sie sind eine Person, die uns möglicherweise Informationen liefern kann«, erklärte Flack.

Stella ging zu dem Stuhl, auf dem Bloom seine Schürze abgelegt hatte, und öffnete ihren Koffer.

Als sie einen Minisauger herausholte, sagte Bloom: »Ich denke, dafür benötigen Sie meine Erlaubnis.«

»Was denken Sie, habe ich vor?«, fragte Stella.

»Sie wollen meine Schürze absaugen, um Beweise zu sichern.«

»Sie kennen sich mit Forensik aus?«, fragte Flack.

»Ein bisschen. Aus dem Fernsehen«, entgegnete Bloom mit einem Schulterzucken. »Nur zu. Sie haben meine Erlaubnis. Aber Sie würden Ihre Zeit besser nutzen, würden Sie den Wahnsinnigen suchen, der Asher umgebracht hat.«

»Welchen Wahnsinnigen?«, fragte Flack.

»Joshua. Er ist wahnsinnig.«

»Sie haben gestern an dem Minjan teilgenommen«, bemerkte Stella, nachdem sie die Schürze sorgfältig abgesaugt hatte.

»Wollen Sie sie haben?«, fragte Bloom. »Dann nehmen Sie sie.«

»Danke«, sagte Stella, faltete die Schürze zusammen und legte sie in ihren Koffer.

»Wann haben Sie vor dem gestrigen Tag das letzte Mal an einem Minjan teilgenommen?«, erkundigte sich Flack.

Bloom lächelte.

»Als ich fünfzehn war«, sagte er. »Meine Bar Mizwa hat stattgefunden, als ich dreizehn Jahre alt war. Man sah in mir einen Mann, der die heilige Zahl vervollständigen konnte. Ein Mann namens Ruben Goldenfarb hat mich zusammen mit ein paar anderen Kindern an einer Straßenecke gefunden. Das war damals in Cincinnati. Er hat mich nicht gefragt, ob ich mitkommen will. Er hat einfach gesagt ›Komm‹, und ich bin mit ihm gegangen.«

»Warum dann gestern?«, fragte Flack.

»Ich musste mich von meiner Behandlung erholen, und ich wollte Asher sehen. Er hat vorgeschlagen, ich solle an dem Minjan teilnehmen, dann könnten wir uns hinterher unterhalten. Ich habe zugestimmt. Immerhin war ich ihm etwas schuldig. Mehr als nur Geld. Er war gut zu mir und hat Kundschaft zu mir geschickt.«

»Das wissen wir«, sagte Stella. »Wir waren auch in Mr Glicks Laden.«

»Ihre Frau«, sagte Flack, um den Mann zu erinnern, dass die Ermittler sie sprechen wollten.

Wie auf ein Stichwort öffnete sich die Tür oberhalb der Treppe, und die Frau kam die Stufen herunter. Sie war klein, leicht übergewichtig und trug ein farbenfrohes Kleid in Orange und Gelb. Ihr ordentlich gekämmtes Haar war kurz und von grauen Strähnen durchzogen. Sie trug Make-up, aber kein Lächeln auf den Lippen. Aiden schätzte sie auf gute vierzig.

»Meine Frau«, verkündete Bloom mit einem Lächeln. »Diese Leute sind von der Polizei. Sie möchten dir ein paar Fragen über Asher Glick stellen.«

Die Frau schien Blooms Worte kaum zu registrieren. Sie nahm sich ein paar Sekunden Zeit, um den Kopf zu drehen und ihn anzusehen, ehe sie sich umwandte, um jeden der Fremden in ihrem Laden zu mustern.

»Er ist tot«, sagte sie leise.

»Wann haben Sie ihn zum letzten Mal gesehen?«, fragte Stella.

»Ich habe ihn nur dreimal gesehen«, antwortete sie. »Immer nur in seinem Laden, wenn ich mir die Ware anschauen wollte. Das letzte Mal, glaube ich, am letzten Montag. Wir haben eine Kommode aus der Periode der Französischen Régence erworben, frühes 18. Jahrhundert, drei Türen, Walnussholz, und einer Marmorplatte von Ile-de-France.«

»Die Originalbeschläge fehlten«, nahm Bloom den Faden auf, »aber Ivy wusste, dass ich wunderbare Beschläge aus dieser Zeit besitze. Die Füße haben ein wenig Arbeit erfordert. Doch es hat sich gelohnt, die Restaurationsarbeiten sind nicht zu erkennen. Das ist eines der Stücke, für die ich bereits einen Abnehmer habe.«

»Ihr Computer?«, erkundigte sich Flack.

»Meine Kartei«, widersprach Bloom. »Ich bevorzuge die altmodische Methode. Ich möchte die Dinge berühren und riechen, wie es sich für einen Handwerker gehört.«

Bloom trat hinter den Verkaufstresen, griff in ein Regalfach und zog ein altes, stoffbezogenes Notizbuch hervor.

»Ehe ich es vergesse«, sagte er und machte sich in dem Buch mit einem Stift, den er aus einem weißen Becher auf dem Tresen genommen hatte, ein paar Notizen. »Ich halte stets fest, wie weit ich mit einem Auftrag bin.«

»Wir haben Mr Glicks Computer überprüft«, informierte ihn Stella.

»So?« Bloom blickte sie über den Rand seiner Brille hinweg an.

»Interessant war vor allem, was wir nicht auf Mr Glicks Computer gefunden haben«, fuhr sie fort.

Bloom machte einen verwirrten Eindruck.

Aiden kam zu ihnen.

»Wir haben kein einziges Stück aus Blutholz gefunden, das er im letzten Jahr gekauft oder verkauft hätte«, erklärte Stella und nickte Aiden zu. »In seinem Laden fanden wir nichts aus Blutholz. Aber Asher Glick hatte Späne aus diesem Holz an seiner Kleidung. Haben Sie hier Stücke aus Blutholz?«

»Ja, dort hinten, wo ihre Kollegin gerade stand«, sagte Bloom. »Ein wunderschönes Stück. Ich habe eben daran gearbeitet, als Sie gekommen sind. Ich glaube, viele Leute, mit denen Asher Geschäfte gemacht hat, besitzen Stücke aus Blutholz. Haben Sie diese Leute schon überprüft?«

»Keiner von ihnen hat an dem Minjan teilgenommen«, sagte Stella. »Keiner außer Ihnen.«

Mit dieser Antwort entfernte sich Stella wieder und ließ Flack mit Bloom allein. Sie ging zu Aiden in das kleine Hinterzimmer. Aiden zeigte auf ein rotes Sideboard.

»Können wir die Sägespäne einem bestimmten Möbelstück zuordnen?«, fragte Aiden.

»Ich weiß es nicht«, entgegnete Stella. »Aber das werden wir herausfinden.«

»Er ist kein Linkshänder«, sagte Flack, nachdem sie das Geschäft verlassen hatten.

Weder Aiden noch Stella antworteten. Dieser Umstand war auch ihnen aufgefallen. Bloom trug seine Armbanduhr am linken Arm, und seine Notizen hatte er mit der rechten Hand gemacht. Die Kreidemarkierungen des Mörders und die Botschaft neben der Leiche stammten aber eindeutig von einem Linkshänder, und die Nägel waren ebenfalls von einem Linkshänder eingeschlagen worden.

»Er hat uns verschwiegen, dass er einen Computer hat«, stellte Stella fest. »Wir wissen, dass er einen hat.«

»Er hat mit Glick E-Mails ausgetauscht«, bestätigte Aiden.

»Er könnte einen Computer in einer Bibliothek oder einem Internetcafé benutzt haben.«

»Möglich«, stimmte Stella Flack zu. »Das sollten wir untersuchen.«

»Wird gemacht«, sagte Flack, der sich im Stillen fragte, was sie auf der Festplatte von Blooms Computer finden würden, wenn sie diesen erst gefunden hätten – doch Flack war überzeugt davon, dass das nur eine Frage der Zeit war.

Kyle Shelton hatte den Pick-up in einer Straße in der Bronx zurückgelassen, und zwar in einer Straße, von der er wusste, dass hier der Friedhof für verwaiste Autos war. Er machte sich nicht die Mühe, seine Fingerabdrücke wegzuwischen, aber er montierte das Kennzeichen ab und verstaute es in seinem Rucksack. Er war vier Blocks von der nächsten U-Bahn-Station entfernt, und dies war eine Gegend, in der ein weißes Gesicht selten zu sehen war.

Trotz seines Kennzeichens lautete der Spitzname von Kyle Shelton nicht *Bestie*. Das Kennzeichen hatte früher seinem Cousin Ray gehört, ebenso wie der Pick-up selbst. Die Leute nahmen einfach an, dass so ein Name dem Fahrer entsprechen müsste. Kyle empfand nichts, als er den Wagen zurückließ. Das Auto war so oder so schon ein Schrotthaufen, der auseinander fiel; der Boden war durchgerostet, das Radio nichts als ein Rauschverstärker, und die Bremsen brauchten alle zwei Wochen neue Bremsflüssigkeit. Ray würde der Verlust des Wagens auch egal sein, aber seine Kennzeichen würde er sicher zurückhaben wollen.

Kyle schwang sich den Rucksack über die Schulter. Darin eingepackt waren seine Kleidung, ein Wegwerfrasierer, eine Zahnbürste, ein paar Bücher und einige Energieriegel. Und dann waren da noch zwei weitere Gegenstände. Einer davon war ein Küchenmesser mit einer langen Klinge, das mit getrocknetem Blut bedeckt war. Kyle hatte überlegt, ob er es wegwerfen sollte, sich dann jedoch dagegen entschieden. Er wusste nicht viel über Forensik, aber er wusste, dass es Dinge gab, die es den Kriminalisten erleichtern würden, ihm auf die Schliche zu kommen.

Es war mitten am Tag, die Sonne strahlte hell am wolkenlosen Himmel, und die Luft war feucht. Er fühlte, wie die Feuchtigkeit unter seiner Jeans in seinen Schritt kroch und Juckreiz an seinen Genitalien verursachte. So heiß war es auch im Irak gewesen, vor allem auf den gefährlichen Straßen quer durch die Wüste.

Für einen Soldaten waren die Straßen in den Städten des Irak gefährlich gewesen, gefährlicher als diese Straße in der Bronx.

Bei den meisten Häusern an dieser Straße handelte es sich um zwei- und dreistöckige Ziegelgebäude, die in den zwanziger Jahren des letzten Jahrhunderts erbaut worden waren. Zwischen einigen von ihnen gab es leere Brachgrundstücke voller Geröll. Sie erinnerten daran, dass hier mal etwas gestanden hatte.

Kyle hatte einen Plan. Es war kein sonderlich ausgefeilter Plan, aber mehr hatte er nicht. In der Nacht zuvor hatte er ungefähr zwei Stunden in dem Pick-up geschlafen, und er war müde. Er hielt die Augen halb geschlossen. Die Anwesenheit der Kinder, die in der Ferne lachten und stritten, drang in sein Bewusstsein. Was jedoch nicht in sein Bewusstsein drang, jedenfalls nicht, bis er die Stimmen hörte, war die Anwesenheit der drei jungen Männer, die auf den abbröckelnden Steinstufen eines der alten dreistöckigen Häuser standen, an denen Kyle gerade vorbeiging.

»Hast du dich verirrt?«, fragte die Stimme.

Kyle blickte auf. Der Sprecher war vielleicht achtzehn oder neunzehn Jahre alt, schwarz, hatte kurz geschnittenes Haar, ein sauberes gelbes T-Shirt an und eine braune Jeans. Neben ihm standen zwei andere Schwarze mit identischen T-Shirts und ebenfalls braunen Jeans.

Kyle antwortete nicht. Er zog den Schirm seiner Baseballkappe tiefer ins Gesicht, verlagerte das Gewicht des Rucksacks und ging weiter.

»Ich hab dich was gefragt, Bruder«, ließ sich der junge Mann, offenbar der Anführer, erneut vernehmen. Dieses Mal klang seine Stimme gereizt.

Kyle blieb stehen, schob die Mütze zurück und blickte die jungen Männer an, die einen Schritt auf ihn zugekommen waren. Situationen wie diese hatte er schon mehrfach hinter sich gebracht, auf den Straßen von Fallujah ebenso wie auf den Gängen von Riker's.

»Bo hat dir eine Frage gestellt«, sagte ein anderer junger Mann rechts neben dem Anführer.

»›Das Leben ist kein Schauspiel und auch kein Fest, es ist eine Zwangslage.‹«, sagte Kyle und griff über seine Schulter in den Rucksack.

»Sagt wer?«, fragte Bo.

»George Santayana«, entgegnete Kyle. »Ein Philosoph.«

»Der ist high«, meinte einer.

»Gib mir den Rucksack«, forderte Bo und streckte die Hand aus.

Die drei taten einen weiteren Schritt auf Kyle zu, der den Kopf schüttelte.

»›Ich glaube an die Bruderschaft aller Menschen, aber ich glaube nicht daran, die Bruderschaft an einen zu vergeuden, der nicht bei mir sein will. Bruderschaft ist keine Einbahnstraße.‹«, zitierte Kyle. »Wisst ihr, wer das gesagt hat?«

»Mir scheißegal«, gab der junge Mann zurück.

Der Kumpel zu seiner Rechten zog eine kleine Schusswaffe aus der Tasche, nachdem er die Straße hinauf- und hinuntergeschaut und sich vergewissert hatte, dass sie keiner beobachtete.

Kyle schien nichts davon zu merken.

»Malcolm X«, sagte er. »Malcolm X hat das gesagt. Ihr wisst doch, wer das war?«

»Bin ja nicht blöd«, konterte der Anführer. »Hab den Film gesehen.«

Im Rucksack hatte Kyles rechte Hand eine Armeepistole Kaliber .45 umfasst, die er jetzt aus dem Rucksack zog und sofort auf den Anführer richtete. Die drei jungen Schwarzen blieben stehen.

»Willst du uns etwa alle drei erschießen?«, fragte Bo.

»Sieht ganz so aus«, entgegnete Kyle. »Es sei denn, der da steckt die Waffe weg und ihr alle drei geht zurück, setzt euch auf die Stufen und redet über die Hitze oder hört Radio oder ein paar CDs.«

Derjenige, der Bo genannt wurde, kratzte sich am Kopf, grinste und sah Kyle an.

»Du gefällst mir«, verkündete er.

»Das macht mich wirklich sehr glücklich«, antwortete Kyle. »Passt gut zu meiner neuen Philosophie.«

»Welche Philosophie?«, fragte der Anführer grinsend.

»›Ich werde nur noch einen Tag auf einmal fürchten.‹«

»Wer hat das gesagt?«, wollte er nun wissen.

»Charles Schulz«, sagte Kyle.

»Wer?«, fragte Bo.

»Peanuts«, erklärte Kyle.

»Verrückter Idiot. Verschwinde von hier«, sagte der Anführer und wedelte mit der Hand.

Kyle nickte, steckte die Waffe wieder in den Rucksack und setzte seinen Weg zur U-Bahn fort, ohne sich auch nur einmal umzusehen. Er hatte jetzt anderes zu tun.

5

Beim ersten Mal, bei Glick, hatte er Fehler begangen. Es hatte keinen Sinn, sich etwas vorzumachen. Er hatte geglaubt, er wäre gut vorbereitet gewesen, aber er hatte sich von seinen Gefühlen überwältigen lassen, von etwas, das er niemals hätte zulassen dürfen. So jedenfalls hatte man es ihm beigebracht. Nein, er hatte nicht im Überschwang der Emotionen getötet. Es war nur das aufregende Gefühl gewesen, ein Risiko einzugehen, obwohl er auch den sicheren Weg hätte wählen können. Es war der Rausch, den er dabei empfand, sich gegen alle Widrigkeiten durchzusetzen. Er musste sich etwas beweisen. Sein Plan hatte auf schwachen Beinen gestanden. Er war unprofessionell. Er konnte geschnappt werden, und dann würde es seinen Tod bedeuten. Beinahe hätte er die Kontrolle über die Situation verloren. Er war zu lange aus dem Spiel gewesen.

Ja, das war es. Er tröstete sich mit dem Gedanken, dass es lange her war, seit er seine Ausbildung und seine Fähigkeiten benutzt hatte. Er hatte nichts davon vergessen. Er hatte sie nur zur Seite geschoben, um ein neues Leben zu beginnen.

Es war früher Nachmittag. Er schwitzte unter den Achseln und nahm selbst den Geruch wahr. Er trug ein kurzärmeliges weißes Hemd mit einer Krawatte. Das Hemd war vollkommen aufgeweicht. Im Radio hatten sie gesagt, die Temperatur läge bei achtunddreißig Grad, und die Luftfeuchtigkeit sei nicht weniger schlimm. Er ging langsam, gleichmäßig.

Niemand achtete auf ihn. Die Leute gaben auf niemanden Acht, der nicht zu ihnen gehörte. Er zog die extrabreite Krempe seines braunen Hutes tiefer in die Stirn. Der Hut passte eindeutig nicht zu dem weißen Hemd. Die meisten Leute würden sich, wenn sie später gefragt werden sollten, nur daran erinnern, dass die Augen des Mannes durch die Hutkrempe verdeckt gewesen waren. Aber bis der erste Zeuge den Hut erwähnt hätte, wäre er schon verschwunden und verbrannt zu einem Häufchen Asche.

Die abgenutzte Aktentasche in seiner Hand war nicht gerade leicht, aber auch nicht wirklich schwer. Er hatte darauf geachtet, so wenig wie möglich mitzuschleppen. Als er die Fassade des *Jüdisches Licht Christi* passierte, warf er, ohne den Kopf zu bewegen, einen Blick durch das Fenster.

Seine Wahrnehmung war hervorragend, selbst kleinste Details registrierte er. Diese Fähigkeit hatte er nicht verloren, und nun, da er den Glick-Mord hinter sich hatte, wusste er auch, dass seine Hand immer noch ruhig und seine Zielgenauigkeit fast perfekt war.

Er betrat den kleinen Zeitschriftenladen, ging an dem Geldautomaten und dem Tresen vorbei, hinter dem Zigaretten und Zigarren ordentlich aufgestapelt waren. Er ignorierte den Kühlschrank, hinter dessen gläserner Tür Getränke und in Folien verpackte Sandwiches mit Thunfischsalat, Eiersalat und Hühnersalat lagen. In einer Maschine zu seiner Rechten wurden aufgespießte Hotdogs und polnische Würstchen offeriert.

Ein kleiner schlanker Mann, etwa fünfzig, mit einem hässlichen bunten Hemd, stand hinter dem Tresen im vorderen Bereich des Ladens. Der Mann hatte aufgeblickt, als er eingetreten war, und hatte sich, als er sich entschied, dass dieser Kunde achtbar aussähe, wieder seiner Zeitung in irgendeiner fremden Sprache gewidmet.

Er war schon früher hier gewesen. Zweimal, oft genug, um sicher zu sein, dass jetzt, bei seinem dritten Besuch, eine andere Person hinter dem Tresen stand als sonst, auch wenn sie vermutlich alle derselben koreanischen Familie angehörten. In den Augen des Mannes sahen nicht alle Asiaten gleich aus. Er hatte Jahre in Asien zugebracht, in Japan, in Korea, in Vietnam, Laos, Kambodscha und Thailand.

Die stählerne Hintertür war geschlossen. Als er das letzte Mal hier gewesen war, hatte er die Scharniere geölt, um jeden unnötigen Laut zu vermeiden. Er ging durch die Tür und zog sie hinter sich leise ins Schloss. Nun war er in einer schmalen Gasse voller überquellender Mülleimer und hörte die Ratten raschelnd davonrennen. Er hörte auch Hupen und andere Verkehrsgeräusche, die durch die Gebäude etwas abgedämpft wurden.

Langsam ging er zu der Tür, die er bereits überprüft hatte. Nichts war abgeschlossen. Sie schlossen nie ab. Sie hatten nichts, was man ihnen hätte stehlen können, abgesehen von ihrem Glauben.

Er zog ein Paar Chirurgenhandschuhe an, trat durch die Tür, schloss sie wieder und blieb lauschend in dem Halbdunkel des kleinen Lagerraums stehen. Er kannte ihren Tagesablauf. In ein paar Minuten würden sie alle zusammen mit koscheren Sandwiches in braunen Tüten in den Park gehen. Sie würden nicht ganz eine Stunde fort bleiben, gemeinsam essen, reden und Joshua zuhören.

Aber sie ließen immer jemanden zurück. Jemand musste dableiben, für den Fall, dass irgendjemand auftauchte, um Fragen zu stellen, oder Interesse bekundete.

Er öffnete die Tür einen Spaltbreit, während er im Stillen hoffte, sie hätten keine der Frauen zurückgelassen. Sicher, eine Frau würde die Polizei verwirren, aber sie würde auch eine kleine Veränderung in dem Muster bedeuten, dass er abliefern wollte. Glücklicherweise war es keine Frau. Es war ein schlanker junger Mann mit einem Bart, dunklen Hosen und einem ordentlich gebügelten, sauberen, kurzärmeligen cremefarbenen Hemd. Der Rücken des jungen Mannes war dem Lagerraum zugewandt. Er war vollkommen in seine Lektüre vertieft und ahnte nichts von der Person, die sich, tief gebückt, hinter ihm heranschlich.

Als er gerade noch einen guten halben Meter von dem jungen Mann entfernt war, drückte er ihm die handflächengroße Halbautomatik Kaliber .22 an den Kopf und feuerte zwei Hohlspitzgeschosse in seinen Schädel, wohl wissend, dass das dichte Haar des sterbenden Mannes den Knall dämpfen und der Schuss in den Geräuschen auf der Straße untergehen würde. Der junge Mann sackte nach vorn und blieb über seinem Buch liegen. Der Mann stieß die Leiche zu Boden und blickte zum Fenster hinaus. Dann sammelte er die Messingpatronenhülsen ein und steckte sie in die Tasche.

Nachdem er sich überzeugt hatte, dass wirklich niemand ihn gesehen hatte, trat er über die Leiche hinweg, um die Tür zu verschließen. Dann zerrte er die Leiche schnell in den Lagerraum. Dort angekommen öffnete er den Aktenkoffer, den er dort deponiert hatte, legte die Waffe hinein und zog einen schweren Hammer, vier dicke, spitze Nägel und ein Stück weißer Kreide hervor.

Danach kehrte er zurück in die Gasse und betrat den kleinen Zeitschriftenladen. Er hatte dem Mann hinter dem Tresen etwas zu erzählen. Etwas, das sein Leben verändern würde.

»Vorschläge?«, fragte Mac, eine Tasse Automatencappuccino in der Hand.

Er stand neben Danny Messer in dem makellos verchromten kleinen Pausenraum mit den unbequemen Kunststoffstühlen. An einer Wand summte eine ganze Batterie unterschiedlicher Geräte vor sich hin – Sandwichautomat, Süßigkeitenautomat, Getränkeautomat, Kaffeeautomat – und verbreitete einen grellen bunten Lichtschein um sich herum. Sie waren die einzigen Leute, die sich in dem Raum aufhielten.

»Shelton hat den Jungen umgebracht und die Leiche vergraben«, sagte Danny und nippte an einer Diätcola, die er in seiner Hand hielt. Er hatte das Zittern kontrolliert. »Wir haben ihn nur nicht gefunden. Die Gegend, in der die Kleidung und das Fahrrad herumlagen, haben wir mit Sonden und Detektoren abgesucht. Nichts.«

»Vielleicht hat Shelton ihn woanders vergraben«, meinte Mac.

»Warum? Er hat einen nackten, verängstigten Jungen. Warum soll er ihn nicht einfach an Ort und Stelle umbringen und vergraben?«

»Vielleicht ist der Junge gar nicht tot«, sagte Mac.

Danny nickte. Darüber hatte er auch bereits nachgedacht.

»Und Shelton versteckt ihn irgendwo?«, fragte Danny. »Pädophilie?«

»In seinen Akten weist nichts darauf hin.«

»Und das Mädchen?«

»Hawkes sagt, es gibt Anzeichen für kürzliche sexuelle Aktivität«, entgegnete Mac. »Unterbrochen oder abgebrochen. Geringfügiges Eindringen, kein Sperma.«

»Also möglicherweise Sex«, sagte Danny, trank einen tiefen Schluck und bemühte sich, seine Hand nicht anzusehen.

»Möglicherweise«, stimmte Mac zu. »Aber vielleicht quält er gern Kinder.«

»Auch darauf deutet in seiner Akte nichts hin«, entgegnete Danny.

»Gut«, sagte Mac. »Damit bleiben uns immer noch vier Fragen. Erstens, wo ist die Brille des Jungen? Zweitens, warum habe ich den fehlenden Schuh des Jungen fünfzig Meter entfernt von den übrigen Beweisstücken gefunden? Drittens, warum sollte Shelton die Familie Vorhees umbringen und die Frauen respektvoll auf dem Bett ablegen, während er den Vater verdreht am Boden zurücklässt. Und viertens, warum wurde der Vater zuletzt umgebracht und nicht zuerst?«

»Wie wäre es mit einem Videospiel?«, schlug Danny vor.

Mac zuckte mit den Schultern und kippte den Rest seines nahezu geschmacklosen Cappuccinos hinunter. Er wusste, dass Danny eine Computersimulation vorbereitet hatte. Danny trank seine Diätcola aus und ließ die leere Flasche in den Recyclingmülleimer fallen.

Die beiden Männer gingen den Korridor hinunter zum Computerlabor, das sie derzeit ganz für sich allein hatten. Danny setzt sich an einen der Computer, drückte eine Taste und sah zu, wie die Desktopsymbole auftauchten. Beide Männer saßen vor dem Bildschirm.

»Ich habe es schon eingegeben«, sagte Danny, bemüht,

seine rechte Hand unter Kontrolle zu halten, was ihm nun schon viel besser zu gelingen schien. Er hatte bereits die Tabletten genommen, die Dr. Pargrave ihm verschrieben hatte. Aber sie machten ihn ein wenig schwindelig. So als hätte er nicht genug geschlafen.

Danny bewegte den Mauszeiger auf ein Symbol, das als Vorhees-Haus gekennzeichnet war, und klickte es an. Beinahe im selben Moment sahen sie auf dem Monitor ein Foto vom Inneren des Hauses erscheinen. Danny drückte jetzt bereits eine weitere Taste, und schon sah man ein Foto vom Eingangsbereich, der gut erkennbar in einer frischen, weißen Farbe gestrichen war. Links davon führte eine beleuchtete, mit Teppich ausgelegte Treppe ins Obergeschoss.

Mit Hilfe der Maus kamen sie nun zum oberen Treppenabsatz und dann in das Mordzimmer. Auf dem Bildschirm sahen sie die Leichen der beiden Frauen, die mit über dem Bauch gefalteten Händen und geschlossenen Augen auf dem Bett lagen. Der zusammengekrümmte Körper des Mannes erschien am Fuß des Betts.

»Hawkes sagte, der Mann hätte einen schlimmen Bluterguss und eine Knochenprellung am rechten Arm«, sagte Mac. »Und ebenfalls einen Bluterguss, eine Schnittwunde und einen Bruch an der rechten Wange.«

»Der Mörder hat ihn geschlagen«, meinte Danny. »Aber in dem Raum ist an keinem Gegenstand Blut gefunden worden, der für so einen Hieb geeignet gewesen wäre.«

»Also«, folgerte Mac, »suchen wir vielleicht nach einem Mörder mit zerschlagenen Fingerknöcheln.«

Danny nickte.

»Kommen wir zu den Messerwunden«, sagte Danny und vergrößerte eine der Leichen.

»Die Messerwunden«, wiederholte Mac. »Die beiden Frauen wurden erstochen, aber nicht angerührt, wenn man von der versuchten Penetration des Mädchens absieht. Zeig mir den Raum ohne Leichen und Blut.«

Danny nickte, machte einige Korrekturen, und das Mädchenzimmer war plötzlich sauber, das Blut war ebenso verschwunden wie die Leichen.

»Mutmaßliches Szenario?«, fragte Mac.

Danny bewegte die Maus, drückte ein paar Tasten, und ein akzeptables, wenn auch nicht fotografisch genaues Abbild des toten Mädchens tauchte auf dem Monitor auf. Sie lag im Bett und war offensichtlich noch am Leben.

Die Tür wurde geöffnet. Eine männliche Gestalt trat ein. Danny drückte weitere Tasten auf der Tastatur, und schon hatte der Mann ein Messer in der rechten Hand.

»Shelton?«, schlug Danny vor.

»Warum ist er in die Küche gegangen und hat sich das Messer geholt?«

»Er hatte vor sie umzubringen?«, fragte Danny und bewegte die Figur durch das Zimmer.

»Warum ist er durch das Haus gegangen?«, überlegte Mac laut. »Er hätte durch das Fenster einsteigen können. Viel klettern muss man dazu nicht.«

Das männliche Bild verschwand, und plötzlich tauchte es neben dem Haus der Vorhees' wieder auf. Die männliche Gestalt näherte sich dem Fenster, öffnete es, kletterte hinein und ging zu dem Bett, in dem das Mädchen lag und lächelte.

»Vielleicht«, sagte Danny, »hat er das Mädchen regelmäßig besucht. Sie lässt das Fenster offen, er klettert hinein?« Er unterbrach sich für einen Moment. »Das Messer«, sagte er dann. »Wenn er durch das Fenster gekommen ist, muss er runtergegangen sein, um das Messer zu holen, und ist danach zu ihr zurückgekehrt.«

»Spielen wir es einfach mal durch«, entgegnete Mac.

»Also«, sagte Danny und bearbeitete die Tastatur. »Die Mutter hört etwas und betritt das Zimmer.«

Ein Abbild von Eve Vorhees kam zur Tür herein und sah zum Bett, auf dem nun die Tochter auf dem Rücken lag und Shelton über ihr war.

»Nehmen wir an, Shelton gerät in Panik«, sagte Danny und änderte das Bild. »Er springt von dem Mädchen runter, tötet sie, und sofort danach bringt er die geschockte Mutter um.«

»Und warum tötet er das Mädchen zuerst?«, fragte Mac und starrte den Monitor an, während er in Gedanken versuchte, sich eine alternative Geschichte einfallen zu lassen. »Eigentlich würde man annehmen, dass er zuerst die Mutter zum Schweigen brächte, statt auf das Mädchen einzustechen. Mit dem Messer hätte er mindestens zehn Sekunden gebraucht, um ihr all diese Wunden beizubringen, genug Zeit für die Mutter, schreiend aus dem Zimmer zu rennen.«

»Aber sie ist nicht rausgerannt. Er hat sie als Nächste umgebracht«, erwiderte Danny.

»Und wo war der Vater?«, fragte Mac. »Die Wahrscheinlichkeit, dass Mutter oder Tochter geschrien haben, ist immerhin ziemlich groß.«

Die Sheltonfigur stach auf das Mädchen ein, rannte zu der von Mrs Vorhees, erstach sie, und die Tür wurde geöffnet. Eine Figur des Vaters stand dort, erstarrt vor Entsetzen. Ehe sie sich bewegen konnte, schlug Shelton wieder zu.

»Der Stich in den Rücken«, sagte Mac.

Die Figur des Vaters, nun mit Blut beschmiert, das aus einer Brustwunde lief, machte kehrt und griff nach der Tür. Dann rammte der Mörder dem sterbenden Mann das Messer in den Rücken.

»Funktioniert nicht«, sagte Mac. »Die Leiche des Mannes wurde am Fußende des Betts gefunden. Kein Blut an der Tür. Er ist ganz in das Zimmer hineingegangen.«

Danny spielte an den Bildern herum und sah zu, wie Shelton das Messer aus dem toten Mann herauszog, in seinen Gürtel steckte und dann die Frauen auf das Bett legte.

»Der Junge muss etwas gehört haben«, stellte Mac fest.

Auf dem Bildschirm erschien kein Junge.

»Vielleicht«, meinte Danny, »hat der Junge es gehört und möglicherweise sogar die Tür geöffnet, ist aber dann, als er das gesehen hat, zu seinem Fahrrad gelaufen. Shelton hat ihn gehört und die Verfolgung aufgenommen.«

»Der Junge war um zwei Uhr morgens vollständig bekleidet?«, fragte Mac zweifelnd.

Danny zuckte mit den Schultern und rückte seine Brille zurecht.

Mac saß schweigend neben ihm und dachte über das Messer nach und über die Probleme, die sich mit dem Szenario, das sie soeben durchgespielt hatten, stellten. Außerdem war da noch das Lindenblatt im Zimmer des Jungen mit den winzigen Bissspuren der Spinnerraupe.

Mehr als eine halbe Stunde lang sprach Flack in dem kleinen Verhörraum unter vier Augen mit jeder der neun Personen, die zum Essen in den Park gegangen waren. Viele von ihnen weinten, und nicht nur die Frauen.

Ein Mann, Morley Solomon, Ende vierzig, lockiges weißes Haar, wettergegerbte Haut und eine tiefe, weiße Narbe auf der Nase, sagte: »Das ist eine Prüfung unseres Glaubens.«

»Wer prüft Sie?«, fragte Flack.

»Vielleicht Jeschua«, sagte der Mann. »Irgendein menschliches Werkzeug seiner Macht, seiner Herrschaft über die Erde. Ein paar werden vom Glauben abfallen, aber nur ein paar.«

»Sie nicht?«, hakte Flack nach.

»Nein«, antwortete Solomon. »Wie sonst sollte die Macht des Glaubens erwiesen werden, würden die Gläubigen nicht geprüft würden? Das ist wie in der Wissenschaft.«

»Wissenschaft?«

»Ich war Physiker«, sagte Solomon. »Princeton. Theoretische Forschung. Ich war Jude. Ich bleibe Jude. Ich werde immer Jude sein. Aber mein Glaube wird bestimmen, was wahres Judentum ist, nicht das Diktat anderer Menschen. Wir befolgen alle heiligen Tage, Rosch haSchanah, das jüdische Neujahrsfest; Jom Kippur, der Tag der Versöhnung; einfach alle.«

Es blieb nur noch eine Person, mit der er reden musste. Flack sagte allen anderen, dass sie gehen könnten. Sie alle blickten Joshua an, der ihnen lächelnd zunickte, um ihnen zu sagen, dass alles in Ordnung sei.

»Sein Name war Joel Besser«, sagte Joshua im Verhörraum, als die anderen fort waren. »Er war einundzwanzig Jahre alt.«

Wie die anderen gesagt hatten, bestätigte auch Joshua, dass Joel freiwillig zurückgeblieben war, als sie nur Minuten vorher zum Mittagessen in den Park aufgebrochen waren. Joshua bestätigte ebenfalls, dass Joel mehr als beliebt war. Er wurde sogar geliebt.

»Er wurde nicht wegen seiner Persönlichkeit oder seiner Seele umgebracht«, sagte Joshua, »sondern wegen dem, was er repräsentiert hat.«

»Das wäre?«, fragte Flack.

»Häresie in den Augen der Engstirnigen und Ignoranten«, sagte Joshua. »Er war ein Jude, der an Jeschua glaubte, und das ist eine Bedrohung für manche Leute.«

»Was für Leute?«, hakte Flack nach.

»Muss ich das noch aussprechen?«, gab Joshua zurück und schloss die Augen. »Für die Orthodoxen, keine zwei Blocks weit entfernt.«

»Wir werden das überprüfen«, kündigte Flack an.

»Wann können wir Joels Leichnam haben?«

»Das kommt auf den Gerichtsmediziner an«, sagte Flack. »Würden Sie sich bitte das Haar aus der Stirn streichen?«

Joshua tat es.

Am Haaransatz des Mannes war eine Platzwunde und eine gerötete Schwellung.

»Wann und wie ist das passiert?«, fragte Flack und gab Joshua ein Zeichen, sein Haar wieder fallen zu lassen.

»Etwa vor einer Stunde. Ich habe den Kopf an die Wand geschlagen. Sie können es dort drüben sehen.«

Flack drehte sich um und sah die Einbuchtung in der Gipskartonplatte. Außerdem schien dort ein Blutfleck zu sein.

»Warum?«, fragte Flack.

»Um meine Trauer über diesen Verlust zu demonstrieren«, sagte Joshua. »Die Gemeindemitglieder haben zugesehen und geweint. Wenn einer der Unsrigen stirbt, teilen wir seinen Schmerz. Die Orthodoxen zerreißen ihre Kleider. – Wir sind Juden«, fuhr Joshua fort, und seine Stimme wurde allmählich lauter. »Juden, die unter der Diskriminierung durch andere jüdische Glaubensgemeinschaften und durch die Christen leiden müssen.«

»Wo waren Sie, als Joel Besser ermordet wurde?«, fragte Flack unbeirrt weiter.

Joshua lächelte wissend, sagte aber nichts.

»Jedes Ihrer Gemeindemitglieder sagt, Sie hätten den Park nach fünf Minuten verlassen und seien erst wieder aufgetaucht, als es Zeit war, in den Tempel zurückzugehen.«

»Ich habe Morley Solomon mit der Verantwortung betraut, über Einstein und den Messias zu sprechen«, sagte Joshua. »Das ist ein Steckenpferd von ihm.«

»Und wo sind Sie hingegangen?«

»In eine Bar«, sagte Joshua. »*Babe Bryson's.* Sie können den Barkeeper fragen. Ich war etwa fünfundvierzig Minuten dort.«

»Um was zu tun?«, fragte Flack.

»Um zu trinken«, sagte Joshua. »Ich bin Alkoholiker.«

Der abgenutzte Holzboden war übersät mit nummerierten roten Kegeln, die Aiden Burn sorgfältig um den Stuhl herum, auf dem Joel Besser erschossen worden war, angeordnet hatte. In einer nicht ganz regelmäßigen Linie zu beiden Seiten der Blutspur führten sie in den Lagerraum, in dem das Opfer gekreuzigt auf einem mit Kreide gemalten Kreuz auf den Boden lag.

In dem Raum drehte sich gemächlich ein Deckenventilator. Der Geruch des Bluts lag schwer in der warmen Luft.

Aiden hatte Fotos gemacht, Blutproben genommen und Fingerabdrücke gesichert, obwohl sie als auch Stella überzeugt davon waren, dass der Mörder Handschuhe getragen hatte. Eine Annahme, die durch die Tatsache gestützt wurde, dass Aiden auf keinem der vier Nägel, die in Hände und Füße des Toten getrieben worden waren, Abdrücke finden konnte.

Stella beugte sich tief über den Leichnam des jungen Mannes und benutzte einen Spezialsauger der Firma Sirchie, um sein Hemd, seine Hose und seine Arme abzusaugen. Im Labor würde sie die Fotos der Kreidemarkierungen, die sie an den beiden Tatorten gemacht hatte, miteinander vergleichen, aber sie erkannte schon jetzt, dass sie sich ähnelten, wenn auch mit einigen Abweichungen. Diese Markierungen hier waren gleichmäßiger ausgeführt worden, die Linien weniger krumm.

Die hebräischen Worte waren mit größerer Sorgfalt geschrieben worden als an dem ersten Tatort. Der Mörder hatte sich Zeit gelassen.

Was die fingerdicken Nägel betraf, die durch Hände und Füße des Toten getrieben worden waren, so waren diese deutlich größer als diejenigen, die bei Asher Glick benutzt worden waren. Aber sie waren auch tiefer eingeschlagen worden. Stella hatte keinerlei Zweifel, dass Sheldon Hawkes zu den gleichen Schlüssen kommen würde: Die Nägel waren von jemandem eingeschlagen worden, der die linke Hand benutzt hatte und sehr kräftig war.

Aiden betrat den Lagerraum, sah sich um und machte Fotos. Sie hatten keinen Hammer und keine Nägel gefunden. Dieses Mal war der Mörder vorbereitet gewesen und hatte sein eigenes Werkzeug mitgebracht.

Stella richtete sich auf und sagte: »Er ist durch die Tür

gekommen, direkt zu Besser gegangen und hat zweimal auf ihn geschossen. Tageslicht. Kein Sichtschutz vor den Fenstern. Er hätte gesehen werden können. Dann hat er die Leiche hierher gezerrt. Er hat sich einen schlechten Ort und eine schlechte Zeit zum Morden ausgesucht.«

»Glick an einem Werktagsmorgen in einer Synagoge zu ermorden und zu kreuzigen, hat seine Zeit gebraucht. Das war ebenfalls ein schlechter Ort und eine schlechte Zeit zum Morden, aber auch dort ist er davongekommen«, gab Aiden zurück. »Zumindest für den Moment.«

»Er geht offenbar gern Risiken ein«, stellte Stella fest. »Aber warum?«

»Gehen wir zurück ins Labor und warten auf den Bericht des Gerichtsmediziners. Mal sehen, was er für uns hat«, schlug Aiden vor.

Stella nickte.

Die Sanitäter parkten bereits auf der Straße. Menschen verschiedener Hautfarbe und Größe, deren Kleidung ihre Herkunft verriet, standen herum. Aiden hatte Fotos von der Menge geschossen. Es war nicht wahrscheinlich, dass der Mörder ebenfalls dort war, aber sie würde die Fotos dennoch mit denen vergleichen, die sie vor der Synagoge gemacht hatte, in der Asher Glick ermordet worden war.

Aiden wusste, dass möglicherweise gleich mehrere neugierige, aber unschuldige Personen auf den Fotografien der beiden Tatorten auftauchen konnten. Die Morde hatten schließlich nur wenige Blocks voneinander entfernt stattgefunden.

Aiden winkte den Sanitätern zu, worauf diese mit einer Rollbahre herbeieilten. Sie führte sie zum kleinen Hinterzimmer. Einer der Sanitäter war eine hübsche schwarze Frau von höchstens fünfundzwanzig Jahren, der andere ein Mann, weiß, etwa im gleichen Alter, groß und mit einem natürlichen, kraftvollen Körperbau gesegnet.

Sie blickten auf die Leiche hinunter und zeigten keinerlei Gefühl, als Stella sagte: »Lassen Sie die Nägel in der Leiche, und bewegen Sie sie so wenig wie möglich. Es wird nicht ganz einfach sein, weil die Nägel tief eingeschlagen wurden.«

Beide Sanitäter nickten. Sie hatten Erfahrung, und diese Aufgabe war interessant. Sie würden ihren Familien und Freunden davon erzählen.

»›Schafe folgen Schafen‹«, ließ der Mann vernehmen, dessen Plastikschild ihn als Abrams auswies. Er blickte hinab auf die Worte, die mit Kreide auf den Boden geschrieben waren, unter den Füßen des Leichnams.

Alle drei Frauen starrten ihn an.

»Das steht da«, erklärte er. »Hebräisch. Ich glaube, es stammt aus dem Talmud. Er hat das Wort ›Schafe‹ falsch geschrieben.«

Der Telefonanruf kam erst spät am Nachmittag, als Mac allein dasaß, die computergenerierten Tatortbilder durchging, die Danny angefertigt hatte, und im Internet nach Informationen über Lindenbäume und ihre Schädlinge suchte.

»Jemand möchte mit dem zuständigen Kriminalisten im Fall Vorhees sprechen«, sagte der Labortechniker, der den Anruf entgegengenommen hatte.

»Ein Mann?«

»Ja.«

»Und er hat gesagt, er will einen Kriminalisten sprechen?«, fragte Mac, während er auf den Monitor starrte, auf dem sich eine schleimige weiße Kreatur am Rand eines herzförmigen Blatts entlangarbeitete.

»Richtig«, sagte der Techniker. »Nehmen Sie den Anruf an?«

»Stellen Sie durch«, sagte Mac. Als er das Klicken hörte, das darauf hindeutete, dass die Verbindung hergestellt worden war, sagte er: »Detective Taylor.«

»Kyle Shelton«, antwortete Shelton in ruhigem Tonfall.

Mac drückte auf einen Knopf an der weißen Basisstation des Telefons und stellte das Mobilteil wieder in die Basis zurück. Der Anruf, der nun über Lautsprecher lief, wurde automatisch zurückverfolgt.

»Was haben Sie auf dem Herzen?«, fragte Mac, während er geschäftig nach den Daten des Vorhees-Falles im Computer suchte und bald die Informationen über Kyle Shelton gefunden hatte.

»Haben Sie je beim Militär gedient?«

»Marines«, sagte Mac.

»Ich auch«, entgegnete Shelton. »Aber das wissen Sie ja.«

»Ich weiß es«, stimmte Mac zu. »Lebt der Junge noch?«

»Je nachdem«, sagte Shelton. »Leben und Tod sind Übergänge, ein Kontinuum.«

»Lebt er?«, wiederholte Mac seine Frage.

»Ja«, sagte Shelton müde.

»Sie haben seine Familie umgebracht«, sagte Mac.

»›Ich bin der Tod geworden, der Zerstörer von Welten‹«, sagte Shelton. »Wissen Sie, wer das gesagt hat? J. Robert Oppenheimer hat das gesagt, als er die erste Atomexplosion gesehen hat.«

»Sie spielen mit uns«, sagte Mac. »Warum?«

»Die Spiele sind nicht vorüber«, entgegnete Shelton. »Ich habe ein Geschenk für Sie.«

»Das wäre?«

»Sie hatten genug Zeit, den Anruf zurückzuverfolgen. Kommen Sie her, und finden Sie es heraus.«

»Shelton«, sagte Mac.

»Tut mir Leid, die Zeit ist abgelaufen.«

Er legte auf. Mac drückte auf eine Taste, und eine Stimme antwortete: »Wir haben ihn. Wir sind schon unterwegs.«

»Wohin?«

»Er hat von Vorhees' Haus aus angerufen.«

Flack lehnte sich zurück. Er hatte die Hände auf den Tisch gelegt und den Kopf ein wenig nach rechts gedreht. Er wartete.

»Ich bin kein Hochstapler«, erklärte Joshua. »Meine Mission ist keine schäbige kleine Sekte.«

»Wissen die anderen von Ihrer Trinkerei?«, erkundigte sich Flack.

»Nein. Unser Herr hat mir eine Prüfung auferlegt. Jeschua wird mir den Weg weisen.«

»Und inzwischen gönnen Sie sich den einen oder anderen Drink«, kommentierte Flack.

»Ja«, gestand Joshua seufzend. »Aber ich betrinke mich nie. Ich bin stets klar und konzentriert.«

»Haben Sie Glick ermordet?«

»Nein.«

»Joel Besser?«

»Warum sollte ich einen der meinen töten?«, fragte Joshua ungläubig.

»Um den Verdacht von sich abzulenken«, sagte Flack. »Aber vielleicht wusste er auch, dass Sie Glick getötet haben, und wollte es uns erzählen.«

Der Raum war klimatisiert, aber die Klimaanlage war nicht im Stande, bei dieser Hitze für angenehme Temperaturen zu sorgen. Flack wusste aus Erfahrung, dass es bei diesen Temperaturen zu Todesfällen kommen konnte, überwiegend unter älteren Menschen, die sich keinen Ventilator leisten konnten und nicht in der Lage waren aufzustehen, ein oder zwei Treppen hinunterzusteigen und einen oder mehr Blocks weit zum nächsten klimatisierten Supermarkt zu gehen. Durch die erstickende Hitze kamen mehr Menschen zu Tode als durch Mord.

»Sie haben einen gerissenen Verstand«, sagte Joshua.

»Das bringt der Job so mit sich«, entgegnete Flack ohne die geringste Regung und schlug die Aktenmappe auf, die vor ihm lag.

»Und der Mord an einem Unschuldigen bringt Bilder in mir hervor, die ich immer sehe, ob ich wach bin oder schlafe. Die Bilder verblassen nur, wenigstens teilweise, wenn ich ein oder zwei Drinks nehme«, sagte Joshua.

»Bilder?«

»Schwarze Babys, Kinder«, erzählte Joshua und beugte sich vor. »Hungernd, die Rippen sichtbar, Beine ohne Muskeln, zu große Köpfe, enorme flehende Augen, ohne Hoffnung, mit offen stehenden Mündern. Warum sollten ein gütiger Gott und sein Sohn so etwas zulassen? Meine Mission ist, das zu verstehen. Meine Schwäche ist, dass ich fürchte, die Herausforderung nicht meistern zu können.«

Joshua schlug die Hände vors Gesicht, schluchzte und sagte: »Ich bin in einem sehr realen Sinn für den Tod von

Joel Besser verantwortlich. Ich habe ihn mit dem Versprechen der Kameradschaft in unsere Gemeinde gebracht, ich versprach ihm die Rückkehr zu seiner verlorenen jüdischen Identität und die Hoffnung auf ewiges Leben.«

Joshua blickte mit feuchten Augen und müden Zügen zu Flack auf.

»In Zeiten wie diesen ist es mir beinahe unmöglich, an diese Dinge zu glauben. Glauben Sie an Gott? Glauben Sie, es gibt einen Gott?«

»Manchmal«, sagte Flack und betrachtete die Akte in der aufgeschlagenen Mappe. »Haben Sie irgendeine Ahnung, wer an Joel Bessers Tod interessiert sein könnte?«

»Ja«, sagte Joshua.

»Dann reden wir darüber, ehe wir ihre Hände auf Schussrückstände überprüfen.«

»In jeder Lage Polizist«, kommentierte Joshua kopfschüttelnd.

»In jeder Lage«, bestätigte Flack.

Die beiden uniformierten Polizisten vor dem Haus der Vorhees' waren nach Vorschrift vorgegangen. Das Problem war nur, dass das Lehrbuch alle paar Jahre aktualisiert wurde. Ein schrilles Geräusch jenseits des Eingangsbereichs hatte sie aufmerksam gemacht. Die beiden Polizisten waren mit gezogenen Waffen zur Tür gegangen und hatten unterwegs sorgsam darauf geachtet, wohin sie ihre Füße setzten, für den Fall, dass es Beweisspuren auf dem Boden geben sollte. Das Geräusch war mit jedem Schritt lauter und unangenehmer geworden. Der führende der beiden Polizisten, Officer Kitteridge, war ein junger breitschultriger Mann von etwa dreißig Jahren mit einem erdbeerroten Muttermal auf der linken Wange. Der andere Polizist, Nash, war übergewichtig und stand kurz vor der Pensionierung.

Der jüngere Polizist stieß die Küchentür auf. In dem Raum war niemand, aber auf dem weißen Tisch inmitten der Küche stand ein Telefon, das ein unentwegtes dumpfes Klingen von sich gab. Auch wenn sie den Lärm gerne abgestellt hätten, waren sie doch klug genug, die Küche nicht zu betreten.

Der ältere Polizist schloss stattdessen die Tür und fragte: »Vorn, hinten?«

»Hinten.«

Die Polizisten gingen wieder zurück und zogen die Tür hinter sich ins Schloss. Das Geräusch des schrillenden Telefons verstummte. Der jüngere Polizist ging rasch um das Haus herum zur Hintertür.

»Niemand drin, niemand draußen«, erzählte Nash dem Ermittler fünf Minuten später. »Wir sind vier Minuten nach Ihrem Anruf hier angekommen.«

Mac nickte und warf einen Blick auf seine Armbanduhr. Das bedeutete, dass seit Sheltons Anruf insgesamt dreißig Minuten vergangen waren.

Mac zog ein Paar Latexhandschuhe über, griff mit der linken Hand seinen Koffer, während er mit der rechten die Waffe aus dem Gürtelhalfter fischte. Nash zog erneut seinen Dienstrevolver und folgte Mac in das Haus.

Als er eintrat, bemerkte Mac, nicht zum ersten Mal, dass das alte Haus durch knarrende alte Böden und Zimmerdecken beständig Geräusche von sich gab. Die Klimaanlage war außer Betrieb. Mac war überzeugt, er könnte das Blut noch immer riechen. Und er hörte ein vertrautes Geräusch aus der Küche.

Mit Nash an seiner Seite und der Waffe in der Hand ging er weiter Richtung Küchentür. Der Tisch mit den vier Stühlen war leer, abgesehen von dem kabellosen Telefon, das durch seinem Piepton dem Eigentümer seine Bereitschaft anzeigte. Das Ladegerät lag direkt neben dem Telefon.

Mac trat näher und wies Nash an, seinen Partner hereinzurufen. Als Kitteridge erschien, sagte Mac: »Durchsuchen Sie das Haus. Aber vorsichtig. Sollten Sie irgendetwas Verdächtiges entdecken, tun Sie nichts. Kommen Sie einfach wieder zurück und sagen Sie mir Bescheid. Und fassen Sie nichts an.«

»Verstanden«, sagte Nash.

Die beiden Polizisten gingen an Mac vorbei und zur Tür.

Mac trat an den Küchentisch und blickte sich um. Etwas stimmte nicht. Er zog seine Kamera hervor und machte Fotos, ohne dabei auf das durchdringende Klingeln des Telefons zu achten.

Als er damit fertig war, untersuchte er das Telefon auf Fingerabdrücke. Tatsächlich waren sofort welche erkennbar. Mac fotografierte sie, puderte sie mit einem Pinsel ein und zog sie auf Folie. Dann drückte er die Auflegetaste des Telefons.

Es klingelte beinahe sofort. Mac drückte auf die Sprechtaste und hörte Shelton sagen: »Taylor?«

»Ja.«

»Ich rufe schon seit mindestens zehn Minuten an.«

Mac sagte nichts. Das war Sheltons Spiel.

»Ich habe sie geliebt«, sagte Shelton nach einer langen Pause.

Mac vernahm ein vages Schluchzen.

»Becky?«, fragte er.

»Becky«, bestätigte Shelton. »Antoine de Saint-Exupéry schrieb: ›Liebe besteht nicht darin, dass man einander ansieht, sondern dass man gemeinsam in die gleiche Richtung blickt.‹ Verstehen Sie?«

»Ja«, sagte Mac.

Die Küchentür ging auf, und Nash betrat den Raum.

»Ein Messer«, sagte Nash. »Auf dem Boden im Zimmer des Mädchens. Sieht aus, als würde getrocknetes Blut drankleben.«

»Ich höre«, sagte Shelton, »Sie haben das Messer gefunden. Meine Fingerabdrücke sind drauf, aber eigentlich ist es die Waffe selbst, die Ihnen eine Geschichte erzählen kann.«

»Der Gerichtsmediziner wird sie genau untersuchen«, sagte Mac. »Sie wollen, dass wir Sie schnappen, aber Sie wollen es uns nicht zu einfach machen.«

»So etwas in der Art«, sagte Shelton, »aber das ist nicht ganz korrekt.«

»Möchten Sie mir erzählen, warum Sie es getan haben?«, fragte Mac.

»Nicht jetzt.«

Nash stand da und beobachtete. Er erkannte, dass Mac mit dem Mörder sprach.

»Der Junge«, sagte Mac.

»Heute schon zu Mittag gegessen?«, fragte Shelton.

»Nein.«

»Vielleicht möchten Sie einen Snack, bevor Sie dort fertig sind«, sagte Shelton. »Ich hatte einen.«

»Wie wäre es mit einem weiteren Zitat?«, fragte Mac.

Mac bezweifelte, dass Shelton dieser Herausforderung widerstehen konnte. Der junge Mann liebte die Weisheit der anderen. Es war kein Prahlen mit seiner Bildung oder seinem Intellekt. Es war etwas von den wenigen Dingen, die ihn aufrechthielten. Mac war davon überzeugt.

»›Die Möglichkeit, uns voreinander zu verstecken, ist eine barmherzige Gabe, denn die Menschen sind wilde Bestien, die einander um dieser Gunst willen verschlingen würden.‹«

»Nietzsche?«, fragte Mac.

»Anne Frank«, antwortete Shelton und legte auf. Mac folgte seinem Beispiel, schlug sein Notizbuch auf und schrieb das Zitat nieder. Etwas daran stimmte nicht. Ein Irrtum? Mac steckte das Notizbuch weg.

Hatte Shelton das Mittagessen erwähnt, um nicht über Jacob Vorhees sprechen zu müssen? Vermutlich, aber eigentlich entsprach es mehr seinem Stil, durch Zitate vom Thema abzulenken. Mac sah sich in der Küche um, betrachtete den Kühlschrank, die Schränke, die Tür zur Speisekammer, den metallenen Mülleimer in der Nähe der Tür. Er ging zu dem Mülleimer, trat auf das Pedal und blickte hinein in den frischen, weißen Plastikbeutel im Inneren. Da war nichts. Wenn Shelton etwas gegessen haben sollte, als er in dem Haus war, dann hatte er entweder den Müll wieder mitgenommen oder etwas zu sich genommen, das keinen Müll hinterließ. Es gab noch eine dritte Möglichkeit: Shelton hatte gelogen. Aber wozu?

Mac ging zum Kühlschrank und öffnete ihn vorsichtig, um keine Fingerabdrücke am Griff zu zerstören. Der Kühlschrank war voll.

Nash und Kitteridge kamen in die Küche zurück.

»Nichts«, sagte Nash.

Kitteridge schwieg.

»Was?«, fragte Mac.

»Ich weiß nicht«, antwortete Kitteridge. »Das Haus ist irgendwie unheimlich, und ich glaube, das liegt nicht nur an den Morden. Ich weiß es nicht.«

»Vielleicht reagieren Sie auf irgendetwas, das sie gesehen, gehört oder gerochen haben«, meinte Mac.

»Bauchgefühl«, sagte Nash.

»Das hier wird eine Weile dauern«, erklärte Mac. »Durchsuchen Sie weiter das Haus, und achten Sie auf Ihr Gefühl. Danach fragen Sie die Nachbarn, ob sie Shelton gesehen haben. Auf der anderen Straßenseite wohnt eine ältere Frau. Ihr Name ist Maya Anderson. Sie verbringt ziemlich viel Zeit damit, aus dem Fenster zu sehen, und sie weiß, wie Shelton aussieht.«

»Verstanden«, sagte Nash und ging zurück zur Tür.

Mac zog sein Mobiltelefon hervor und rief Danny an.

Danny war zu Hause, saß in einem bequemen Lehnsessel mit einem kleinen Riss in der Armlehne und sah sich eine alte Folge von *Detektiv Rockford: Anruf genügt* an. Die Schuhe hatte er ausgezogen, und neben ihm auf dem Tisch stand ein Glas Eistee. Das Glas thronte gefährlich auf einem Stapel Zeitschriften, die überwiegend alt waren und überwiegend forensische Themen behandelten. Sein Zittern war immer noch da, aber er hatte das Gefühl oder vielleicht auch nur die Hoffnung, es würde langsam ein wenig besser werden. Er hatte Sheila Hellyers Rat befolgt und noch eine Tablette genommen. Dann hatte er eine Nachricht auf Macs Schreibtisch hinterlassen und ihn darüber informiert, dass er nach Hause gegangen sei, und warum er sich freigenommen hatte.

Schon Macs erste Worte am Telefon verrieten ihm, dass dieser die Nachricht noch nicht erhalten hatte. Danny drückte auf die Fernbedienung und stellte das Gerät leise.

»Ich bin im Vorhees-Haus«, sagte Mac. »Shelton war hier. Er hat mich angerufen.«

»Brauchst du mich dort?«, fragte Danny.

»Das Messer ist hier«, antwortete Mac. »Und wir müssen in der Küche alles auf Fingerabdrücke untersuchen, den Kühlschrankinhalt eingeschlossen. Das wird eine Weile dauern.«

»Ich bin gleich da«, sagte Danny.

Er legte auf, blieb ein paar Sekunden sitzen und starrte James Garner an, der verärgert aussah. Erst jetzt stellte Danny fest, dass er keine Ahnung hatte, worum es in der Folge eigentlich ging. Mit der Fernbedienung schaltete er den Fernseher aus. Dann erhob er sich und griff nach dem Eistee, ohne an das Zittern zu denken, und stieß das Glas um. Tee ergoss sich über die Zeitschriften und den Holztisch.

Danny würde später aufräumen. Er zog seine Schuhe an, schnappte sich seinen Koffer, der neben der Tür stand, ging hinaus in die Hitze des Tages und fragte sich, ob Shelton etwas über Jacob Vorhees' Schicksal erzählt hatte.

Die Fotografien der Menschenansammlungen vor den beiden Synagogen, in denen die Morde stattgefunden hatten, lagen auf dem Tisch. Es waren insgesamt achtzehn Abzüge der Größe 20 x 27. Die Fotografien waren außerdem digital gespeichert worden, aber im Moment wollten sie sie lieber auf dem Tisch ausgebreitet betrachten.

Flack, Aiden und Stella beugten sich über die Bilder und suchten nach Personen, die bei beiden Ereignissen auftauchten, nach bekannten Gesichtern oder Leuten mit verdächtiger Mimik, einem Stirnrunzeln, einem Lächeln oder so.

»Der Mann, der Mann und die Frau«, sagte Aiden und deutete auf die Leute.

Einer der Männer, auf die sie gezeigt hatte, war mindestens achtzig. Er trug auf beiden Fotos den gleichen, traurigen Gesichtsausdruck zur Schau. Ein anderer Mann, schwarz gekleidet mit Bart und Brille, war definitiv orthodox und sah sehr ernst aus. Von dem Rest der Menge war niemand auffällig, aber man konnte nie wissen.

»Das war's«, sagte Flack.

»Nein«, widersprach Aiden. »Seht euch den Mann an.«

Sie zeigte auf einen Mann mit einer tief ins Gesicht gezogenen Baseballkappe, der die Arme neben dem Körper herabhängen ließ. Er trug eine dunkle Hose und ein weißes Hemd und stand zwischen einer weinenden Frau und einem Schwarzen in einem weißen Hemd, der sich den Hals verdrehte, um besser sehen zu können. Ein Lichtreflex deutete darauf hin, dass der Mann mit der Kappe möglicherweise eine Brille trug, aber sein Gesicht konnte man nicht erkennen, geschweige denn sein Alter einschätzen.

»Und da«, sagte Aiden und zeigte auf eins der Fotos, die vor dem zweiten Tatort angefertigt worden waren.

Der Mann drehte der Kamera den Rücken zu, aber es war definitiv derselbe Mann mit Baseballkappe, dieselbe Größe, derselbe auffallend gerade Rücken, dieselbe militärische Haltung.

»Gibt es noch mehr Bilder von ihm?«, fragte Flack.

»Eines«, sagte Aiden. »Mein Lieblingsfoto.«

Der Mann entfernte sich von der Kamera und sah sich über die linke Schulter um, den Kopf gesenkt. Seine Augen waren hinter den spiegelnden Lichtreflexen seiner Brille verborgen und im Schatten seiner Mütze versteckt.

»Er sieht in die Kamera«, sagte Aiden. »Und er will nicht erkannt werden.«

Etwas an ihm kam Stella vertraut vor. Aber vielleicht war sie auch nur müde. Sie wusste, dass sich ihre Allergie nun bald bemerkbar machen würde, und vielleicht wirkte sie sich schon jetzt auf ihre Vorstellungskraft aus, aber davon war sie nicht sehr überzeugt.

Sie betrachtete den Mann erneut und hatte das unheimliche Gefühl, er würde sie direkt anstarren.

»Vergrößern wir ihn doch und sehen, was es zu sehen gibt«, sagte sie.

Aiden nickte.

6

Hawkes arbeitete an Joel Bessers Leiche und bemühte sich gleichzeitig, Nancy Sinatra zu vertreiben, die in seinem Schädel beständig diesen verdammten *Bang-Bang*-Song zum Besten gab. Seinen iPod hatte er zu Hause liegen lassen, weil er vergessen hatte, ihn in sein Kunststoffetui zu legen. Das war ihm noch nie passiert, und die Strafe war offenbar die Stimme von Nancy Sinatra.

Als er die beiden Kugeln aus dem Schädel entfernte und bald mit der Pinzette hochhielt, wusste er, dass die Waffe ein sehr kleines Kaliber hatte und von jemandem benutzt worden war, der genau wusste, was er tat. Die Schüsse waren perfekt platziert und sofort tödlich gewesen, das gleiche Muster und beinahe die gleiche Stelle wie die Schüsse, die auf Asher Glicks Kopf abgefeuert wurden.

Die Nägel waren definitiv post mortem eingeschlagen worden, und zwar von jemandem mit einem starken Arm, einem starken linken Arm, bedachte man in welchem Winkel sie eingedrungen waren. Man musste kein Experte sein, um zu erkennen, dass derjenige, der das getan hatte, auch Asher Glicks Mörder gewesen war. Nur hatte er es dieses Mal nicht eilig gehabt.

Anders als in Glicks Fall meldete sich kein Angehöriger von *Jüdisches Licht Christi* zu Wort, um gegen die Autopsie zu protestieren, also ging Hawkes so sorgfältig wie möglich vor.

Er hatte immer das Gefühl, er müsse Abbitte leisten, wenn er zum ersten Schnitt ansetzte. Sheldon Hawkes war nicht die Person, die dem Leichnam Gewalt antun wollte. Hawkes gab dem toten Menschen, der auf seinem Tisch lag, eine letzte Chance, auf seinen Mörder zu zeigen, auf die Person, die ihm zwei Kugeln ins Hirn gejagt hatte. Dann machte er den ersten Schnitt.

»Bang, bang«, sang Nancy Sinatras Stimme.

Inzwischen wussten sie ein paar Dinge über den Mann mit der Baseballkappe, der sich bei beiden Morden unter den Neugierigen aufgehalten hatte.

Stella und Aiden hockten über den Vergrößerungen der Fotos des Mannes. Die Auflösung war gut, nicht perfekt, aber gut genug, um zu sehen, dass das Haar hinter der Kappe des Mannes grau war. Außerdem waren auf der sichtbaren Hand Altersflecken zu erkennen, und in einer anderen Vergrößerung konnten sie mehrere Haare ausmachen, die aus der Ohrmuschel des Mannes herauswuchsen. Beide waren übereinstimmend der Meinung, dass der Mann zwischen Mitte fünfzig und Mitte sechzig oder sogar noch älter sein musste.

»Dieses Bild«, sagte Stella und zeigte auf eines der Fotos. »Speicher es auf der Festplatte und bring es auf den Monitor.«

Aiden nickte und fing an, Tasten zu drücken. Viele Bilder zogen vorbei, bis sie das gefunden hatte, das Stella gesucht hatte.

»Was ist das da auf seiner Hemdentasche?«

Aiden fing an, den Ausschnitt zu vergrößern. Da das Bild des Mannes ein winziger Ausschnitt aus einer Massenszene war, wurde die Auflösung immer schlechter, als Aiden es weiter vergrößerte. Sie konzentrierte sich dabei auf etwas, das aussah wie eine kleine goldene Anstecknadel.

»Ich glaube, wir können es noch ein bisschen schärfer machen«, sagte sie. »Vielleicht ist es auch auf anderen Bildern zu sehen, aber ich glaube, ich weiß, was das ist.«

Stella sah Aiden an, während diese das Foto fixierte.

»Ich glaube, das ist ein Militärabzeichen. Mein Vater hatte so eines. Er hat es nie getragen. Ich werde versuchen, mehr herauszufinden, aber es ist nicht gut zu erkennen.«

»Er steht sehr gerade, beinahe militärisch«, stellte Stella fest. »Und er hat einen Stiernacken.«

»Er trainiert«, meinte Aiden.

»Könnte unser Mörder sein«, verkündete Stella. »Auf einigen Fotos steht er neben anderen Leuten, die sich vielleicht an ihn erinnern können.«

Aiden wusste, was sie meinte. Auf einem der Fotos war er neben einem Mann in Schwarz zu sehen, einem Mann mit schwarzem Bart und schwarzem Hut, einem Mann, den Stella als einen der Männer wiedererkannt hatte, den sie in Asher Glicks Gemeinde gesehen hatte.

Stella schnäuzte sich die Nase.

»Du auch?«, fragte Aiden, die die ersten Auswirkungen der Allergiesaison in Form juckender Augen zu spüren bekam.

Stella hingegen hatte eine verstopfte Nase und leichte Kopfschmerzen. Sie wusste, dass es auch nicht allzu schlimm werden würde, aber sobald sie zu Hause wäre, würde sie sich vielleicht eine Dosis ihres Antihistaminsafts genehmigen.

Wieder betrachtete sie die Fotos von dem Mann mit der Kappe. Inzwischen hatte sie jedes einzelne Bild mehrere Male studiert, und sie hatte das Gefühl, den Mann schon einmal gesehen zu haben, wusste aber nicht wo. Doch sie war klug genug, den Gedanken beiseite zu schieben und zu hoffen, dass die Erinnerung von selbst zurückkehren würde wie die an den Namen eines Schauspielers oder eines Schriftstellers, den man gut kannte und doch vorübergehend vergessen hatte.

»Suchen wir Flack«, sagte Stella und erhob sich.

Einen Durchsuchungsbefehl für Joshuas Wohnung zu bekommen, war, nachdem Flack seinen Teil der Ermittlungen geleistet hatte, kein Problem gewesen. Richter Obert hatte den Durchsuchungsbefehl sofort unterzeichnet, als Flack ihm die Geschichte erzählt hatte. Der Richter war weit über siebzig und mehr als bereit, in den Ruhestand zu gehen, aber er war noch immer im Amt. Manchmal kam es vor, dass er sich kaum wach halten konnte, sogar wenn er am Richtertisch saß. Regelmäßige Einnahmen von Modafinil, ein Medikament, das ursprünglich für Narkoleptiker entwickelt worden war, hatten das Problem gemildert, aber der Richter ertappte sich inzwischen dabei, das Medikament viel häufiger einzunehmen, als der Arzt angeordnet hatte.

Obert hatte Flack den Durchsuchungsbefehl überreicht und in einem Ton der Geringschätzung und der Resignation gesagt: »Dieses Volk.«

Flack wollte gar nicht wissen, wer ›dieses Volk‹ war. Er war überzeugt, die Antwort würde ihm nicht gefallen.

Als er die Tür zu Joshuas Wohnung öffnete, ging Flack in Gedanken noch einmal durch, was er bisher wusste. Er wusste, dass Joshua Alkoholiker war und schwere Zeiten hinter sich hatte. Seine Krankenakte aus dem Gefängnis, die vor etwa einer Stunde beim C.S.I. eingetroffen war, verriet, dass Joshua unter Schwindelgefühlen und temporären Gedächtnisverlusten gelitten hatte. Außerdem hatte er zeitweise zu Gewaltausbrüchen geneigt und einen anderen Insassen wegen einer Meinungsverschiedenheit, an die Joshua sich nicht einmal erinnern konnte, beinahe zu Tode geprügelt. Nach dieser Geschichte hatte Joshua seinen neuen Namen verkündet, was damals niemanden auch nur im Geringsten interessiert hatte. Aber Joshua hatte mit der Suche nach Konvertiten begonnen und mit den Gefangenen angefangen, deren Namen jüdisch geklungen hatte. Dieses Bestreben hatte ihn beinahe umgebracht.

Sollte in seiner Wohnung eine Waffe versteckt sein, so war Flack fest entschlossen, sie zu finden, wie lange er auch würde suchen müssen. Er wusste, dass seine Beziehung zu Joshua anders war als die zu allen anderen Verdächtigen, mit denen er bisher zu tun gehabt hatte. Teilweise lag das daran, dass Joshua so etwas wie ein Überzeugungstäter war. Flack traute solchen Menschen nicht über den Weg, umso weniger, wenn sie religiös motiviert waren – obwohl politische oder ethnische Überzeugungen ebenso gefährlich sein konnten.

Solche Fanatiker waren zu allem fähig, weil sie nicht zweifelten, im Dienst einer gerechten Sache zu handeln, und dieser Glaube war alles, was ihrem Leben in irgendeiner Weise Bedeutung verlieh.

Flack hatte eine Menge solcher Menschen in der eigenen Familie. Er hatte keine Ahnung, wie er all dem hatte entkommen können, aber er hatte es geschafft. Seit er ein Junge gewesen war, hatte er nie über seinen Glauben gesprochen. Was er glaubte, war eine Angelegenheit, die nur ihn und Gott betraf.

Der Mann mit der Kappe saß in dem Café, das dem Labor gegenüberlag. Im Moment trug er keine Kopfbedeckung. Er hatte sie gegen einen jener braunen Hüte ausgetauscht, die man in der Tasche zusammenknüllen konnte und die trotzdem stets wieder ihre alte Form annahmen, wasserdicht und ausgestattet mit einer Krempe, die breit genug war, sie über das Gesicht zu ziehen.

Auch seine Brille hatte er zu Hause gelassen. Die Gläser bestanden aus Fensterglas. Seine Augen waren beinahe perfekt. Vor ihm lag die neueste Ausgabe des *Smithsonian Magazine*. Dies sollte sein letzter Besuch in diesem Café sein, auch wenn er bezweifelte, dass irgendjemand sich seiner erinnern würde. Er aß langsam und ließ sich den entkoffeinierten Kaffee von der Kellnerin zweimal nachfüllen.

Ihr Blick fiel auf die Kappe auf dem Stuhl. Die hätte er auch zu Hause lassen sollen, aber er hatte sich nicht dazu durchringen können. Er war stolz auf sie, denn sie war vermutlich das letzte Symbol für den Teil seines Lebens, auf den er tatsächlich stolz sein konnte. Der Mann lächelte der Kellnerin zu, die gleich darauf zum nächsten Tisch weiterging, um den Kaffeebecher eines müde dreinblickenden jungen Mannes nachzufüllen, der eine Rasur und eine Haarbürste hätte vertragen können.

Es war nun fast auf den Tag genau drei Jahre her, dass der Mann die Urne auf den Kaminsims gestellt hatte und zurückgetreten war, um sie inmitten all der Fotos anzusehen. Auf beinahe allen Fotos auf dem Sims waren Leute zu sehen, die lächelten, die glücklich waren oder zumindest so taten. Leute, die inzwischen fast alle tot waren. Einige waren alt, klammerten sich aber für das Foto an die Reste ihrer Würde. Bei einigen der Leute handelte es sich um dieselben Personen, aufgenommen im Abstand von Jahrzehnten.

Es hatte keine religiöse Zeremonie gegeben, keinen Gottesdienst. Er hatte es so gewollt. Die Trauer, die er empfand, der Verlust, das alles konnte er nur mit einigen der inzwischen toten Leute auf den Fotos teilen. Natürlich gab es auch andere Menschen, mit denen er hätte reden können, aber er hatte nicht die Absicht, das zu tun. Er würde sich keiner falschen Frömmigkeit aussetzen, wollte keinen unaufrichtigen Trost annehmen, keine Versprechungen über ein Leben nach dem Tod hören, an das er doch nicht glaubte. Die Erinnerung an die Person, deren Asche in der Urne ruhte, würde mit ihm sterben.

Er leerte seine dritte Tasse Kaffee und sah hinaus auf die Straße. Sie kam mit dieser anderen Frau zusammen heraus, der hübschen, jungen dunkelhaarigen Frau. Unterwegs zog Stella ein Taschentuch hervor und schnäuzte sich die Nase.

Nun würde es nicht mehr lange dauern.

Er sollte zufrieden sein, aber er war an diesem Morgen wie immer in der Dämmerung aufgestanden und ins Wohnzimmer gegangen, um die Urne zu berühren, und etwas war anders gewesen. Etwas hatte sich verändert, und das beunruhigte ihn, minderte jedoch nicht im Geringsten seinen Willen, Stella Bonasera umzubringen.

Mac saß in einem gepolsterten Lehnsessel im Wohnzimmer des Hauses der Familie Vorhees. Er hatte die Vorhänge zurückgezogen, um das Tageslicht hereinzulassen, und er fühlte die Sonnenwärme auf seinem Arm und seinem Gesicht. Danny hatte seine Arbeit im Haus abgeschlossen und war mit dem Messer und einer ausgerissenen Seite aus Macs Notizbuch wieder ins Labor gefahren. Sein Zittern war deutlich zurückgegangen, aber es war immer noch da, und er hatte immer noch diesen gehetzten Ausdruck in den Augen. Mac kannte diesen Ausdruck. Er hatte ihn an sich selbst im Spiegel entdeckt, nachdem er beobachtet hatte, wie ein Helikopter seiner Marineeinheit keine fünfzig Meter von seiner Position entfernt abgestürzt war. Mac hätte zusammen mit acht anderen Marines in diesem Helikopter sein sollen. Ein Sergeant hatte ihn von dem Routinetestflug abgezogen und behauptet, Mac würde im Hauptquartier erwartet, wo er einen nicht gerade wichtigen Bericht schreiben sollte, der an diesem Tag fällig wäre. Der Helikopter hatte sich etwa sechzig Meter in die Luft erhoben und war abgestürzt, als Mac und der Sergeant, der gekommen war, um ihn abzuholen, sich gerade auf den Weg zum Jeep gemacht hatten. Mac und der Sergeant waren zu dem Wrack des Helikopters gelaufen, das lichterloh brannte und plötzlich explodierte. Die Druckwelle fegte Mac und den Sergeant von den Füßen.

Am nächsten Morgen hatte Mac in den Spiegel geschaut und dort den gehetzten Ausdruck gesehen, den er in Dannys Augen wieder fand. Und noch ein anderes Mal hatte er diesen Ausdruck im Spiegel gesehen: kurz nach dem Tod seiner Frau am 11. September.

Im Augenblick brauchte Mac etwas Zeit für sich allein.

Was für Kyle Shelton ein ernstes Spiel war, war für Mac eine Herausforderung, die er mit Hilfe von Wissenschaft und Logik meistern wollte.

Kunst versus Wissenschaft? Nein, auch das, was Mac und die anderen Kriminalisten taten, hatte einen künstlerischen Aspekt. Kunst bedeutete schließlich auch Vorstellungskraft und Kreativität, beides essentielle Bestandteile der Wissenschaft, nicht eines Spiels.

Mac zog das Notizbuch aus der Tasche und schlug es auf der letzten beschriebenen Seite auf.

Gegen 2:45 Uhr morgens wurden drei Angehörige der Familie Vorhees mit einem Messer aus ihrer eigenen Küche ermordet. Warum 2:45 Uhr?

Der Sohn der Vorhees', Jacob, wird vermisst. Hat er gehört, was passiert ist? Vielleicht sogar die Tür zum Zimmer seiner Schwester geöffnet und das, was passiert ist, ganz oder teilweise gesehen? Hat er Kyle Shelton gesehen? Oder seine tote Familie?

Der gerichtsmedizinische Bericht besagt, dass das Mädchen Sexualverkehr hatte, bei dem es, angesichts der vaginalen Quetschungen, offenbar nur zu einer minimalen Penetration gekommen ist. Es gab keine Spuren von Sperma. Ist Shelton von den Eltern gestört worden? Hatte er vor sie umzubringen, noch bevor er im Haus war? Warum hatte er ein Messer aus der Küche der Vorhees' bei sich, wenn er nicht vorgehabt hatte, es zu benutzen?

Die Garagentür ist offen. Jacobs Fahrrad ist verschwunden. Hat Shelton ihn gesehen und gehört und die Verfolgung aufgenommen? Warum hat er den Jungen nicht geschnappt, bevor der sich sein Fahrrad holen und wegfahren konnte?

Die Nachbarin hat gesehen, wie Sheltons Wagen in Richtung Queens Boulevard davongefahren ist. Hat er Jacob verfolgt?

9:25 Uhr am nächsten Morgen: Das Fahrrad wird zusammen mit Jacobs Kleidung gefunden. Ein Schuh ist fünfzig Meter entfernt vom Fundort der anderen Sachen gefunden worden. Hat er ihn verloren, als er vor Shelton weggelaufen ist? Hat Shelton ihn dort hingeworfen? Warum?

Im Zimmer des Jungen wird ein Lindenblatt gefunden, das am Rand von einer Raupe angeknabbert worden ist. Das Blatt stammt nicht aus der Nachbarschaft. Stammt es von der Stelle, an der Fahrrad und Kleidung gefunden wurden? Hat es an Sheltons Schuhsohle geklebt? Warum ist er später in der Nacht in das Haus zurückgekehrt? Wo ist der Junge oder seine Leiche?

13:40 Uhr am Mittwoch: Shelton ruft vom Haus der Vorhees' aus an, um uns wissen zu lassen, dass das Messer im Haus ist. Er macht eine Bemerkung darüber, etwas gegessen zu haben, und schlägt dem C.S.I.-Ermittler vor, ebenfalls einen Snack zu sich zu nehmen. Warum ist Shelton zum Haus der Vorhees' zurückgekehrt? Warum hat er das Messer mit seinen Fingerabdrücken zurückgelassen? Todessehnsucht? Schuldgefühle? Ein Teil des Spiels, das er spielt?

Das Telefon in seiner Tasche vibrierte. Mac zog es heraus und klappte es auf.

»Dieses Zitat«, sagte Danny, »stammt nicht von Anne Frank. Es stammt von Henry Ward Beecher.«

»Danke«, sagte Mac. »Ich komme ins Labor.«

Als er die Verbindung unterbrach, ging ihm ein Licht auf. Shelton spielte dieses Spiel nicht, weil er gewinnen wollte. Er spielte es, um zu verlieren. Um ihn herum knarrten die Holzbalken, dann blieb es still. In seinem

Kopf formte sich langsam eine Idee. Wenn er Hawkes Bericht über das Messer und Dannys Bericht über die Fingerabdrücke hätte, wäre er einer möglichen Lösung deutlich näher.

Er klappte sein Notizbuch zu, steckte es weg und sah in Gedanken die virtuellen Computerbilder von Shelton und den Vorhees' vor sich. Er bewegte die Figuren in einer Weise, an die er bisher noch nicht gedacht hatte.

Aiden hatte alle wichtigen Details aus den Bildern von dem Mann mit der Baseballkappe zusammengetragen, und mehr konnte sie nicht vorweisen. Die Proben aus dem Sirchie-Staubsauger, mit dem Stella über Joel Bessers Leiche geglitten war, hatten nur wenig Interessantes ergeben. Hausstaubmilben, abgelöste Hautschuppen, das Übliche. Aber da war noch etwas, das sie beinahe übersehen hätte. Es war winzig und sah aus wie all das andere mikroskopisch kleine Treibgut, aber etwas an diesem mikroskopisch kleinen Ding sah vertraut aus.

Sie kauerte über dem Mikroskop und stellte die Vergrößerung höher ein. Gleichzeitig machte sie Fotos mit der Kamera, die an das Mikroskop angeschlossen war.

Als sie fertig war, platzierte Aiden den gläsernen Objektträger sorgsam in dem Objektträgerkasten, der auf dem Tisch ruhte.

Nur keine voreiligen Schlüsse ziehen. Von Mac und Stella hatte sie gelernt, jede Theorie von allen Seiten abzuklopfen und nach stützenden Beweisen zu suchen.

Im Internet entdeckte Aiden acht Websites, die ihr weiterhelfen konnten. Hätte sie ihre Suche breiter angelegt, so hätte sie vermutlich Tausende von Seiten gefunden.

Ehe sie den notwendigen Anruf tätigte, rief sie Stella an, die sich sofort meldete.

»Wir haben einen Namen«, sagte Aiden. »Er steht auf seiner Kappe. Der Name lautet Walke. Ich glaube, vor dem Namen steht noch einer, der aber kürzer ist, vielleicht sind es auch Initialen, aber ich kann keine Einstellung der Perspektive finden, aus der sie besser zu erkennen wären.«

»Walker?«, fragte Stella. »Das ist vielleicht nicht sein Name. Er könnte die Kappe auch in einem Gebrauchtwarenladen gekauft haben.«

»Das glaube ich nicht«, sagte Aiden. »Seine Kleidung sieht nicht aus, als würde sie aus einem Gebrauchtwarengeschäft stammen.«

»Ich glaube es auch nicht«, stimmte Stella zu. »Ich mach mich auf den Weg zu dir.«

Sie unterbrach die Verbindung.

Aiden schaute sich alle acht Seiten an, fand das, was sie gesucht hatte, und griff zum Telefon.

Es war kein Problem, einen ganzen Haufen der Leute, die in der Menge vor den beiden Tatorten gestanden hatten, ausfindig zu machen und zu befragen. Rabbi Mesmur hatte ihnen geholfen, einige der Personen zu identifizieren, und als Flack und Stella die Leute aufsuchten, hatten sie bereitwillig Auskunft gegeben, vorwiegend über ihre Theorien, wer die Morde begangen haben könnte und warum.

Molke Freid, eine Frau in einem langen Kleid, deren Haar unter einem Kopftuch versteckt war, wohnte unweit der Synagoge nur fünf Blocks entfernt. Bei ihr zu

Hause waren ihre drei jüngsten Kinder, die anderen vier waren in der Schule. Es war nicht zu übersehen, dass die Frau schwanger war und kurz vor der Niederkunft stand.

Sie saßen mit ihr an einem großen Tisch in der Küche, vor sich einen Teller mit Gebäck und eine Tasse Kaffee.

»Wollen Sie wissen, wer das getan hat?«, fragte Molke, als läge die Antwort auf der Hand. »Einer dieser verrückten Jesusanhänger.«

»Warum sollten sie eines ihrer eigenen Gemeindemitglieder ermorden?«, fragte Stella.

»Um einen Märtyrer zu schaffen und Sie in die Irre zu führen«, verkündete die Frau. »Sie haben Asher Glick ermordet. Sie haben gegen sie ermittelt, also haben sie einen der ihren getötet, damit Sie in einer anderen Richtung ermitteln.«

»In welcher?«, fragte Stella.

Die Kekse waren gut. Stella war bereits bei ihrem dritten angelangt.

»Vielleicht waren es auch Antisemiten«, meinte die Frau. »Vielleicht eine ganze Gruppe, vielleicht auch nur einer. Wer weiß?«

Flack und Stella nickten. Natürlich hatten auch sie diese Möglichkeit in Betracht gezogen und überprüften Gruppen und Einzelpersonen, die entsprechende Notizen in ihren Polizeiakten hatten.

»Wir suchen einen Mann mit einer Baseballkappe«, sagte Flack. »Er hat in der Menschenmenge am Schauplatz des zweiten Mords neben Ihnen gestanden. Ein älterer Mann. Auf seiner Kappe stand etwas geschrieben, möglicherweise der Name Walker.«

Molke schüttelte den Kopf und schien in Gedanken weit entfernt zu sein.

»Ein Mann mit einer Baseballkappe«, mahnte Stella.

Molke kehrte aus ihrer Tagträumerei zurück, schlug sich mit der Hand an die Stirn und sah die beiden Ermittler an.

»Nicht Walker«, sagte sie. »Walke. Die Buchstaben, die in die Kappe eingestickt sind, lauten ›USS Walke‹.«

Flack machte sich eine Notiz.

»USS Walke«, fuhr Molke fort. »3. Dezember 1950. Ist vor der koreanischen Küste auf eine Mine gelaufen. Sechsundzwanzig Tote, vierzig Verletzte. Ein Unglücksschiff. Im Zweiten Weltkrieg, im Juli 1944, hat die Walke Minenräumboote eskortiert und wurde von einem Rudel Kamikazeflieger angegriffen. Dreizehn Mannschaftsmitglieder starben, unter ihnen der Kapitän.«

»Warum wissen Sie das alles so genau?«, fragte Flack ehrlich verwundert.

»Mein Onkel hatte so eine Kappe«, sagte Molke. »Er war stolz auf seine Zeit beim Militär und auf das Schiff. Die Walke war während dreier Kriege im Kampfeinsatz, im Zweiten Weltkrieg, im Koreakrieg und in Vietnam. Sie wurde oft getroffen, ist aber nie gesunken. Die Walke ist immer zurückgekommen. 1976 wurde sie verschrottet. Ich habe den Mann mit der Kappe gefragt, ob er meinen Onkel kannte. Er hat Nein gesagt und den Kopf geschüttelt.«

»Hat er Ihnen seinen Namen genannt?«, fragte Flack.

»Nein«, sagte sie. »Er hat nur die Tür auf der anderen Straßenseite so lange beobachtet, bis Sie herausgekommen sind.«

Die Frau fixierte Stella.

»Er hat Sie für einen Moment angestarrt. Dann hat er sich umgedreht und ist davongegangen.«

Als sie wieder auf der Straße waren, sagte Flack: »Das ergibt keinen Sinn. Er soll deinetwegen Juden umbringen?«

»Wir haben schon verrücktere Dinge erlebt.«

»Dann solltest du auf dich aufpassen«, meinte Flack. »Hunger?«

»Nein.«

»Da drüben gibt es ein koscheres Restaurant«, sagte er. »Kischke und Hering in Sahnesoße.«

Das klang alles andere als verlockend, vor allem die Sache mit dem gefüllten Darm. Außerdem wollte sie zurück ins Labor und die Suche nach dem Mann mit der Kappe aufnehmen. Sie hatte nicht die Absicht, sich ausschließlich auf ihn zu konzentrieren. Sie würde das Alibi jedes Mannes in der orthodoxen Gemeinde überprüfen und die Suche nach weiteren Verdächtigen fortsetzen. Flack könnte es noch einmal mit Joshua versuchen und nachschauen, ob der Möbelhändler Arvin Bloom ein Alibi für die Zeit des zweiten Mordes hatte.

»Kreplachsuppe?«, versuchte Flack es erneut. »Mazzeklößchensuppe?«

Stella lächelte.

»Aber wir sollten uns beeilen«, sagte sie.

Flack erwiderte ihr Lächeln.

Als sie die Straße überquerten, erzählte Stella ihm nicht, dass er die beiden Gerichte, nach denen ihm der Sinn stand, nicht würde bestellen können. Es war nicht koscher, Milchprodukte mit Fleischgerichten zu vermischen. Das hatte sie mit neunzehn Jahren gelernt, als sie im *Broadway Dance Center* getanzt hatte. Ihre Freundin, Ann Ryan, deren richtiger Name Ann Cornridge lautete, hatte sie zum Essen zu sich nach Hause eingeladen, keine vier Blocks von dem Restaurant entfernt, vor dem sie und Flack gerade standen. Anns Eltern hatten Stella die Kaschruth, die Speisegesetze erklärt, als sie gefragt hatte, ob sie Butter zu ihrem Brot haben könne.

Stella war überzeugt, dass sie eben dieses Restaurant schon vor fünfzehn Jahren gesehen hatte, als sie unterwegs zu Ann gewesen war. New York war eine Kleinstadt, wenn man nur lange genug hier lebte.

Mac hatte seine Latexhandschuhe angezogen, als er die Glasfragmente auslegte, die er kurz nach der Aufnahme der Ermittlungen aus dem Mülleimer der Familie Vorhees gefischt hatte. Die Fragmente sahen aus wie Teile eines dreidimensionalen Puzzlespiels; und genauso wurden sie von Mac behandelt.

Zuerst hatte er ein Spektrometer benutzt, um nach Blutspuren oder Fingerabdrücken auf den Fragmenten zu suchen. Es gab keine, und Mac hatte die Fragmente an Chad Willingham weitergegeben, der darin eine willkommene Herausforderung gesehen hatte.

Nun, nach etwas mehr als zwei Stunden, war Chad mit den Fragmenten und einer Diskette zurückgekommen. Er steckte sie in das Laufwerk des Computers, und das Bild erschien auf dem Monitor.

»Rasterelektronenmikroskop«, erklärte Chad. »Damit kann man jede leitende Oberfläche und jeden Teil einer solchen Oberfläche vergrößern.«

Mac nickte und betrachtete den Bildschirm, der viele winzige Bilder der Fragmente zeigte.

»Wir können jedes Stück vergrößern«, erklärte Chad nicht ohne Stolz und demonstrierte, wie er mit der Maus auf jede beliebige Stelle eines Bildes klicken konnte. Augenblicklich wurde das Bild so groß, dass es den Bildschirm ausfüllte. Chad drehte das dreidimensionale Bild, und Mac konnte es von allen Seiten betrachten.

»Hübsch, was?«, fragte Chad.

Mac nickte.

»Aber bisher hast du noch gar nichts gesehen«, sagte Chad und betätigte mehrere Tasten. Die winzigen Fragmente auf dem Monitor bewegten sich rasend schnell und vereinten sich. Chad vergrößerte auch dieses Bild.

Jetzt wusste Mac, was die Quetschungen und die Knochenprellung Howard Vorhees' verursacht hatte.

»Ich brauche drei Abzüge davon«, sagte Mac.

»Drei Abzüge«, wiederholte Chad halb singend.

Der Drucker neben dem Computer erwachte summend zum Leben und spuckte drei Farbbilder in der Größe 20 x 25 aus.

Mac sammelte sie ein und legte sie in einen Umschlag. Es gab ein paar Leute, denen er diese Bilder zeigen wollte.

»Einverstanden, wenn ich die Originalfragmente zusammensetze?«, erkundigte sich Chad.

»Vielleicht, wenn der Fall abgeschlossen ist«, sagte Mac.

Chad nickte verständnisvoll und sagte: »Kann ich dir eine Frage stellen?«

»Sicher«, sagte Mac.

»Träumst du je von sterbenden Pferden?«

Mac war daran gewöhnt, dass Chad zusammenhanglose Bemerkungen von sich gab, aber dieses Mal war es anders als sonst.

»Ja«, sagte Mac.

»Ich auch«, sagte Chad. »Ich frage mich, was das bedeutet.«

Das war eine Frage, die Mac sich niemals ernsthaft gestellt hatte, und er hatte auch jetzt nicht die Absicht, dergleichen zu tun, obwohl das Traumbild eines zusammenbrechenden Pferdes, das ein Löschfahrzeug zog, durch seinen Kopf geisterte.

7

Mac saß an einem Küchentisch, auf dem auf einem rot-weiß-karierten Tischtuch zwei Tassen mit Kaffee standen, eine für ihn, die andere für Maya Anderson. Den Umschlag hatte er vor ihr auf den Tisch gelegt.

»Erzählen Sie mir noch einmal, was Sie an diesem Morgen gesehen haben.«

»Nichts«, sagte sie. »Ich habe am Fenster gesessen, hinausgeschaut und der Musik aus meiner Stereoanlage zugehört. Musicals. Mögen Sie Musicals?«

»Ein paar«, sagte Mac geduldig.

»Mein Lieblingsmusical ist immer noch *Oklahoma*«, erzählte sie. »Das ist das zweite Musical, in das mich meine Mutter mitgenommen hat. Das erste war *Brigadoon*.«

»Heute Morgen?«, ermahnte Mac sie sanft.

»Ich foppe Sie nur«, gestand die alte Frau und beugte sich vor, als hätte sie ihm ein Geheimnis zu erzählen. »Wenn man älter wird, kommt man mit vielem durch.«

Mac nickte.

»Sie haben gewusst, dass ich Sie auf den Arm nehme, richtig?«, fragte sie.

»Ja«, sagte Mac. »Also, heute Morgen?«

»Nichts«, sagte sie. »Keine fremden Autos auf der Straße, und niemand außer Ihnen und den Polizisten hat das Haus betreten oder verlassen.«

»Sie haben nicht gesehen, dass Kyle Shelton in das Vorhees-Haus gegangen ist?«

»Oder herausgekommen wäre«, fügte sie hinzu. »Er könnte von hinten gekommen sein, durch die Küche, oder er könnte spät in der Nacht hineingegangen sein, als ich ein paar Stunden geschlafen habe. Aber ich habe ihn nur in der Nacht gesehen, in der er all die Menschen umgebracht hat. Das würde ich auf die Bibel schwören.«

»Möglicherweise werden Sie das auch müssen. Die Türen im Vorhees-Haus waren verschlossen«, sagte Mac, »ebenso wie die Fenster.«

»Wie Yul Brynner in *Der König und ich* gesagt hat: ›Es ist ein Verwirrspiel‹. Vielleicht hatte er einen Schlüssel. Vielleicht hat jemand ihn hineingelassen. Nein, dort drin ist ja niemand.«

Mac löste die Klammer, die den Umschlag auf dem Tisch verschlossen hielt, öffnete ihn und zog das Bild einer bunten asiatischen Vase hervor.

»Erkennen Sie die?«, fragte er.

»Nein«, entgegnete sie. »Sollte ich?«

»Wir glauben, sie war im Haus der Vorhees‹.«

»Das fragen Sie mich?«, entgegnete Maya mit einem Schulterzucken. »Ich könnte an den Fingern der rechten Hand meines verstorbenen Bruders Arthur abzählen, wie oft ich in diesem Haus war, und er hatte nur zwei Finger und einen Daumen.«

»Sie beobachten weiter?«, fragte Mac.

»Das täte ich auch, wenn Sie mich nicht danach fragen würden«, antwortete sie.

»Danke«, sagte er, schob das Bild von der Vase vorsichtig in den Umschlag zurück und erhob sich.

Draußen klappte Mac sein Notizbuch auf, suchte eine Telefonnummer heraus, wählte und wartete.

Maybelle Rose meldete sich: »Ja?«

Mac beschrieb ihr die Vase auf dem Foto, das er nun wieder in der Hand hielt.

»Mit einer kleinen schwarzen Blume unter dem oberen Rand?«

»Ja«, sagte Mac.

»Die hat Becky gehört. Mr Vorhees hat sie ihr von einer Geschäftsreise nach Tokio im letzten Jahr mitgebracht.«

»Wo im Haus hat sie gestanden?«, fragte er.

»Auf der Kommode in Beckys Zimmer«, sagte Maybelle. »Haben Sie Jacob gefunden?«

»Noch nicht«, entgegnete Mac, aber er war überzeugt, es würde nicht mehr lange dauern.

»Ich bete, dass er noch am Leben ist«, sagte Maybelle.

Mac glaubte sicher zu sein und stand kurz davor, es mit einiger Gewissheit sagen zu können, aber dazu brauchte er die Hilfe eines Freundes.

Leo Dobrint, Professor der Phytologie, blickte zu Aiden hoch und sagte: »Macht es Ihnen etwas aus, sich zu setzen?«

Sie befanden sich in Dobrints kleinem Arbeitszimmer in der Columbia University, einer Kombination aus Labor und Büro. In dem Raum war es heiß, und in der Luft lag ein bitterer, säuerlicher Geruch. Hätte sie eine Wahl treffen müssen zwischen diesem Geruch und dem Blut und den Körpergerüchen einiger der Leichen, die ihr routinemäßig begegneten, so wäre die Entscheidung nicht leicht gewesen.

Dobrint, ein Mann in den Sechzigern, mager, gekleidet in Jeans und Wollhemd, wie um dem derzeitigen Wetter zu trotzen, saß vor einem Mikroskop und musterte das, was Aiden ihm mitgebracht hatte. Dobrints Haar war schwarz mit grauen Strähnen, und er hätte zweifellos einen Haarschnitt vertragen können.

Und er war ebenso zweifellos verärgert. Sie setzte sich auf den leicht abseits stehenden Stuhl, auf den er gezeigt hatte, und er widmete sich wieder seinem Mikroskop.

Nachdem er, beständig vor sich hin murmelnd, die Einstellung ungefähr fünf Minuten lang immer wieder neu angepasst hatte, blickte er auf und sagte: »Das ist die winzigste Probe, die ich mir je habe ansehen müssen.«

Aiden wartete.

»Ja«, sagte er, »es ist Blutholz. Es wurde behandelt und konserviert. Höchst wahrscheinlich stammt es von einem Möbelstück oder einem Blutholzboden.«

»Können Sie es einem bestimmten Möbelstück zuordnen?«, fragte Aiden.

»Blutholz ist Blutholz«, sagte er mit einem verärgerten Seufzen.

»Wenn Sie das Möbelstück hätten, könnten Sie die Probe dann zuordnen?«, hakte Aiden nach.

»Als wollte ich ein Puzzle zusammensetzen?«, entgegnete er. »Höchst unwahrscheinlich. Die Probe ist zu klein.«

»Unwahrscheinlich, aber nicht unmöglich«, insistierte Aiden.

»Das ist richtig«, entgegnete der Professor.

»Wären Sie bereit es zu versuchen?«

»Ich bin sehr …«, fing er an, doch Aiden fiel ihm ins Wort.

»Zwei Männer wurden in den letzten drei Tagen erschossen und gekreuzigt. Wenn Sie diese Probe zuordnen könnten …«

»Ich kann es versuchen«, sagte er mit einem erneuten Seufzer.

»Sie werden ein Honorar als Fachberater erhalten.«

»Selbstverständlich«, sagte er. »Die Höhe des Honorars wird davon abhängen, wie viel Zeit die Sache erfordert und auf wie viele Schwierigkeiten ich dabei stoße.«

»Schicken Sie uns eine Rechnung«, sagte Aiden.

Danny hatte sich vom Labor fernhalten wollen, aber er entwickelte ständig neue Ideen, neue »Was-wäre-wenn«-Ideen. Ein zwölf Jahre alter Junge wurde vermisst. Seine Familie war ermordet worden. Ein Bild des Tatortschlachtfeldes blitzte in seinen Gedanken auf. Er bemühte sich, es zu vertreiben. Glücklicherweise ging das auch.

»Alles in Ordnung?«, fragte Chad Willingham und wandte sich von dem Kleiderstapel ab, der vor ihm auf dem Tisch lag.

Er hatte weitere Tests mit den Kleidern des Jungen angestellt, die im Wald gefunden worden waren. Die Kleidungsstücke waren soeben aus dem Gaschromatografen zurückgekommen.

»Bestens«, sagte Danny.

»Wie du willst«, antwortete der Labortechniker in dem weißen Kittel. »Ich bin der Meinung, jeder sollte sich um seine eigenen Angelegenheiten kümmern.« Er legte eine Pause ein, ehe er hinzufügte: »Und um die aller anderen.«

»Licht«, sagte er gleich darauf und setzte eine Vollsichtbrille aus bernsteinfarbenem Kunststoff auf. Eine weitere reichte er Danny.

Danny ging zur Wand und schaltete das Licht aus. Chad wandte sich wieder zu dem Tisch um und drehte, als Danny wieder hinter ihm stand, eine von der Decke herabhängende Rotlichtlampe an.

»Ich bin zu zwei Schlussfolgerungen gekommen«, sagte Chad ernsthaft. »Und ich stehe kurz vor einer dritten.«

»Und die lauten?«

Chad bewegte sich vorsichtig um die Kleider herum, untersuchte jedes einzelne Kleidungsstück, roch an jedem einzelnen Gegenstand. Irgendwann steckte er einen Finger in den Mund, um ihn zu befeuchten, berührte dann ein Hemd und die Unterwäsche und roch an seinem Finger.

»Drei Schlussfolgerungen«, erinnerte ihn Danny.

»Ja«, sagte Chad, zog die Brauen hoch und fuhr mit seiner sorgfältigen Untersuchung von Unterwäsche, T-Shirts, Jeans, Socken und Schuhen fort.

»Erstens«, sagte Chad. »*The Who* waren definitiv die Besten. *Beatles, Grateful Dead, Stones,* allesamt großartig, aber *The Who* sind unsterblich. Ich habe einen Onkel, der bei einem ihrer Konzerte beinahe sein Gehör verloren hätte.«

»Zweite Schlussfolgerung?«, fragte Danny, bemüht, sich seine Ungeduld nicht anmerken zu lassen.

»Du hast einen Tremor in der Hand«, sagte Chad und beugte sich über die ausgebreiteten Kleidungsstücke. »Komm, sieh es dir an.«

Danny trat an den Tisch.

»Was habe ich … ?«

»Tremor.«

»Das ist dir also aufgefallen«, gab Danny leicht gereizt zurück.

»Cop-Syndrom Nummer vier«, sagte Chad gelassen.

»Es hat einen Namen und eine Nummer?«

»Ich habe ihm eine gegeben«, antwortete Chad. »Stress

im Job. Ist mir in letzter Zeit öfter aufgefallen, seit dem 11. September. Es geht weg, oder es geht nicht weg. Warst du bei Sheila Hellyer?«

»Ja, und was sollte ich mir deiner Meinung nach ansehen?«

Danny stand neben Chad vor dem Tisch.

»Hose, Unterwäsche, Socken, T-Shirt«, antwortete Chad und deutete auf jedes einzelne Kleidungsstück. »Überall versteckte Grasflecken, Spuren von Insektenfäkalien und Überreste von einem Joint, der vier oder fünf Tage, bevor ihr die Beweisstücke gefunden habt, geraucht wurde. Aber das ist nicht das Interessante daran.«

Er deutete auf das T-Shirt und fragte: »Was siehst du?«

»Blutflecken«, sagte Danny.

»Sonst noch etwas?«

»Nein.«

»Da hast du es«, sagte Chad. »Ich schulde dir ein Thai-Essen, wenn ich das nächste Mal befördert werde. Oder sagen wir, nach dieser hier. Diese Kleidungsstücke haben nur Schmutz von den Stellen aufgenommen, an denen sie fallen gelassen wurden.«

»Und?«, fragte Danny, der sich wünschte, er könnte die Brille abnehmen und einfach aus dem Labor verschwinden.

»Und«, sagte Chad, »es müsste noch etwas mehr geben, nicht viel, aber doch etwas – Staub, Laub, Gras, Samen – etwas, das außerhalb der Stellen, an denen die Kleidungsstücke den Boden berührt haben, an ihnen hängen geblieben ist.

»Mir ist immer noch nicht …«, fing Danny an.

»Das T-Shirt hat auf der Vorderseite Spuren des Waldes«, erklärte Chad. »Die Hose hat die gleichen Spuren nur auf der Rückseite. Die Unterwäsche hat sie wieder auf der Vorderseite, und die Schuhe sind noch auffälliger. Einer hat Spuren vom Fundort an der Sohle. Der andere hat sie nur auf der Seite.«

Danny verfluchte sich innerlich. Dann ging er zum Computer und sah sich die Fotos von der Lichtung an, wo Jacob Vorhees' Fahrrad und Kleidung gefunden worden waren. Er hätte schon längst daran denken müssen.

»Was ist?«, fragte Chad über seine Schulter hinweg.

Danny ging langsam alle fünfundzwanzig Fotografien durch und lehnte sich zurück. Wenn Kyle Shelton den Jungen ausgezogen oder ihn gezwungen hatte, sich selbst auszuziehen, warum waren die Kleidungsstücke dann überall verteilt worden?

»Sie wurden so ausgelegt, als ob es zufällig geschehen wäre«, sagte Danny. »Vielleicht war Jacob Vorhees nie in diesem Wald.«

»Das sehe ich genauso«, bestätigte Chad. »Aber warte mal, da ist noch mehr. Weißt du, was das ist?«

Chad deutete auf eine kleine, mit schwarzem Kunststoff verkleidete Box am Rand des Tischs.

»STU-100, Scent Transfer Unit. Damit werden Geruchsspuren gesichert.«

»Richtig, hätte ich beinahe vergessen«, sagte Chad und schlug sich mit der offenen Hand an die Stirn. »Du bist ja Tatortermittler.«

In der forensischen Vakuumbox befand sich ein Schlitz, passend für 12 x 22 Zentimeter große sterile Mullkompressen. Das Luftabzugssystem lieferte eine gute Methode, um menschliche Gerüche an kleineren Gegenständen, Kleidern, Leichen oder Fensterbänken zu sichern. Menschliche Geruchspartikel, gasförmig oder in der Luft schwebend, wurden auf die Kompressen übertragen. Dazu wird die Vakuumbox auf eine ganz ähnliche Art eingesetzt wie die menschliche Atmung. Auch dort wird nämlich ein Vakuum erzeugt, das die Gerüche in die Nase zieht, wo der Geruchssinn sie schließlich wahrnehmen kann.

»Menschliche Gerüche wurden definiert als biologische Komponente des Verfalls toter Hautzellen, auch bekannt als Skin-Raft-Theorie.«

»Ich weiß«, sagte Danny betont geduldig.

»Neuere Forschungsergebnisse weisen jedoch darauf hin, dass der menschliche Körpergeruch viel komplexer ist«, fuhr Chad fort. »Wie Latein.«

»Latein?«

»Na ja, für mich war Latein komplex.«

»Das STU«, erinnerte ihn Danny.

»Richtig«, sagte Chad. »Geruchsspuren, die nach Schüssen aus einem fahrenden Auto an ausgeworfenen Patronenhülsen gesichert wurden, haben schon einmal geholfen, den Täter aufzuspüren. Wir haben den Geruch von Jacob Vorhees an seinen Schuhen und den Geruch von Kyle Shelton an den Kleidungsstücken gefunden, die ihr aus seinem Appartement geholt habt. Der Geruch des Jungen ist an der Kleidung. Aber«, referierte Chad und hielt einen Finger hoch, »sie wurden noch von jemand anderem angefasst. Und der zweite menschliche Geruch an den Shorts, dem T-Shirt und den Jeans ist der von Kyle Shelton.«

»Shelton hat die Kleidung des Jungen getragen?«, fragte Danny.

»Wie sollte er …«, fing Chad an. Dann: »Du verarschst mich.«

»Ich verarsche dich. Shelton hat die Kleidung des Jungen angefasst.«

»Ein Rätsel, das von den Launen des Lebens selbst gestellt wird«, verkündete Chad.

Danny nickte. Chad wollte noch mehr sagen, merkte aber, dass er kein aufmerksames Publikum hatte.

»Ich werde die Proben durch den Gaschromatografen jagen«, sagte er nur.

Danny nickte wieder und war schon auf dem Weg zur Tür, als Chad fragte: »Magst du die *Barenaked Ladies*?«

»Wer nicht?«, gab Danny zurück.

»Sexist«, kommentierte Chad, obgleich die splitternackten Damen tatsächlich eine reine Herrencombo waren.

»Damit kann ich leben«, sagte Danny.

Chad stellte in dem Moment fest, dass Dannys Hand nicht mehr zitterte. Danny sollte erst zehn Minuten später darauf aufmerksam werden, nachdem er Mac angerufen hatte, um ihm von den sauberen Kleidungsstücken zu erzählen, an denen zwar der Geruch von Shelton haftete, nicht aber der des Jungen.

»Passt«, sagte Mac.

Danny wusste nicht, in welcher Hinsicht, bis Mac es ihm erklärte.

Stella betrat ihre Wohnung. Es war noch relativ früh am Tag, aber sie wusste, dass sie wenigstens ein paar Stunden Schlaf brauchte. Es lag nicht nur an ihren Allergien. Sie hatte einige lange Tage hindurch gearbeitet, und sie wusste, dass sie, wenn sie zu müde wurde, in Gefahr geriet, etwas zu übersehen. Das war ihr früher schon mal passiert.

Mac hatte bei mehr als nur einer Gelegenheit befohlen, sich etwas mehr Ruhe zu gönnen. Doch ihr Vertrauen in sein Urteilsvermögen hatte sie in diesem Punkt verlassen, und so hatte sie die Erfahrung machen müssen, was es bedeutete, nicht wenigstens ein Minimum an Schlaf bekommen zu haben.

Sie streifte ihre Schuhe ab und ließ sie neben der Tür liegen. Der Plan lautete, etwas Wasser aus der Flasche zu trinken, einen Bananenjogurt und eine Scheibe Toast zu essen und aus den Kleidern zu steigen.

Sie war noch nicht mit dem Abschließen der Tür fertig, als sie spürte, dass etwas anders war als sonst. Das war keine übersinnliche Wahrnehmung. Stella wusste, das bereits ein minimaler menschlicher oder animalischer Geruch vom Gehirn registriert wurde. Das Gleiche galt für die Bewegungen der Luft innerhalb des Raums. Oder die Positionen der Gegenstände – eine Blumenvase, ein Bild an der Wand.

Sie dachte daran, ihre Waffe zu ziehen. Wie lautete noch dieser Satz aus dieser alten *Nachtjäger*-Folge? »Wenn du nicht hinsiehst, ist es vielleicht auch nicht da.« Stella wandte sich von der Tür ab und sah hin.

Die Liste der Leute, die auf Rache aus waren, nachdem sie von ihr geschnappt worden waren, war lang. Andererseits konnte es auch irgendein Einbrecher sein oder sogar der Hausmeister, dem mitgeteilt worden war, ihre Wohnung nicht ohne ihre Erlaubnis zu betreten.

Ihre Bilder, Bilder die sie liebte und über die Jahre in Europa gesammelt hatte, schienen alle an ihrem Platz zu sein. Sie waren zwar nicht ohne Wert, aber auch nicht mehr wert als ein paar tausend Dollar. Sie hatte sie nie schätzen lassen. Die Bilder waren keine Geldanlage.

Vorsichtig ging sie in die Küche. Alles war an seinem Platz, die Schranktüren waren geschlossen. Im Kühlschrank schien nichts angerührt worden zu sein – nicht, dass besonders viel drin gewesen wäre. Die Kleider im Kleiderschrank und den Schubladen im Schlafzimmer sahen ebenfalls unberührt aus, und ihr Bett war genauso ordentlich gemacht, wie man es ihr im Waisenhaus beigebracht hatte. Schließlich ging sie ins Badezimmer. Sie glaubte, auf dem Boden eine Scheuerspur zu erkennen, war sich aber nicht sicher. Also holte sie ihre Ausrüstung und nahm eine Probe von dem, was dort hängen geblieben war.

Paranoia, schlussfolgerte sie, als sie sicher war, dass sie allein in ihrer Wohnung war. Ich bin müde, paranoid und allergisch auf vieles, was in der Welt kreucht und fleucht. Sie schniefte und ging zu dem Medizinschränkchen in ihrem kleinen Badezimmer. Sie brauchte definitiv etwas Antihistamin. Stella öffnete die Schranktür, sah, wonach sie gesucht hatte, und streckte die Hand nach der Flasche aus.

Flack stand vor dem Verkaufstresen eines Elektronikgeschäfts und lauschte geduldig einem Mann, der mit einem schweren indischen Akzent sprach. Der ungefähr vierzigjährige Mann war klein, dunkelhäutig, hatte dichtes Haupthaar und unreine Haut. Sein Name lautete Al Chandrasekhar.

»Mein Cousin zweiten Grades ist ein berühmter Physiker«, berichtete Chandrasekhar stolz.

Flack nickte.

Der kleine Laden war voll gestopft mit Mobiltelefonen, die in Vitrinen ausgestellt waren, Funkgeräten, winzigen

Radios und Kassettenrekordern, die klein genug waren, um in eine Seitentasche oder eine Handtasche zu passen, elektronischem Spielzeug, Minicomputern und Druckern, Kameras und Uhren. Im hinteren Bereich des Ladens hielten sich zwei potentielle Kunden auf, ein Mann und ein Mädchen in den Zwanzigern.

Flack zählte in dem Laden fünf Videoüberwachungskameras, und keine davon war versteckt angebracht. Chandrasekhar wollte potentielle Diebe von Anfang an wissen lassen, dass sie beobachtet wurden.

»Sie haben Informationen über die Person, die die beiden Männer umgebracht hat?«, fragte Flack.

»Tut mir Leid, dass ich 911 gewählt habe. Ich weiß, das ist kein Notfall, oder vielleicht ist es doch einer? Das müssen Sie entscheiden.«

Flack wartete.

»Ich habe zwei Videokameras auf der Außenseite meines Geschäfts angebracht«, begann der Mann und warf einen Blick auf die offen stehende Ladentür, durch die warme Luft hereinströmte, die von zwei Deckenventilatoren herumgewirbelt und augenblicklich durch die nächste heranschleichende Woge heißer Luft ersetzt wurde. »Eine ist so ausgerichtet, dass sie den Laden gefilmt hat, in dem der jüdische Jesusanhänger umgebracht worden ist.«

»Sehen wir uns die Sache mal an«, sagte Flack.

Chandrasekhar griff unter den Tresen und zog ein Videoband hervor. Er legte es in einen kompakt gebauten Rekorder ein, der auf einem Regal hinter dem Tresen stand. Dann drückte er einen Knopf, und das Bild erschien.

»Da, sehen Sie?«, fragte der Mann aufgeregt und zeigte auf eine Gestalt auf dem Bildschirm.

Es war Stella, gefolgt von Flack, die aus dem Laden kam und linker Hand die Straße hinunterging. Die Menge war fort. Wenn die Leiche weg war, pflegten die Zuschauer ihrem Beispiel zu folgen.

»Jetzt«, sagte Chandrasekhar. »Da.«

Er zeigte auf jemanden, der aus einer Tür heraustrat, sich nach links wandte und langsam im Abstand von ungefähr dreißig Metern hinter Stella und Flack herging.

»Sehen Sie«, sagte Chandrasekhar. »Sie drehen sich um, und der Mann bleibt stehen, um ins Schaufenster eines Ladens zu gucken. In dem Geschäft werden jüdische Bücher verkauft. Ich dachte bei mir, der Mann sieht nicht jüdisch aus. Der Mann verfolgt Sie.«

Als der Mann vor dem Buchladen stand, blickte er sich für einen Moment um und präsentierte der Kamera seine Vorderseite. Angesichts der schlechten Aufnahmequalität wusste Flack nicht recht, wie weit sie das Bild würden vergrößern können, aber es gab zwei Dinge, die Flack auch so erkennen konnte. Zum einen hatte der Mann grau meliertes Haar, und zum anderen ragte die Baseballkappe aus der linken hinteren Hosentasche des Mannes heraus. Es würde nicht schwer sein, nachzuweisen, dass dies derselbe Mann war, der in der Zuschauermenge an beiden Mordschauplätzen gestanden hatte.

Aber, überlegte Flack, warum verfolgt er uns?

»Das war beinahe eine Stunde nach dem Mord«, überlegte Flack und konzentrierte sich wieder auf das Band, das Datum und Uhrzeit der Aufnahme in der unteren linken Ecke anzeigte.

»Der Täter kehrt an den Tatort zurück », sagte Chandrasekhar mit einem bedächtigen Nicken, das seine Weisheit betonen sollte.

»Fahren wir das Band zurück«, entschied Flack.

Die beiden Kunden aus dem hinteren Teil des Ladens gingen zur Tür und musterten Flack. Ihm war klar, dass sie in ihm einen Cop erkannt hatten, aber das störte ihn nicht.

Der Mann hinter dem Tresen spulte das Band zurück, und Flack sah, wie die Bilder in hoher Geschwindigkeit rückwärts liefen. Leute hasteten über die Straße und betraten oder verließen die Synagoge in der Ladenzeile. Jeder, der sie betrat oder verließ, war ein Gemeindemitglied. Von dem Moment an, in dem die Gemeinde zum Mittagessen aufgebrochen war, hatte in der Stunde ihrer Abwesenheit niemand die Synagoge betreten oder verlassen.

Doch das war keine Überraschung. Stella war ebenso wie er der Ansicht, dass der Mörder durch die Hintertür gekommen war. Da regte sich etwas in Flacks Gedächtnis.

»Fahren Sie noch weiter zurück, bis kurz vor dem Zeitpunkt, an dem die Gemeinde zum Mittagessen gegangen ist«, bat er.

»Roger«, sagte der Mann und drückte wieder auf den Rückspulknopf.

Flack sah zu, wie verschiedene Leute langsam in beide Richtungen die Straße entlanggingen. Dann sah er das Bild, das seine Aufmerksamkeit geweckt hatte. Aus dem Aufnahmewinkel der Kamera war nur der Rücken des großen Mannes mit dem Aktenkoffer erkennbar, aber das, was zu sehen war, war ihm bekannt. Der Mann ging an der Synagoge vorbei und in einen Laden auf der rechten Seite.

»Was ist das für ein Geschäft?«, fragte Flack und zeigte auf das Bild.

Chandrasekhar zog eine randlose Brille aus dem Etui, das er in der Tasche verwahrte, und betrachtete das Standbild.

»Das ist der Zeitschriftenladen von Mr Pyon«, sagte er. »Er kommt aus Korea. Ich kenne ihn nicht sonderlich gut.«

»Hat er eine Überwachungskamera?«, fragte Flack.

»Es wäre unklug, hätte er keine«, antwortete der Mann weise.

»Kann ich das Band mitnehmen?«

Chandrasekhar nahm das Band aus dem Abspielgerät und reichte es Flack, der es in die Tasche steckte und zur Tür ging.

8

Das Telefon klingelte.

Stella, die im Wohnzimmer eingeschlafen war, während sie ihre Bilder betrachtet hatte, meldete sich.

»Detective Bonasera.«

»George Harbaugh, FBI«, sagte der Mann am anderen Ende. »Ich habe gerade Ihre Tatortfotos und den vorläufigen Bericht über die Ermordung zweier jüdischer Männer erhalten. Gute Arbeit.«

»Danke«, sagte sie und bemühte sich aufzuwachen.

»Ich denke, Sie könnten es mit einem Serienmörder zu tun haben, den wir schon seit drei Jahren suchen«, fuhr Harbaugh fort. »Ich wurde autorisiert, Ihnen eine Kopie unserer Akten zu überlassen. Unsere Profiler denken, er wird bald wieder töten.«

Harbaugh umging die übliche Befehlskette, indem er sich direkt an Stella wandte. Das war nicht das erste Mal, dass so etwas geschah.

»Geben Sie mir ein bisschen Zeit«, sagte sie. »Dann treffen wir uns in ...«

»Ich würde es vorziehen, das FBI vorläufig aus der Sache rauszuhalten«, sagte Harbaugh. »Ich kann Sie heute Abend in Ihrer Wohnung aufsuchen.«

Sie fragte ihn nicht, woher er wusste, wo sie wohnte. Ein FBI-Agent hatte ganz sicher keine Schwierigkeiten, sie zu finden.

»Ich gebe Ihnen unseren Bericht, und Sie können mir ein paar Fragen stellen«, sagte er. »Aber ich garantiere Ihnen nicht, dass Sie Antworten bekommen.«

»Trinken Sie Tee?«, fragte sie.

»Ich hasse das Zeug.«

»Kaffee?«

»Cola, wenn Sie welche haben.«

»In Ordnung«, antwortete sie.

Er legte auf, und Stella tat das Gleiche. Dann stand sie auf und ging mit dem Telefon in der Hand ins Badezimmer. Sie hatte in der nächsten Stunde eine Menge zu tun.

In der Dunkelheit streckte Jacob Vorhees die überkreuzten Beine aus und spürte den Schmerz. Er blickte auf den grünen Schein der batteriebetriebenen Uhr, die vor ihm auf dem Boden stand. Er hatte ein Kissen und zwei Decken, eine, um sich darauf hinzulegen, eine, um sich zuzudecken. Außer der Uhr gab es auch noch einen kleinen, blau-weißen Plastikbehälter, in dem ein Kühlakku, acht Sandwiches mit Erdnussbutter und schwarzer Johannisbeermarmelade und zehn Plastikflaschen mit je einem drittel Liter Cola lagen. Außerdem gab es einen weißen Kunststoffeimer, den er im Notfall als Toilette benutzen konnte. Eine beinahe volle Rolle Toilettenpapier lag gleich neben dem Eimer. Und schließlich war da noch sein MP3-Player, den er während vieler langer schwarzer Stunden in Betrieb hatte.

Hinter ihm, vier Meter oder so entfernt, raschelte etwas. Er wusste, dass es Ratten waren, mehrere Ratten. Bisher hatten sie ihn nicht behelligt, obwohl einmal, in der Nacht, während er geschlafen hatte, eine einzelne Ratte ihn geweckt hatte, als sie direkt an ihm vorbeigehuscht war.

Blitzartig war er aufgefahren, sofort hellwach und schwer atmend, und hatte Becky und seine Mutter vor sich gesehen, blutend, sterbend.

Ich bin zwölf Jahre alt, sagte er sich. Solche Dinge sollten einem Kind nicht widerfahren. Dann erinnerte er sich an die Fernsehbilder der sterbenden Menschen in Afrika, an die skelettartigen Geschöpfe, die einmal Kinder gewesen waren, und die nun nur noch riesige Köpfe, geweitete Augen, offene Münder und stiere Blicke hatten. Eines der Sandwiches in der Kühlbox, die neben ihm stand, hätte vielleicht das Leben eines dieser Kindes retten können, aber Jacob wusste, dass der Gedanke unsinnig war. Jacob lebte in einer Hölle, die kein Kind erleiden sollte, aber es gab noch andere, deren Hölle noch dunkler war als die Jacobs. Das redete er sich immer wieder ein, während er, die Arme um den Leib geschlungen, vor und zurück schaukelte.

Jemand bewegte sich, und es war keine Ratte in ihrem Bau, sondern jemand an der anderen Seite der Wand. Der Holzboden knarrte beinahe bei jedem Schritt.

Kyle kommt zurück, dachte Jacob und drückte das Kissen mit beiden Armen an sich, nicht zu seinem Schutz, sondern um sich zu trösten.

Dann hörte Jacob ein anderes Geräusch von der anderen Seite der Wand, ein Geräusch, dass er nicht einordnen konnte, etwas … wie ein schnüffelnder Hund.

Warum sollte Kyle einen Hund herbringen?

Der Eigentümer des Zeitschriftenladens war gern bereit zu kooperieren. Er sehnte sich geradezu danach zu kooperieren. Er gierte danach.

Der Laden war klein. Das Gleiche galt für den koreanischen Mann hinter dem Tresen, der zwar wusste, dass er schwitzte, aber nicht wagte, sich die Stirn und den Nacken abzuwischen, weil er fürchtete, der Polizist mit der entschlossenen Miene könnte glauben, er hätte etwas angestellt. In Nordkorea hatte Sak Pyon in den Achtzigern den größten Teil seiner Familie verloren. Seine Mutter, sein Bruder, sein ältester Sohn, sie alle hatten das Verbrechen begangen, keine ausreichende Begeisterung für den Kommunismus aufzubringen, zumindest in den Augen der fünf Männer in braunen Uniformen, die an einem Tag, der beinahe so heiß gewesen war wie dieser, kurz vor Sonnenaufgang zu seinem Haus gekommen waren.

Die fünf Männer, die ihrem Alter nach kaum Männer waren, hatten Pyon, seine Frau und seine Tochter leben lassen, weil sie sich um das Reisfeld kümmern sollten. Aber Pyon und die kläglichen Reste seiner Familie hatten gewusst, dass sie wiederkommen und bestimmt auch sie ermorden würden.

Pyon, seine Frau und seine Tochter waren über morastige Felder mit kümmerlicher Reisernte und durch Wälder voller toter Bäume gezogen, sie hatten Dörfer gemieden, immer in der Erwartung, jeden Moment von hinten erschossen zu werden. Sechs Wochen lang waren sie nur bei Nacht gewandert, bis sie den achtunddreißigsten Breitengrad erreicht hatten. Sie waren an den nordkoreanischen Wachleuten vorbeigekrochen und wären beinahe von südkoreanischen Soldaten erschossen worden, als sie die Grenze überquerten.

Vier Jahre lang hatte er die amerikanischen Botschaftsangehörigen bearbeitet, bis man ihm endlich politisches Asyl in den Vereinigten Staaten gewährte.

»Videoband«, riss Flack Pyon aus seinen Gedanken und deutete auf die Kamera, die auf die beiden Männer ausgerichtet war.

»Wird nicht gehen«, sagte Pyon. »Da ist nur eine Batterie drin, damit die grüne Lampe leuchtet. Die echten sind zu teuer, und ich brauche sie nicht.«

Er hatte nur einen geringfügigen Akzent.

»Und wenn Sie überfallen werden oder jemand auf Sie schießt?«

»Dann wird es mir schwerer fallen, für meine Familie zu sorgen«, sagte Pyon. »Und wenn jemand auf mich schießt, bin ich versichert, wenn ich nicht getötet werde.«

Pyon warf einen Blick auf seine Uhr. Dies war einer seiner beiden Golftage. Seine Frau würde bald hier sein, um ihn abzulösen, sodass er den Zug nach Queens nehmen und zum Golfplatz gehen könnte, wo er seine Schläger in einem gemieteten Spind aufbewahrte. Golf war seine Art der Meditation. Mit Golf übte er seine Fähigkeiten und seine Präzision. Es ging darum, sich selbst in dem Schlag zu verlieren und am Ende größte Befriedigung zu empfinden, wenn man einen oder zwei Schläge weniger gebraucht hatte als beim letzten Mal.

»Und wie wollen Sie dann die Diebe fangen?«, fragte Flack resignierend.

»Die werden meine Ware und mein Geld doch nicht mehr haben«, erwiderte Pyon und hoffte, dass der Schweiß nicht so über sein Gesicht lief, wie er es sich vorstellte.

»Sollten die Diebe nicht dafür bezahlen, wenn sie auf Sie schießen?«

»Das bringt mir und meiner Familie nichts Gutes. Und ich bin versichert. Gedanken an Vergeltung habe ich begraben, als ich noch in Korea war.«

»Okay«, sagte Flack seufzend. »Haben Sie den Mann erkannt?«

»Ich habe ihn nie zuvor gesehen«, antwortete Pyon.

Flack wusste nicht so recht, ob er ihm glauben sollte. Er hatte schon früher mit asiatischen Flüchtlingen zu tun gehabt. Sie waren gute Lügner. Denn das Lügen hatte man sie an so höllischen Orten wie Nordkorea oder Laos gelehrt.

»Also können Sie ihn nicht identifizieren?«, fragte Flack.

»Ja.«

»Ja, Sie können, oder ja, Sie können nicht?«, hakte Flack nach, während er seine letzten Geduldsreserven anzapfte.

Flack hatte in den letzten vierundzwanzig Stunden nicht viel Schlaf bekommen. Um genauer zu sein, hatte er schätzungsweise zwei Stunden und achtundvierzig Minuten geschlafen.

»Ja, ich kann«, sagte Pyon, der sich nicht länger beherrschen konnte.

Er zog ein großes verknittertes Taschentuch aus seiner Tasche und wischte sich Gesicht und Hals ab. Flack zog sein eigenes, inzwischen längst feuchtes Taschentuch hervor und tat es ihm gleich.

»Draußen sind es beinahe vierzig Grad«, sagte Flack und steckte das Taschentuch weg.

Pyon nickte.

»Wenn Sie wollen«, sagte Pyon, »kann ich ein Bild von dem Mann zeichnen. Ich habe Kunstunterricht genommen.«

Flack lächelte und sagte: »Ich würde mich freuen, wenn Sie mir ein Bild von dem Mann malen würden.«

»Sofort?«, fragte Pyon.

Pyon gab sich größte Mühe, sich kooperativ zu verhalten oder wenigstens so zu erscheinen.

»Sofort wäre perfekt«, antwortete Flack. »Wie wäre es, wenn Sie den Laden eine Weile zumachten? Ich lade Sie irgendwo zu einem Sandwich und einem Kaffee ein, wo es eine Klimaanlage gibt.«

»Rührei und Dr. Pepper«, sagte Pyon. »*Ginsberg's* ist gleich um die Ecke.«

Aiden hatte Recht gehabt.

»Ja«, sagte Jane Parsons und beäugte das Paket, das Aiden ihr übergeben hatte. »Bäume haben eine DNS. Das hat sich ein paar Mal für die forensische Beweissicherung als nützlich erwiesen. Einen bahnbrechenden Fall hat ein Professor an der Purdue University bearbeitet. Die Beweise wurden tatsächlich vor Gericht zugelassen.«

Aiden lächelte.

»Denken Sie, das hier könnte von einem Möbelstück stammen?«, fragte Jane.

»Von einem Möbelstück aus Blutholz«, sagte Aiden.

»Ich überprüfe die DNS. Der Gerbsäureanteil sollte bei beiden Proben exakt übereinstimmen, unabhängig von der Art des Baumes, mit dem wir es zu tun haben. Das Gleiche gilt für Arsen.«

»Arsen in Bäumen?«, fragte Aiden.

»Bevor es illegal wurde«, erzählte Jane, »wurde Arsen großzügig auf Holz und Möbel versprüht, um das Holz zu schützen. Auch der Magnesiumanteil in beiden Proben müsste übereinstimmen. Aber es wird Zeit brauchen, das zu untersuchen.«

»Wie viel Zeit?«, fragte Aiden.

»Das ist eine sehr kleine Probe. Drei Tage, vielleicht auch nur zwei«, antwortete Jane. »Und ich werde sobald wie möglich eine Probe von dem Gegenstand brauchen, mit dem ich diese hier vergleichen soll.«

»Die besorge ich. Aber Sie werden sehr schnell arbeiten müssen. In drei Tagen könnte er schon wieder zugeschlagen haben.«

»Ich brauche Macs Einverständnis, um diese Sache vorrangig zu behandeln«, wandte Jane ein.

»Die besorge ich«, sagte Aiden.

Sie rief Mac an. Es war bereits dunkel, aber sie war überzeugt, das würde ihn nicht stören. Und das tat es auch nicht. Er erteilte ihr die Erlaubnis, die Untersuchung vorrangig durchführen zu lassen, und sie gab das Telefon an Jane weiter. »Ja?«

Das war alles, was Jane sagte. Der Anruf dauerte nicht mehr als ein paar Sekunden.

»Irgendwas hat mit der Verbindung nicht gestimmt«, meinte Jane seufzend, als Aiden ihr Telefon einsteckte.

»Er hat geflüstert«, erklärte Aiden.

Die nächste Frage, die jede der beiden Frauen hätte stellen können, lautete »Warum?«, aber beide verzichteten darauf.

Aiden ging zur Tür hinaus. Es war schon ein wenig spät, aber sie wusste, dass Arvin Bloom und seine Frau über ihrem Laden wohnten, und sie war einigermaßen sicher, dass sie nur selten ausgingen. Bloom wirkte sehr matt, wie ein Mann, der zu viel Zeit im Sitzen zubrachte.

Aiden wusste, dass ihre Theorie Löcher hatte. Erstens war der Mörder Linkshänder. Bloom war Rechtshänder. Zweitens hätte sie ernsthafte Probleme, sollte Bloom ein

Alibi für den Mord an Joel Besser haben. Drittens hatten beide Morde ausgesehen wie das Werk eines Profis – zwei Schüsse in den Hinterkopf, direkt nebeneinander. Ein Profi, der außerdem ein religiöser Spinner war, oder ein Profi, der den Anschein erwecken wollte, ein religiöser Spinner zu sein. Sie hatten Arvin Blooms Lebenslauf überprüft. Es schien ziemlich unwahrscheinlich, dass er ein Profikiller war.

Als sie seine Fingerabdrücke überprüft hatte, war sie auf eine Bewerbung gestoßen, die ihr verraten hatte, dass Arvin Bloom dreiundfünfzig Jahre alt war, geboren in Tacoma, Washington, und einen Bachelor-Abschluss in Botanik von der Universität von Washington besaß. Keine Militärakte. Keine Vorstrafen, nicht einmal einen Strafzettel konnte sie finden. Er hatte eine Frau, keine Geschwister, keine Cousins oder Cousinen, und seine Eltern waren tot, der Vater war an einem Herzinfarkt gestorben, die Mutter an Krebs.

Arvin Bloom hatte in den letzten zwanzig Jahren sechs verschiedene Arbeitsstellen gehabt und war quer durch das Land gezogen. Er hatte als Zimmermann gearbeitet, als Bauarbeiter, als Möbeltischler, bis er schließlich Eigentümer eines Geschäfts zur Aufarbeitung alten Mobiliars in Manhattan geworden war. Er besaß einen gültigen Waffenschein, was auch der Grund dafür war, dass Aiden überhaupt an seine Fingerabdrücke gekommen war. Aiden hatte die Waffe gesehen, eine .45er Handfeuerwaffe, die aussah und roch, als wäre sie noch nie abgefeuert worden. Die meisten Ladenbesitzer in Manhattan besaßen einen Waffenschein. Aber die Waffe, mit der Glick und Besser umgebracht worden waren, war eine .22er gewesen.

Es gab noch andere Löcher in der Theorie. Und außerdem hatte sie Joshua noch im Blickfeld und auch den Mann mit der USS-Walke-Kappe. Vielleicht gab es sogar noch eine vierte Person, die ihnen bisher nicht einmal in den Sinn gekommen war.

Das Mobiltelefon, das sie in den Getränkehalter neben dem Lenkrad gestellt hatte, klingelte.

»Blutholz«, sagte Jane und legte auf.

Ehe sie das Telefon wieder in den Getränkehalter stellen konnte, klingelte es erneut.

»Ich habe eine Zeichnung von dem Kerl auf dem Videoband, der durch den Zeitschriftenladen gegangen ist«, verkündete Flack. »Pyon, der Typ, dem der Laden gehört, ist gut genug, um als Polizeizeichner zu arbeiten.«

»Ist es Arvin Bloom?«, fragte Aiden.

Flack zog die Mappe hervor, die er sich unter den Arm geklemmt hatte, schlug sie auf und nahm die Zeichnung heraus. Die Person sah nicht aus wie Bloom. Der Mann auf der Zeichnung war hager, hatte eine hohe Stirn, war vermutlich hispanischer Herkunft und ordentlich rasiert.

»Der sieht aus wie eine Million Leute in dieser Stadt«, sagte er. »Aber er ist bisher in diesem Fall nicht innerhalb unseres Radars aufgetaucht. Jedenfalls nicht, dass ich wüsste. Was ist mit Bloom?«

»Ich lasse ihn noch nicht vom Haken. Ich bin gerade unterwegs zu ihm«, berichtete Aiden.

»Dann komme ich dahin«, entgegnete Flack. »Rufst du Stella an?«

»Schon dabei«, sagte Aiden. »Wir warten dort auf sie.«

Danny lehnte sich in der Dunkelheit in seinem Sessel zurück, Sandwich in der einen, Fernbedienung in der anderen Hand. Er hatte vergessen, was für ein Sandwich er gerade aß. Er hatte seine Brille aufgesetzt und die Augen auf den leuchtenden Schirm gerichtet, auf dem ein Baseballspiel zu sehen war. Die Mets. Der Spielstand war ihm ebenso unbekannt wie die Frage, welche Mannschaft in Führung lag.

Der Sprecher sagte: »Heute ist es mehr als heiß. Die weißen Trikots der Mets sind schon ganz grau von all dem Schweiß.«

Danny trug Boxershorts, die ihm eine Ex-Freundin geschenkt hatte. Über die schwarze Hose liefen etliche aufgedruckte Pinguine. Danny blickte herab auf sein New-York-Mets-T-Shirt und dachte an seinen Großvater, den Großvater mit dem Tremor, der ein Symptom seiner Parkinsonerkrankung gewesen war. Sein Großvater war ein Cop gewesen. Die Männer der Familie Messer und einige der Frauen hatten schon seit Generationen dem NYPD gedient.

Danny war müde. Er brauchte eine Rasur, und er fragte sich, ob er noch einen ordentlichen Slider oder einen Changeup hinkriegen würde. Vor zehn Jahren hatte er als aussichtsreiches Talent gegolten. Gleich drei Major-League-Teams hatten sich für ihn interessiert. Dann hatte er seinen Wurfarm verloren und mit ihm, nach der Operation, seinen Fastball. Seine Wurfgeschwindigkeit hatte bei einhundertfünfundvierzig Kilometern gelegen, aber er wusste, dass er sich heute schon glücklich schätzen musste, würden ihm einhundertdreißig gelänge, was für die meisten Werfer der Major League gerade mal passabel gewesen wäre.

Er erinnerte sich an die Dose Sprite auf seinem Tisch, legte die Fernbedienung weg und trank einen Schluck. Das Zittern war, wenngleich kaum wahrnehmbar, zurückgekehrt. Dann, ohne jede Vorwarnung, erlitt Danny eine Panikattacke. In seinem Leben hatte er bisher drei derartige Anfälle gehabt. Er zog den Kopf zwischen die Beine und atmete langsam und gleichmäßig, bis er sich wieder unter Kontrolle hatte. Den Kopf hielt er noch einige Minuten lang gesenkt, ehe er plötzlich aufstand.

Er wollte, er *musste* etwas finden, um sich zu beschäftigen, und er wusste, er konnte nicht einfach ins Bett gehen, konnte nicht schlafen, konnte keine Musik hören oder sich das Spiel ansehen. Er überlegte, ob er sich anziehen und in ein Vierundzwanzigstunden-Restaurant gehen sollte, wo er in der Gesellschaft anderer Gäste oder wenigstens einer Kellnerin einen entkoffeinierten Kaffee trinken könnte.

Er ging zum Tisch in der Ecke, auf dem sein Computer stand. Im Schlafzimmer war mehr Platz, aber Mac hatte ihm erzählt, es sei nicht gut, in dem Raum zu arbeiten, in dem man auch schlafen wollte.

Danny setzte sich und berührte die Maus; der Monitor gab drei Töne von sich, und der Bildschirm erwachte zum Leben.

Er surfte mehr als eine Stunde, verfolgte eine Diskussion über die Entscheidung, Atombomben auf Japan zu werfen, ehe er nach Informationen über Kyle Shelton suchte. Bei Google erhielt er dutzendweise Treffer, aber keiner passte zu dem Verdächtigen. Er grenzte die Suche ein: Kyle Shelton, Philosophie.

Auch jetzt erhielt er eine lange Liste von Websites, und gleich die erste ließ Danny aufmerken. Er reinigte seine

Brille an seinem Mets-T-Shirt und fand einige Dinge heraus, die bei der üblichen Überprüfung des Lebenslaufs nicht zu Tage getreten waren.

Kyle Shelton hatte eine eigene Website. Ganz oben auf seiner Homepage waren drei Schwarzweiß-Fotos von einem Händepaar abgebildet. Auf dem linken Foto zeigten die geöffneten Handflächen nach oben. Auf dem mittleren Foto waren die Hände wie zum Gebet gefaltet, und auf dem letzten Foto waren sie zu Fäusten geballt, so fest, dass die Knöchel weiß hervortraten. Wut?

Gleich unter den Bildern fand sich ein Kommentar, geschrieben in geschwungenen Lettern:

Stell dir ein weites Tal voller Felsen vor, in jeder Himmelsrichtung Gesteinsbrocken, so weit das Auge sehen kann. Nun stell dir einen Schmetterling vor, so groß wie die Hand eines Babys, dessen Flügel so dünn sind, dass man durch sie hindurchsehen kann. Der Schmetterling landet auf einem Felsen von der Größe eines Volkswagens und fängt an, mit den Flügeln auf den Fels zu schlagen, langsam, unmerklich, trägt er das Gestein ab. Wenn der Fels schließlich nach mehr als der zehnfachen Zeit, die er auf Erden existiert hat, verschwunden ist, fliegt der Schmetterling zum nächsten Gesteinsbrocken, der noch größer ist als der erste. Und wenn alle Felsen und Steine durch seine flatternden Flügel zu Staub verwandelt wurden, dann und nur dann wird die Ewigkeit begonnen haben.

In gewöhnlichen Buchstaben stand unter diesem Kommentar: »Angeregt durch eine Passage in Ugo Bettis *Delitto all'isola delle capre.*«

Danny las das umgeschriebene Zitat erneut und fühlte sich dadurch irgendwie ruhiger. Kyle Shelton war überdies ein Blogger. Danny klickte auf das Symbol für seinen Blog. Eine Überprüfung der Einträge ergab, dass die Seite gepflegt wurde. Mindestens ein Mal in der Woche war ein neuer Eintrag dazugekommen. Es gab mehr als ein Dutzend Antworten auf Sheltons Gedankenodysseen. Danny las Sheltons Einträge und vergaß seine Panik. Einige der Einträge befassten sich mit Philosophen, toten Philosophen, denen Shelton zustimmte oder auch nicht. Und in jedem Eintrag fanden sich Zitate.

Die Einträge waren voller Widersprüche. Shelton glaubte nicht an das Gute im Menschen, aber an eine Art Heiligkeit der Individuen. Er behauptete, das hätte er im Irak gelernt. Er glaubte nicht an irgendeine Religion, führte aber Beweise für die Macht des Gebets an. Die Einträge waren in ruhiger Sprache verfasst, ganz und gar nicht fanatisch und nicht wie die Worte einer Person, die versuchte, ihre Leser zu überzeugen, sondern wie die eines Menschen, der das Bedürfnis empfand, seine Gedanken treiben zu lassen.

Es gab nur ein Thema, das Shelton offenbar in Rage versetzte: Kindesmissbrauch. Ein Menschenleben war für Shelton nichts Heiliges. Es gab viele, vorwiegend jene, die Kinder missbraucht hatten, von denen Kyle sagte, man solle sie »schlicht und schmerzlos exekutieren, sie verbrennen und die Überreste in die nächste Toilette kippen«.

Danny las weiter, konzentrierte sich, und das Zittern in seiner Hand verschwand.

William Wosak SJ, achtunddreißig, war studierter Theologe mit einem Doktortitel der Philosophie aus Fordham.

Wosak hatte drei Bücher verfasst. Sein Interesse galt der Korrektur fehlerhafter Konzepte und falscher Auslegungen der Heiligen Schrift. Father Wosak, schlank und mit grau meliertem Haar, trug ein beinahe konstantes, gedankenverlorenes Lächeln im Gesicht.

Er war überzeugt, dass die meisten Laienkatholiken die Evangelien und die Schriften der Heiligen nicht deshalb lasen, weil sie daran interessiert waren, etwas zu lernen, sondern deshalb, um in dem, was sie lasen und was sie sonntags in der Kirche hörten, die Bestätigung dessen zu finden, was sie als Kinder von ihren Eltern und schlecht ausgebildeten Nonnen und Priestern gelernt hatten.

Der Katholizismus war reformbedürftig. Die überall erkennbare Ignoranz der Katholiken bezüglich ihrer Religion bedurfte eingehender Betrachtung. Father Wosak hoffte zudem, dass seine Schriften auch von den Geistlichen anderer Religionen gelesen wurden. Er wollte Christen, Juden, Moslems, Hindus und sogar Atheisten an seinen Erkenntnissen teilhaben lassen, nicht um ihnen den Katholizismus näher zu bringen, sondern um ihnen zu zeigen, was Religion wirklich bedeutete. Aber er rechnete nicht mit einem großen Erfolg. Es war schwer genug, dass Gott ihm diese Aufgabe auferlegt und ihn mit dem Intellekt ausgestattet hatte, der nötig war, um sie zu lösen.

William Wosaks Eltern waren polnische Immigranten gewesen. Beide waren verstorben. Father Wosak hatte keine Geschwister, nur eine Tante und einen Onkel, die ihre kleine Stadt vor den Toren Warschaus nie verlassen hatten.

Er hatte sich freiwillig bereit erklärt, sowohl zur Unterstützung seiner Forschung als auch, um seinen Glauben zu stärken, Father Cabrera in der St. Martines Kirche in Brooklyn für ein Jahr zu vertreten. Nun war er schon im fünften Monat hier, und das hatte sich sogar als größerer Segen erwiesen, als er gehofft hatte.

Die meisten Gemeindemitglieder sprachen Spanisch, was kein Problem für Father Wosak darstellte, der fließend Spanisch, Italienisch, Polnisch, Deutsch, Hebräisch sprach und eher holprig Latein verstand. Er hielt die Messe und die übrigen Gottesdienste in spanischer Sprache ab.

In seiner zweiten Woche in St. Martines hatte Father Wosak eine Verabredung mit Rabbi Benzion Mesmur getroffen, dessen Synagoge nur sechs Blocks von St. Martines entfernt lag. Der achtunddreißigjährige Priester hatte sich voller Respekt gegenüber dem einundachtzigjährigen Rabbi vorgestellt. Rabbi Mesmur hatte vorgehabt, das Zusammentreffen kurz zu gestalten und es auf den Vorraum der Synagoge zu begrenzen.

Father Wosak hatte Hebräisch gesprochen, und der Rabbi hatte in gleicher Sprache geantwortet. Ihm war aufgefallen, dass niemand in seiner Gemeinde ein besseres Umgangshebräisch sprach als dieser Priester. Der lächelnde Jesuit schien keinen Akzent zu haben, während Rabbi Mesmur sich der Einfärbung von Crown Heights, die seinem Hebräisch anhaftete und immer hörbar bleiben würde, durchaus bewusst war.

Binnen drei Minuten waren die beiden Männer auf die Anliegen des Priesters zu sprechen gekommen. In seinem Aktenschrank verwahrte der Rabbi mindestens vierzig Predigten auf und ungefähr fünfzehn Vorträge über fehlerhafte Auslegungen der Heiligen Schrift und des Talmuds.

Es war unverkennbar, dass das Interesse des Priesters am Talmud und seinen Lehren denen des alten Rabbi ähnelte.

Sie hatten sich in das Büro des Rabbi zurückgezogen und sich dort zwei Stunden lang unterhalten. Von da an war der Priester jede Woche wiedergekommen. Rabbi Mesmur freute sich stets auf das Zusammentreffen und den Meinungsaustausch. Sie trafen sich immer in der Synagoge, niemals in St. Martines, und Father Wosak hatte den Rabbi auch nie dorthin eingeladen. Er wusste, dass der Rabbi hätte ablehnen müssen. Die Situation wäre peinlich gewesen.

In dieser Woche war ihr übliches Treffen ausgefallen, aber heute dachte Father Wosak, dass er, nachdem nun zwei Tage vergangen waren, einmal vorbeischauen könnte, um sein Beileid zu bekunden.

Rabbi Mesmur sah angegriffen aus, gealtert durch das tragische Geschehen.

Der Rabbi hatte darauf bestanden, dass der Priester ihn in sein Büro begleitete. Aus Gründen, die keiner der beiden Männer hätte erklären können, unterhielten sie sich auf Englisch.

»Meine Gemeinde hat für Sie und Ihren schweren Verlust gebetet«, begann Father Wosak. »Ich hoffe, das war angemessen.«

Rabbi Mesmur hob eine Hand von der Armlehne seines Sessels und sagte mit der Andeutung eines Lächelns: »Es kann nicht schaden. Und der fehlgeleitete tote Junge, der an Joshuas Gerede geglaubt hat?«

»Wir haben auch für ihn gebetet«, sagte Father Wosak.

In der Vergangenheit hatten die beiden Männer sich bereits über die Juden, die an Jesus glaubten, und über

Joshua unterhalten. Beide lehnten die leidenschaftlichen Appelle ab, mit denen Joshua und seine Anhänger versuchten, ihre Anerkennung zu erringen. Rabbi Mesmur hatte sich geweigert, sich auf eine Diskussion mit Joshua einzulassen, aber Father Wosak hatte einem Meinungsaustausch mit dem Mann bereitwillig zugestimmt. Joshua und seine Leute hatten kein Interesse daran, einen katholischen Priester zu bekehren. Die Katholiken hatten Jeschua schließlich längst als ihren Erlöser angesehen. Aber wie Rabbi Mesmur glaubte auch Father Wosak nicht, dass jemand gleichzeitig Jude und Christ sein konnte.

In seinem Gespräch mit Joshua hatte Father Wosak schnell erkannt, dass der Mann sowohl über das Judentum als auch über das Christentum nur oberflächliche Kenntnisse hatte. Aber es war nicht die Unwissenheit des Mannes, die den Priester veranlasste, weiteren Konfrontationen oder Diskussionen mit Joshua aus dem Weg zu gehen. Er hatte in den Augen Joshuas Fanatismus gesehen, glühenden Fanatismus. Joshuas Augen waren stets weit aufgerissen, und er schien nicht in der Lage zu sein, jemanden länger als ein paar Sekunden direkt anzublicken.

Mit größtem Widerstreben, jedoch erfüllt von dem Wissen, dass er nicht anders handeln durfte, machte sich Father Wosak, als er die Synagoge verließ, auf den Weg zu der zwei Blocks entfernten Gemeinde *Jüdisches Licht Christi*, um auch dort sein Beileid zu bekunden.

Einen halben Block entfernt, einen Plastikbecher mit lauwarmem Kaffee in der einen Hand und einer Ausgabe der *Post* vor dem Gesicht, lehnte sich der Mann neben einem kleinen koscheren chinesischen Restaurant an eine Mauer. Seine Augen schienen den Buchstaben der Zeitung zu folgen. Er blätterte eine Seite weiter und nippte, ohne aufzublicken, an seinem Kaffee. Unterwegs hatte er einen Blick auf das Thermometer in einem Schaufenster geworfen. Die Temperatur lag bei ungefähr achtunddreißig Grad. Der Himmel war wolkenlos, aber die Luft war feucht. So war es nun schon seit zwei Wochen. Die Menschen bewegten sich nur noch langsam, und nur diejenigen hielten sich im Freien auf, die dazu gezwungen waren oder Hitze und hohe Luftfeuchtigkeit gut ertragen konnten. Schweiß verwandelte seine behaarte Brust in einen Regenwald.

Aus dem Gebäude auf der anderen Straßenseite, das er beobachtet hatte, trat endlich der Mann heraus, auf den er gewartet hatte, und ging den Bürgersteig hinunter.

Der Mann auf der anderen Straßenseite war der Nächste, der symbolisch gekreuzigt werden sollte.

Und es musste schnell geschehen. Nur noch ein Toter, und er wäre fertig. Er stieß sich von der Wand ab, ließ den Kaffeebecher in einen Mülleimer fallen, stopfte sich die Zeitung unter den Arm und tastete nach den Nägeln und dem Hammer, die er in verschiedenen Taschen verstaut hatte.

Der Priester bewegte sich schnell. Doch der Mann auf der anderen Straßenseite blieb ihm auf den Fersen.

9

»Sie wissen, wo Jacob ist, nicht wahr?«, fragte Kyle Shelton. Er sprach langsam, ermattet.

Mac saß in einem Sessel im Wohnzimmer der Vorhees' und hielt sich ein Mobiltelefon ans Ohr. Sein Gesprächspartner schwieg, während es draußen dunkel wurde.

»Ja«, sagte Mac.

»Dann werde ich verschwinden«, entgegnete Shelton.

»Unmöglich.«

»Dann müssen Sie mich fangen«, sagte er. »Und ich werde Ihnen trotzdem das Gleiche erzählen, das ich Ihnen auch jetzt erzähle. Ich habe sie umgebracht, Becky, ihre Mom und ihren Vater. Meine Fingerabdrücke sind auf dem Messer.«

Mac sagte nichts.

»Sind Sie noch da, Taylor?«, fragte Shelton.

»Ich bin hier.«

»Halten Sie mich für ein Monster, Taylor?«

Ein flehentlicher Unterton lag in seiner Stimme.

»›Wer mit Ungeheuern kämpft, mag zusehen, dass er nicht dabei zum Ungeheuer wird‹«, fuhr Shelton fort. »Friedrich Nietzsche. Ich habe drei Menschen erstochen.«

»Gegen welche Ungeheuer haben Sie gekämpft?«, fragte Mac.

Kyle Shelton sagte nichts. Nach einer langen Pause legte er auf.

Beinahe augenblicklich fing das Mobiltelefon in Macs Hand an zu vibrieren. Mac und Rufus gingen zur Vordertür und traten aus dem Haus. Als die Tür geschlossen war, nahm Mac den Anruf entgegen. Danny erzählte ihm, was er in Sheltons Blog gefunden hatte.

»Ich bin der Sache nachgegangen. Rate mal, was ich gefunden habe«, sagte Danny.

Mac riet und hatte Recht.

»Soll ich kommen?«, fragte Danny.

»Ich möchte, dass du erst einmal mindestens acht Stunden schläfst«, antwortete Mac.

Mac klappte sein Telefon zu und sagte: »Es ist Zeit, Rufus.«

Stellas Mobiltelefon klingelte. Gleichzeitig klingelte jemand an ihrer Wohnungstür.

Sie klappte das Telefon auf und ging zur Tür, um den Summer zu betätigen, ohne nachzufragen, wer draußen war. Schließlich wusste sie, wer dort wartete.

Ehe er ihre Tür erreicht hatte, hatte Aiden sie schon umfassend informiert.

»Durchsuchungsbefehl?«, fragte Stella.

»Um die Zeit?«, gab Aiden zurück. »Das dauert zu lange. Hoffen wir, dass er kooperativ ist. Falls nicht, warte ich dort und bitte Flack, einen Richter aufzutreiben, der noch wach ist und einen angenehmen Tag hatte. Treffen wir uns dort?«

Jetzt klopfte es an der Tür.

»Ist dein Einsatz«, sagte sie. »Jemand klopft an meine Tür.«

Sie legte auf, kontrollierte die Tasche ihrer locker sitzenden Jeans und widerstand dem Bedürfnis, die blaue Bluse in die Hose zu stecken, ehe sie die Tür öffnete.

»Agent Harbaugh, nehme ich an?«, fragte sie. »Genau zur richtigen Zeit.«

Er trug einen dunklen Anzug nebst Krawatte, die typische FBI-Uniform. Er war groß und älter, als sie nach dem Klang seiner Stimme am Telefon vermutet hätte. Sein ordentlich gestutztes Haar war weiß, die Haut weniger vom Alter als von zu viel Sonnenlicht gegerbt, und er sah wirklich gut aus.

»Kommen Sie rein«, sagte sie.

Er trat ein, und sie schloss die Tür. Die Bilder an den Wänden musste er nicht mehr betrachten. Das hatte er bereits bei seinem letzten Besuch gemacht.

»Möchten Sie jetzt die Cola?«, fragte Stella.

»Nein, danke. Darf ich?«, sagte er und deutete mit einem Nicken auf einen Stuhl.

»Bitte«, sagte Stella.

Er setzte sich, und sie nahm ihm gegenüber Platz.

Er musterte sie mit einem traurigen Lächeln und lehnte sich zurück. Er war gekommen, um sie zu töten, aber er hatte es nicht eilig.

Bis auf zwei trübe Nachtlampen war es dunkel in dem Laden. Flack klopfte und sah Aiden an, die das Gewicht ihrer Ausrüstung verlagerte. Flack klopfte erneut, aber dieses Mal kräftiger, viel kräftiger. Die Tür bebte. Hätte es eine erschütterungsempfindliche Alarmanlage gegeben, dann wäre sie inzwischen losgegangen, aber es war nichts zu hören.

Flack gab nicht auf. Mehr als zwei Minuten vergingen, ehe sie endlich die Gestalt eines Mannes sehen konnten, der die Treppe zum Laden herunterkam.

Arvin Bloom blieb für einen Moment am Fuß der Treppe stehen. Schließlich erkannte er die Ermittler, seufzte dem Augenschein nach so schwer, dass sein ganzer Körper erzitterte, kam aber zur Tür und öffnete.

»Wir würden uns Ihre Möbel gern noch einmal ansehen«, sagte Aiden.

»Jetzt?«, fragte Bloom. »Sie schikanieren mich. Haben Sie einen Durchsuchungsbefehl?«

»Nein«, sagte Flack, »aber wir können uns einen besorgen. Der Deal bleibt der Gleiche. Einer von uns besorgt den Befehl, der andere bleibt bei Ihnen. Wie hätten Sie es gern?«

»Kommen Sie rein«, sagte Bloom und trat zur Seite. »Ich würde Sie ja bitten sich zu beeilen, wenn das irgendeinen Sinn hätte.«

Flack und Aiden betraten das Geschäft, und Aiden verschwand sogleich in der Finsternis des hinteren Ladenbereichs. Innerhalb von fünf Minuten war sie wieder da und fragte: »Der Blutholzschrank. Wo ist er?«

»Verkauft. Heute Nachmittag«, sagte Bloom. »Ich habe ein gutes Geschäft gemacht. Hätte ich gewartet, hätte ich vielleicht noch mehr verdienen können, aber ich wollte das Geld schnell an die Witwe von Asher Glick übergeben, alav ha-schalom.«

»Wer hat den Blutholzschrank gekauft?«, wollte Aiden wissen.

»Ein Paar«, sagte Bloom. »Vielleicht Ende fünfzig. Ihre Kleidung hat nach Geld gestunken. Die haben mir die fünfundzwanzigtausend Dollar in bar ausgezahlt. Sie wollten keine Quittung, und sie hatten einen Lieferwagen dabei, der vor dem Laden im Halteverbot parkte. Ich habe ihnen beim Verladen geholfen.«

»Also kennen Sie weder Namen noch Adresse dieser Kunden«, folgerte Flack.

Bloom schüttelte den Kopf und sagte: »Das ist nichts Ungewöhnliches.«

»Wo ist das Geld?«, fragte Aiden.

»Das habe ich zur Bank gebracht«, sagte er. »Sie können sich morgen in der Bank erkundigen. Ich habe Asher nicht umgebracht.«

»Das werden wir«, sagte Aiden und machte sich auf den Weg zur Tür. Flack hätte noch länger mit Bloom sprechen wollen, aber Aiden war bereits auf der Straße. Flack folgte ihr und zog die Tür hinter sich ins Schloss.

»Was ist los?«, fragte er.

Beide blickten durch das Fenster zurück zu Bloom, der seinerseits die Ermittler musterte. Aiden und Flack gingen zurück zu ihrem Wagen.

»Ich habe an der Wand, an der der Blutholzschrank gestanden hat, ziemlich frische Fingerabdrücke gefunden. Von zwei verschiedenen Personen.«

»Bloom«, entgegnete Flack, »und der Kunde, der den Schrank gekauft hat.«

»Oder die Person, die Bloom geholfen hat, ihn aus dem Laden zu schaffen«, sagte sie. »Und da ist noch etwas.«

Unterwegs zog Aiden einen durchsichtigen Plastikbeutel aus ihrer Tasche und hielt ihn hoch.

»Was ist das?«, fragte Flack.

»Sägemehl«, antwortete Aiden mit einem Lächeln.

FBI-Agent Harbaugh hatte es sich mit übereinander geschlagenen Beinen auf dem Stuhl bequem gemacht, der Stella gegenüberstand.

»Die Bilder gefallen mir«, sagte er und blickte sich im Zimmer um.

»Das ist ein Andre Danton, richtig?«

Das Bild an der Wand hinter Stella, das er musterte, zeigte eine schmale Kopfsteinpflasterstraße, gesäumt von Häusern, die sich zu einer einsamen alten Dame herabzubeugen schienen, die mit einem Tuch über dem Kopf und einem Korb Blumen über dem Arm auf dem Bürgersteig stand.

»Ja«, sagte Stella, ohne sich umzudrehen.

Sie beobachtete Harbaugh noch einmal. Er war schlank, hatte eine aufrechte Haltung und war gut in Form, aber nun erkannte sie an den Altersflecken seiner Hände und dem Haarwuchs in seinen Ohren, dass er mindestens Mitte sechzig sein musste. Seine Zähne waren weiß, gleichmäßig und zweifellos echt, und sein wettergegerbtes Gesicht sah aus wie das eines Cowboys.

»Ja«, sagte er, als er ihren forschenden Blick erkannte. »Ich hatte mich vorübergehend zur Ruhe gesetzt und bin als Berater zurückgekommen, weil der Typ mein Fall war, bis ich in den Ruhestand gegangen bin. Neun Menschen über einen Zeitraum von fünfzehn Jahren. Texas, Kalifornien, Illinois, Tampa. Drei Jahre, bevor ich in den Ruhestand gegangen bin, hat er aufgehört.«

Stella nickte, die Hände im Schoß gefaltet.

»Er hat ein Muster«, sagte Harbaugh. »Er tötet drei Personen, holt sich so seinen Kick und verschwindet wieder in der Versenkung, bis er wieder töten muss.«

»Und das Kreuz? Die Opfer? Die hebräischen Worte?«, hakte Stella nach.

Harbaugh zuckte mit den Schultern. »Alle Opfer waren religiös, aber nicht alle waren Juden. Ich denke, das letzte Opfer in diesem Zyklus wird ein Pfarrer sein, vielleicht ein katholischer Priester.«

»Nur eine Ahnung?«, fragte Stella.

»Das passt zu seinem früheren Vorgehen«, entgegnete er.

»Ist irgendetwas davon wahr?«, fragte sie.

Für einige Sekunden saßen beide schweigend da. Dann griff Stella in das rot lackierte Kästchen, das neben ihr auf dem Tisch stand, zog eine kleine Waffe und ein Fläschchen daraus hervor und hielt beides hoch, damit er es sehen konnte.

Bei der Flasche handelte es sich um das Fläschchen mit Antihistaminsaft aus dem kleinen Schrank in Stellas Badezimmer. Die Waffe war ihre eigene .38er, mit der sie auf ihn zielte.

»Sie waren sehr vorsichtig«, sagte sie, »aber Sie haben ein paar Gegenstände von ihrem Platz bewegt, nicht viel, aber ausreichend für mich, um es zu bemerken. In meinem Job muss ich häufig auf Kleinigkeiten achten.«

»Sie denken, ich hätte Ihre Medizinfläschchen bewegt?«, fragte er.

»Ich weiß, dass Sie das getan haben.«

Er nickte. Offenbar hatte er verstanden. »Fingerabdrücke«, sagte er.

»Und zwei Haare in meinem Badezimmer, wo Sie das Gift in meinen Antihistaminsaft geschüttet haben.«

Der Mann rührte sich nicht, sein Blick ruhte unverwandt auf Stella.

»Sie sind nicht und waren nie beim FBI«, sagte sie. »Ihr Name ist George Melvoy. Sie wurden vor dreiundsiebzig Jahren in Des Moines geboren. Sie waren Sanitäter, Unteroffizier der Infanterie, als MacArthur 1950 in Korea gelandet ist. Nach dem Krieg sind Sie zur Iowa State University gegangen und haben im Hauptfach Pharmazie studiert. Sie haben über vierzig Jahre lang erfolgreich eine Apotheke in Des Moines geführt. Ihre Frau ist vor sechs Jahren gestorben. Keine Kinder. Ich habe ein Foto von Ihnen, das mir vor vier Stunden vom *Des Moines Register* gefaxt wurde.«

Melvoy regte sich nicht.

»Sie verlieren Haare«, sagte sie.

»Ja«, antwortete er.

»Wissen Sie, warum?«, erkundigte sie sich.

»Ja.«

Stella nickte. »Ihr Haar enthält eine große Menge Aluminium. Die DNS, die wir Ihrem Haar entnommen haben, weist drei winzige Abnormitäten auf einigen Ihrer Chromosomen auf. Abnormitäten, die ein Hinweis auf Alzheimer sein könnten.«

»›Zäher alter Mann‹«, sagte er wie im Selbstgespräch. »Und ›gewitzt‹. Das sagen meine Kunden über mich. In einem Jahr oder so werde ich eine grinsende, hilflose Stoffpuppe sein, die niemanden mehr erkennt. Nun ja, ich habe mit Sicherheit nicht vor, noch am Leben zu sein, wenn es so weit ist. Ich bin froh, dass Sie Ihre Medizin nicht genommen haben. Das ist eine feige Art, jemanden zu töten.«

»Die Menge einer Verschlusskappe hätte nicht gereicht, um mich umzubringen«, sagte sie. Sie hatte den Saft mit einem Kurier ins Labor geschickt, wo das vermeintliche Medikament mit einer Dringlichkeitsanalyse untersucht wurde. »Vielleicht hätte es mich krank gemacht. Aber ich hätte schon die ganze Flasche nehmen müssen, um daran zu sterben, und selbst das wäre nicht sicher gewesen.«

Melvoy schüttelte den Kopf und sagte: »Nur gut, dass ich im Ruhestand bin. Womöglich hätte ich noch einen Kunden mit einer falschen Rezeptur umgebracht.«

Stella stellte das Fläschchen zurück in das offene Kästchen auf dem Tisch.

»Warum haben Sie mich nicht festgenommen, nachdem Sie es herausgefunden hatten?«

»Ich wollte wissen, warum Sie mich umbringen wollen«, erklärte sie.

»Das will ich nicht mehr. Ich wollte es, als ich zur Tür hereingekommen bin, aber … Erinnern Sie sich an Matthew Heath?«, fragte er.

»Groß, mager, rotes Haar, hat ein paar Monate im Labor gearbeitet«, sagte sie. »Er hatte einen Anfall. Als er aus dem Krankenhaus zurückkam, hat er eine starke Brille getragen und gemeint, er könnte nicht mehr länger als ein oder zwei Minuten auf den Monitor sehen, ehe er das Gefühl bekäme, er würde wieder einen Anfall erleiden. Er hat eines Tages einfach gekündigt. Soweit ich gehört habe, besucht er eine Schule für angehende Köche.«

Melvoy schüttelte den Kopf und sagte: »Matt war auf einer Kochschule irgendwo in der Schweiz. Ich habe die Kosten übernommen. Matts Großvater war mein bester Freund. Haben Sie je von der USS Walke gehört?«

»Ich habe den Schriftzug auf Ihrer Kappe auf Videoaufnahmen gesehen.«

»Matts Großvater starb, als die Walke vor der Küste von Korea getroffen wurde. Er hatte einen Sohn, und der Sohn hatte einen Sohn, Matt. Als Matts Eltern starben, ist der Junge zu mir gekommen. Am Ende waren wir füreinander das Letzte, was uns an Familie noch geblieben war.«

»Am Ende?«, fragte Stella.

»Matt hat sich erschossen. Zuerst war ich wütend auf ihn, weil er mir das angetan hat. Weil er mich allein gelassen hat. Dann war ich erleichtert. Erleichtert, dass ich nun nicht dafür verantwortlich war, ihn wieder aufzurichten. Und dann kamen die Schuldgefühle. Ich habe den Jungen geliebt.«

Melvoy lachte.

»Ja?«, fragte Stella.

»Sie sind die erste Person, der ich das erzähle«, sagte er. »Matt habe ich es nie gesagt. Zu meiner Frau habe ich das vielleicht zwei Dutzend Mal gesagt. Zu sagen, ›Ich liebe dich‹, war in meiner Familie niemals leicht.«

Er sammelte sich, drückte den Rücken durch, atmete tief durch und sagte: »Fragen Sie schon.«

Stella wusste, was er meinte.

»Warum wollten Sie mich umbringen?«

»Weil Sie Matt umgebracht haben«, sagte er. »Einen guten, netten Jungen, der nichts anderes wollte, als Ihnen zu gefallen. Er wollte so sein wie Sie. Hat tagelang gearbeitet, ohne zu schlafen. Angefangen hat es mit Kopfschmerzen. Der Arzt hat ihn gewarnt und ihm geraten, sich einen anderen Job zu suchen. Ich habe dem Jungen gesagt, ich würde ihn als Partner in mein Geschäft aufnehmen und ihm den Laden hinterlassen, wenn ich sterbe. Er hat mich abgewiesen und von Ihnen erzählt. Sie haben ihm nie gesagt, dass er gute Arbeit leistet. Sie haben ihn nie ermutigt, sondern ständig nur auf die Fehler hingewiesen, die er gemacht hat.«

Stella wusste, dass in den Worten des Mannes ganz sicher ein Körnchen Wahrheit steckte, aber sie zeugten auch von Ignoranz und Unwissenheit.

»Das ist die Art, wie wir arbeiten«, sagte Stella. »Und es ist die Art, wie ich selbst behandelt worden bin, als ich beim C.S.I. angefangen habe. Wir sehen und tun Dinge, die niemand sehen oder tun sollte.«

»Und es gefällt Ihnen«, gab Melvoy herausfordernd zurück.

»Ja«, sagte Stella. »Aber für Matt war das nicht der richtige Beruf.«

»Er ist dabeigeblieben, weil er Ihre Anerkennung wollte. Und das hat ihn umgebracht.«

Für Stella gab es nicht mehr viel zu sagen, zumindest nichts, was dem Mann hätte helfen können, der vor ihr saß. Melvoys Züge waren schlaff geworden, und seine Augen blickten starr dorthin, wo für ihn die ferne Vergangenheit lag.

Stella hatte Matthew Heath exakt genau so behandelt wie mindestens ein Dutzend anderer neuer Labortechniker vor ihm, Labortechniker, die sich Hoffnungen gemacht hatten, eines Tages im Außeneinsatz arbeiten zu können.

Diejenigen unter ihnen, die stark und klug waren, hatten es geschafft. Viele von ihnen waren den Stellenangeboten anderer Städte gefolgt, in der Hoffnung, die forensische Karriereleiter einen Schritt weiter hinaufzusteigen. Matthew Heath hatte gerade zwei Tage in dem Job gearbeitet, da war Stella schon überzeugt gewesen, dass er es nicht schaffen würde, dass die Arbeit ihn zermürben würde, je länger er dabeibliebe.

Melvoy zwang sich, in die Gegenwart zurückzukehren, erhob sich und wollte in seine Tasche greifen.

»Nein«, sagte Stella ruhig, aber mit der Dienstwaffe in der Hand.

Melvoy zog ein kleines Notizbuch mit Spiralbindung aus seiner Tasche.

»Ich schreibe inzwischen alles in diesen Dingern auf«, erzählte er. »Ich habe schon eine ganze Schublade voll davon. Ich schreibe einfach alles nieder, was ich zu tun habe.«

Er blätterte das Notizbuch auf und drehte es so, dass Stella die großen Blockbuchstaben sehen konnte: ›TÖTE STELLA BONASERA‹.

»Sie werden mich erschießen müssen. Jetzt ist ein guter Zeitpunkt, aber achten Sie darauf, dass der Schuss tödlich ist.«

Er steckte das Notizbuch wieder in die Tasche.

»Nein«, sagte sie.

»Während der letzten paar Monate habe ich Anfälle von Gedächtnisschwund bekommen. Es geht los.«

Er näherte sich ihr, und Stella stand ebenfalls auf. »Ich werde Sie nicht erschießen«, sagte sie. »Und ich glaube nicht, dass Sie mir etwas tun werden.«

»Ich bin müde«, erwiderte Melvoy, setzte sich wieder und schloss die Augen. »Ich schlage einen Handel vor.«

»Einen Handel?«

»Ich erzähle Ihnen, wer das nächste Kreuzigungsopfer ist, und Sie erschießen mich«, sagte er. »Sind Sie eine gute Schützin?«

»Ja.«

»Sind wir handelseinig?«

»Nein.«

»Das dachte ich mir«, sagte er seufzend. »Ich verstehe, warum Matt so sein wollte wie Sie. Okay, ich habe Sie an dem zweiten Tatort beobachtet. Ein Priester in Schwarz mit weißem Kragen ist hinter der Menge entlanggegangen. Ich habe ihn mir angesehen. Er hat zu dem Laden rübergeschaut und sich bekreuzigt. Als er vorbeigegangen ist, ist ihm ein Mann aus den hinteren Reihen der Umstehenden gefolgt; ich habe nur seinen Rücken gesehen, aber er ist dem Priester bestimmt gefolgt. Später, als die Leiche weggebracht wurde, bin ich dem Mann, der den Priester verfolgt hat, nachgegangen.«

»Warum?«, fragte Stella.

»Ich dachte, wenn ich etwas herausfinde, kann ich näher an Sie herankommen.«

»Nein«, widersprach sie. »Das war es nicht.«

Er schwieg.

»Sie sind Katholik.«

»Ich war einer«, erwiderte er.

»Genau wie ich«, sagte sie. »Sie wollten den Priester beschützen.«

»Ich weiß es nicht«, gestand Melvoy. »Gott, ich bin müde.«

»Der Priester«, hakte Stella nach.

»Father William Wosak«, sagte Melvoy. »Pfarrer in der St. Martines Kirche. Manchmal glaube ich, es gibt einen Gott. Ich habe das Gefühl, dass er mich davon abgehalten hat Sie umzubringen. Ich bin wirklich froh, dass ich es nicht getan habe.«

»Ich auch«, sagte Stella. »Sie sind Kriegsveteran. Die *Veteran Administration* wird Ihnen helfen.«

»Ich habe genug Geld und niemanden, dem ich es geben könnte, außer den Ärzten«, sagte er. »Aber ich habe gemeint, was ich gesagt habe. Ich habe nicht die Absicht, noch da zu sein, wenn es schlimmer wird. Ich gedenke, eine Todsünde zu begehen.«

Stella sagte nichts. Es war seine Entscheidung. Sie konnte ihn nicht aufhalten, und wenn sie an seinen Stolz dachte, dann war seine Entscheidung vielleicht gar nicht so unangemessen.

»Konnten Sie die Person erkennen, die den Priester verfolgt hat?«, fragte sie.

»Nein«, antwortete er. »Er hatte mir den Rücken zugekehrt. Er war groß, stämmig, hat ein dunkelblaues Hemd mit kurzen Ärmeln getragen. Mein Geld werde ich der Alzheimerforschung hinterlassen. Das ist alles bereits in die Wege geleitet. Und Sie sollten sich jetzt besser auf die Suche nach dem Priester machen.«

Stella zog ihr Mobiltelefon hervor, ging zum Fenster und tätigte einen Anruf. Die Waffe hielt sie immer noch in der Hand. Sie kehrte Melvoy, der mit geschlossenen Augen und offenem Mund den Kopf an die Sessellehne gelehnt hatte, nicht den Rücken zu.

Er bewegte sich schnell. Stella war mitten im Satz. Ehe sie ihn erreichen konnte, hatte Melvoy den Antihistaminsaft aus dem Kästchen genommen, mit einer raschen Bewegung geöffnet und den dickflüssigen Saft in sich hineingeschüttet. Dann reichte er Stella die leere Flasche.

»Rufen Sie nicht um Hilfe«, sagte er und kehrte zu dem Stuhl zurück.

»Ich muss«, entgegnete sie.

Stella wählte den Notruf, sagte ihre Adresse und bat um einen Krankenwagen. Als sie das Gespräch beendete, hatte Melvoy bereits leichte Krämpfe.

Jane Parsons strich eine Haarsträhne aus ihrer Stirn, steckte sich zwei Aspirin in den Mund und spülte sie mit zimmerwarmem Wasser aus der Flasche hinunter. Sie hatte

Kopfschmerzen, und vielleicht war sie auch hungrig, aber dessen war sie sich nicht sicher.

Sie warf einen Blick auf die Wanduhr des Labors. 10:45 Uhr. Sie arbeitete bereits seit vierzehn Stunden.

Und sie hatte ihre Zeit nicht verschwendet. Sie hatte die DNS-Probe von Aiden untersucht und außerdem im Internet recherchiert. Sie hatte einen Link nach dem anderen aufgerufen, doch die meisten waren unergiebig gewesen. Außerdem hatte sie acht E-Mails verschickt und vier Anrufe getätigt.

Einen groben Entwurf ihres Berichts sah sie auf dem Bildschirm. Sie ging den Text durch und überzeugte sich davon, dass sie ihr Fazit in vorsichtige Worte gefasst hatte, wie beispielsweise: »Es scheint, als«, »Forschungen der folgenden Labore und Universitäten stützen die Annahme, dass …« und »Aus diesem Grund ist anzunehmen, dass …«.

Als sie mit ihrem Bericht einigermaßen zufrieden war, druckte sie ihn in vierfacher Ausfertigung aus, für Aiden, für Stella, für Flack und für Mac. Am Morgen würde jeder von ihnen seinen Bericht bekommen.

Sie erhob sich, bewegte die Maus und stellte den Computer aus. Er brauchte Ruhe. Dann schraubte sie die Wasserflasche zu.

DNS log nie. Sie sprach höchstens in einer fremden Sprache, aber die konnte Jane einigermaßen gut verstehen. Sie war sich ganz sicher, in ihrem Kopf gab es keinen Zweifel. Die Person, deren DNS sie untersucht hatte, hatte gelogen.

Wozu die Lüge? Jane wusste es nicht. Das war eine Aufgabe für die C.S.I.-Ermittler, die für diesen Fall zuständig waren.

Die fast leere Flasche in der Hand, sah Jane sich um, zog den Laborkittel aus und legte ihn über die Stuhllehne, ehe sie zur Tür ging und das Licht ausschaltete.

Ein flüchtiger Gedanke ging ihr durch den Kopf, und sie wusste, dass er nicht zum ersten Mal dort war. Was war das für eine Beziehung zwischen Mac und Stella? Alles nur beruflich? Freundschaftlich? Oder vielleicht mehr? Im Grunde ging das Jane wirklich nichts an, und normalerweise widmete sie ihre Neugierde den Geheimnissen, die die mikroskopisch kleinen Stränge der DNS ihr offenbarten. So lernte sie jeden Tag etwas Neues. Oder entdeckte an manchen Tagen sogar selbst etwas dazu.

In Macs Büro war es dunkel, aber das war ihr auf dem Weg zum Fahrstuhl egal. Inzwischen hatte sie festgestellt, dass ihr Hunger die Müdigkeit überwog. Was immer sie in Kühlschrank oder Speisekammer finden würde, müsste genügen.

»Such«, sagte Mac.

Die Straßenlaternen und der beinahe volle Mond ergaben genug Licht, um Mac und Rufus problemlos den Weg die Treppe hinauf zu zeigen, vorbei an dem Raum, in dem das Massaker an der Familie Vorhees stattgefunden hatte. In dem Zimmer von Jacob Vorhees zog Mac zwei verschiedene Kleidungsstücke aus zwei Beweismittelbeuteln hervor. Das erste Kleidungsstück legte er direkt vor Rufus hin, der daran schnüffelte und sofort anfing, im Zimmer herumzustöbern. Überall nahm er Jacobs Geruch auf. Dann hielt Mac ihm das zweite Kleidungsstück vor die Nase. Rufus machte kehrt, den Kopf dicht über den Boden, und lief augenblicklich zu der einen Spaltbreit geöffneten Tür des Kleiderschranks. Mac folgte ihm mit einer Papiertüte in der Hand. Er stieß die Tür ganz auf und streckte die Hand nach der Kette aus, mit der die Hundert-Watt-Lampe an der Decke eingeschaltet wurde.

Mac zog seine Taschenlampe hervor und richtete den Lichtstrahl nach oben.

»Jacob«, sagte er. »Mein Name ist Mac Taylor. Ich bin Polizist.«

Keine Antwort.

»Du musst Hunger haben. Ich habe Sandwiches dabei, eines mit Eiersalat, eines mit Thunfischsalat und eines mit Hühnersalat. Du hast die freie Wahl.«

Immer noch keine Antwort.

Mac sah Rufus an, der auch zur Decke des Kleiderschranks hinaufstarrte.

»Wir warten hier, bis du dich entschieden hast«, sagte Mac, »aber ich glaube nicht, dass du eine große Wahl hast.«

Es dauerte etwa zwei Minuten. Mac saß auf dem Bett, als er etwas wie ein Gleiten hörte. Er ging zum Kleiderschrank und blickte hinauf. Eine Holzpaneele bewegte sich, gab den Blick frei auf die dahinter liegende Finsternis und schließlich auf das Gesicht von Jacob Vorhees. Auf seiner Wange war eine rot angelaufene Schwellung erkennbar, und seine dicken Brillengläser waren schmutzig.

Der Junge sah zu Rufus und Mac herunter und schien etwas Beruhigendes in Macs Zügen wahrzunehmen. Die Öffnung in der Decke war klein, aber groß genug, dass Jacob sich hindurchzwängen konnte. Er legte eine Hand auf die Kleiderstange, ließ sich fallen und landete sanft auf dem Boden des Kleiderschranks.

»Zeigen Sie mir Ihre Marke?«, fragte Jacob.

Mac zog sie aus der Tasche und hielt sie hoch. In all seinen Jahren in diesem Job hatten nur drei Personen seine Marke wirklich genau betrachtet. Jacob Vorhees war die vierte. Als er zufrieden war, nickte der Junge, und Mac steckte die Marke wieder ein.

Jacob trug eine ausgeblichene Blue Jeans, ein Paar Nike-Sneakers, keine Socken und ein weites blaues T-Shirt, das dringend gewaschen werden musste. Seine Arme, sein Hals und sein Gesicht waren voller rot angelaufener Schwellungen. Jacob bemerkte Macs Blick und sagte: »Lauter Insekten da oben. Massenweise. Ich habe sie erschlagen, aber es kamen immer noch mehr. Und Ratten auch, aber sie haben nicht gebissen. Sie sind nur an mir vorbeigelaufen und manchmal sogar über mich drüber.«

Rufus ging zu dem Jungen und rieb den Kopf an seinem Bein. Jacob sah Mac fragend an. Mac nickte ihm zu, und der Junge streckte die Hand aus, um den Hund zu streicheln, und sagte: »Bluthund.«

»Sein Name ist Rufus. Gehen wir runter in die Küche und essen ein Sandwich.«

Als sie in der Küche ankamen und Mac das Licht einschaltete, sagte Jacob: »Thunfisch.«

»Thunfisch«, wiederholte Mac, nahm ein eingepacktes Sandwich aus dem Beutel, den er bei sich trug, und gab es dem Jungen.

Sie setzten sich an den Tisch. Mac nahm sich das Sandwich mit Hühnersalat, hob die obere Scheibe ab und gab sie Rufus, der geduldig neben ihm wartete.

»Einige der Wundstellen an deinen Armen und an deinem Hals sind entzündet«, sagte Mac. »Wir werden unterwegs ein Krankenhaus aufsuchen.«

»Muss ich ins Gefängnis?«, fragte Jacob, ehe er in sein Sandwich biss.

»Erzähl mir, was passiert ist.«

Jacob verstand. Er schluckte den Bissen von dem Sandwich herunter, rückte seine Brille zurecht, blickte auf und fing an zu reden.

Joshua ging die dunkle Straße hinunter, an den Menschen vorbei, innerlich entschlossen. Er stieg die Stufen von St. Martines empor und versuchte, die Tür zu öffnen. Sie war verschlossen. Links von der Tür war ein Klingelknopf an der Wand angebracht. Joshua drückte ihn. Nichts. Er drückte ihn noch einmal und dann wieder und wieder, bis jemand die Tür von innen öffnete.

Father Wosak stand in Jogginghose, Fordham-T-Shirt und Sandalen vor ihm.

»Ich möchte reden«, sagte Joshua.

Der Pfarrer sah die geballten Fäuste und den angespannten Kiefer seines Besuchers und trat zurück, um ihn einzulassen. Dann schloss er die Tür.

In der Kirche brannten ein paar schwache Lichter, gerade hell genug, um etwas sehen zu können und um über den Mittelgang zum Altar zu gehen, über dem ein gekreuzigter Jesus von einem kleinen gelben Licht zu seinen Füßen angeleuchtet wurde. Joshua bewegte sich schnell, und der Pfarrer folgte ihm.

Joshua trat auf das niedrige Podest, verschwand für einen Moment hinter der Statue und fand die geräumige Tasche an der Stelle, an der sie sich, wie ihm gesagt wurde, befinden sollte. Er öffnete den Reißverschluss, griff hinein, zog einen Eisenbolzen hervor, legte ihn zurück, nahm gleichzeitig einen schweren Hammer heraus, griff noch einmal hinein und hielt ein dickes Stück weißer Kreide in der Hand.

Beide Gegenstände hielt er hoch, sodass der Priester sie sehen konnte. Schließlich förderte er eine kleine Waffe zu Tage, die er in der rechten Hand hielt und auf den Geistlichen anlegte.

»Auf die Knie«, sagte Joshua.

»Nein«, sagte Father Wosak. »Wenn Sie vorhaben, mich zu erschießen und zu kreuzigen, werde ich Sie dabei nicht unterstützen. Ich werde beten.« Der Pfarrer faltete die Hände und fügte hinzu: »Beten Sie mit mir im Namen Christi, des Erlösers.«

»Pharisäer«, sagte Joshua.

»Und was sind dann Sie?«, fragte der Priester. »Sie predigen. Sie beten. Sie töten. Warum tun Sie das?«

»Das wissen Sie«, sagte Joshua, der immer noch mit der Waffe auf den vor ihm stehenden Mann zielte.

»Nein, das tue ich nicht«, widersprach Father Wosak.

Joshua schüttelte den Kopf. Er wusste nicht, wie viel Zeit er hatte. Sicher keine Zeit für eine Diskussion. Dies war ein Jesuit. Wenn Joshua ihn reden ließ, seine Fragen beantwortete, dann würde er sich in Erklärungen verfangen und in einer Diskussion über religiöse Ethik enden, die er mit größter Wahrscheinlichkeit nicht gewinnen konnte. Keine Zeit.

»Ich habe die Tür nicht abgeschlossen«, sagte der Pfarrer. »Es könnte jederzeit jemand hereinkommen.«

Joshua zwang sich, nicht in Panik zu geraten. Er trat näher an den Priester heran und zielte dabei auf seine Brust.

Dann wurde die Kirchentür tatsächlich mit lautem

Knall geöffnet. Flack, Aiden, Stella und zwei uniformierte Polizisten stürmten herein, und alle hielten ihre Waffen in den Händen.

»Runter damit!«, rief Flack Joshua zu.

Aiden hatte Stellas Anruf entgegengenommen, den Anruf, der ihr verraten hatte, dass der Mann, der sich Harbaugh nannte, einen Mann verfolgt hatte, der seinerseits einem Priester gefolgt war.

»Sie verstehen nicht«, sagte Joshua. »Das muss geschehen.«

»Nein, das muss es nicht«, antwortete Flack. Er hielt seine Waffe mit beiden Händen und zielte sorgfältig.

Father Wosak stand nur knapp einen Meter von Joshua entfernt. Er streckte die Hand aus. Die Waffe in Joshuas Hand zielte auf den Kopf des Priesters.

»Es ist nicht Gott, der zu Ihnen spricht«, sagte der Priester. »Es ist ein Teufel oder ein Dämon.«

»Sie glauben an Teufel und Dämonen?«, fragte Joshua.

»Sie leben in unseren Köpfen, und sie sprechen zu manchen von uns und erzählen ihnen Lügen. Aber das passiert nicht oft. Normalerweise ist es unsere eigene Stimme, die sich verstellt hat.«

Joshua lachte. Die Polizisten waren näher gekommen. Flack war überzeugt, er könnte Joshua mit einem einzigen Schuss ausschalten.

»Lebt Gott auch in meinem Kopf?«, fragte Joshua.

»Joshua, Gott lebt überall, in unseren Köpfen, in unseren Körpern und im ganzen Universum.«

»Und er spricht zu Ihnen?«

»Nicht mit Worten.«

Joshua übergab die Waffe dem Priester. Flack, Aiden und die beiden Polizisten stürmten auf ihn zu.

»Rühren Sie die Tasche nicht an, Father. Und legen Sie die Waffe neben sich auf die Bank«, rief Aiden.

Der Priester gehorchte. Dann legte er sanft eine Hand auf Joshuas Schulter. Joshua weinte.

10

Jacob Vorhees blickte hinab auf den Küchentisch und sagte leise, aber ohne zu zögern: »Ich habe geschlafen. Ich habe Geräusche aus Beckys Zimmer gehört. Es war anders als die Geräusche, die ich in anderen Nächten gehört habe. Ich wusste, dass Kyle manchmal durch ihr Fenster hereingekommen ist und sie Sex hatten. Manchmal hat sie dabei auch Geräusche gemacht. Das war mir egal, aber dieses Mal war es anders. Ich bin aufgestanden und durch den Korridor zu Beckys Zimmer gegangen. Mein Vater war gerade reingekommen. Als ich an der Tür war, habe ich es gesehen. Becky lag auf dem Boden. Kyle war über ihr. Er hatte ein Messer und hat auf sie eingestochen. Meine Mutter hat auf seinem Rücken gehangen und versucht, ihn aufzuhalten. Kyle ist völlig durchgedreht. Ich hätte irgendwas tun müssen, aber ich habe nur dagestanden. Kyle hat aufgehört, auf Becky einzustechen, hat meine Mutter weggestoßen und auf sie eingestochen. Dann war mein Dad da und wollte meiner Mom und Becky helfen. Kyle ist aufgesprungen und mit dem Messer auf meinen Dad zugerannt, da bin ich weggelaufen.«

»Was hast du angehabt?«, fragte Mac.

»Angehabt? Ich habe in meinen Klamotten geschlafen. Das ist mir schon öfter passiert.«

»Und deine Schuhe?«

»Ich glaube, die habe ich auch getragen«, sagte der Junge. »Ich weiß es nicht mehr. Ich habe nur dauernd gedacht, gleich kommt er und bringt mich auch um. Ich bin die Treppe runtergerannt, in die Garage, hab mir mein

Fahrrad geholt und bin, so schnell ich konnte, losgefahren, nur weg von hier.«

»Ist dir nicht der Gedanke gekommen, zu einem Nachbarn zu gehen?«, fragte Mac.

»Er war doch direkt hinter mir. Ich wusste das. Ich habe es gespürt. Ich bin einfach nur gefahren. Autos und vielleicht auch ein Laster haben mich überholt. Ich glaube, ich wollte zur Polizei oder zu der Vierundzwanzigstunden-Tankstelle oder ins Krankenhaus. Dann habe ich ihn hinter mir gehört und mich umgeguckt. Ich bin von der Straße runtergefahren, ehe er mich überholen konnte. Hab mir ein paar Kratzer geholt und bin in die Büsche gekrochen. Ich habe gehört, dass Kyle hinter mir herkam. Dann habe ich das Licht gesehen, Kyles Taschenlampe. Da bin ich auf die verrückte Idee gekommen, meine Klamotten auszuziehen und sie auf dem Weg in Richtung Stadt fallen zu lassen, damit er denkt, da würde ich hinlaufen.«

»Was hätte er denken sollen, warum du deine Kleidung ausgezogen hast?«, fragte Mac.

»Keine Ahnung. Mir ist einfach nichts anderes eingefallen. Und es hat funktioniert, und ich bin hierher zurückgerannt.«

»Nackt.«

»Ja«, sagte der Junge.

»Warum hast du nicht die Polizei gerufen, als du wieder hier warst?«

»Ich dachte, Kyle könnte mich immer noch verfolgen«, sagte der Junge. »Ich habe die Augen zugemacht, als ich an Beckys Zimmer vorbeigegangen bin. Ich wollte sie und Mom nicht auf dem Bett liegen sehen. Aber ich konnte das Blut riechen. Dann bin ich in die Nische über meinem Schrank geklettert, und sogar da habe ich das Blut gerochen.«

»Ist Kyle zurückgekommen, um dich zu suchen?«

»Ja. Ich habe ihn gehört.«

»War er in deinem Zimmer?«

»Ja. Ich habe gehört, wie er da rumgelaufen ist. Ich glaube, er hat unter dem Bett nachgesehen, und ich weiß, dass er die Schranktür aufgemacht und das Licht eingeschaltet hat. Ich habe so lange nicht geweint, bis er fort war.«

»Warum bist nicht rausgekommen, als die Polizei da war?«

»Ich hatte Angst, Kyle würde es herausfinden und mich töten. Ich wollte mich nur noch ein paar Tage verstecken und dann weglaufen.«

Der Junge zitterte. Er war blass, schmutzig, übersät von Insektenbissen, und seine Wangen waren eingefallen. Rufus saß neben ihm.

»Er mag dich«, sagte Mac.

Jacob blickte zu dem Hund und streckte die Hand aus, um ihn zu streicheln.

»Magst du Hunde?«, fragte Mac.

»Ein paar«, erwiderte der Junge. »Aber manche machen mir auch Angst.«

»Rufus ist sehr freundlich«, sagte Mac. »Das sind alle Bluthunde.«

»Aber er riecht schlecht«, entgegnete Jacob. »Er stinkt.«

»Bluthunde riechen wirklich schlecht, vor allem, wenn sie nass sind, darum sieht man sie auch nicht auf Hundeschauen. Warst du schon einmal bei einer Hundeschau?«

»Ich habe eine im Fernsehen gesehen.«

»Live ist es besser«, sagte Mac. »Da spürst du es erst richtig. Den Stolz, die Ausbildung und die Pflege der Tiere.«

Der Junge hörte gar nicht richtig zu. Seine Hand ruhte auf dem Kopf des Hundes, dessen Augen vor Wonne unter der menschlichen Berührung geschlossen waren. Wenn er sich um die Wunden des Jungen gekümmert hätte, würde Mac einen Termin mit einem Psychologen vereinbaren, hoffentlich mit Sheila Hellyer,.

»Jacob«, sagte er.

Der Junge blickte auf.

»Hast du das, was du mir erzählt hast, auswendig gelernt?«

Der Junge antwortete nicht. Er nahm seine Hand vom Kopf des Hundes und setzte sich auf.

»Das meiste davon ist nicht wahr, richtig?«, fragte Mac.

Jacob, der ihm für einen Moment in die Augen blickte, ehe er sich abwandte, sagte zunächst nichts.

»Genauso ist es gewesen«, behauptete der Junge nach einer Weile wenig überzeugend.

Wie sollte er auch überzeugend sein können, dachte Mac. Der Junge hatte genug durchgemacht. Er musste gewaschen werden, und seine Wunden mussten versorgt werden. Dann würden sie jemanden finden, der ihn trösten konnte. Wir gehen die Geschichte morgen noch einmal durch, dachte Mac. Dann sehen wir, ob wir mehr herausfinden können.

Es war nach Mitternacht.

Während sie in ihrem Appartement auf die Ankunft der Sanitäter wartete, hatte Stella im Department angerufen, um einen Wagen für einen Notfalleinsatz zu bestellen, der sie sofort abholen sollte. Als der Wagen da war, hatte sie dem uniformierten Beamten am Steuer lediglich gesagt, wo er hinfahren musste.

Der Nachname des Fahrers lautete Fannon. Als Stella ihm erzählte, dass sie zur St. Martines Kirche in Brooklyn fuhren und ein Pfarrer in Gefahr sein könnte, hatte Fannon einen ernsthaften Versuch unternommen, die Schallmauer zu durchbrechen.

Stella hatte umgehend reagiert, als George Melvoy das Gift geschluckt hatte. Ihr war bekannt, dass das Gift auf Terpentin basierte. Zwar hatte sie Ipecac in ihrem Medizinschränkchen, aber sie wusste, dass Erbrechen bei einer Terpentinvergiftung nicht gut war. Stattdessen hatte sie ihm Wasser in kleinen Schlucken gegeben, um das Brennen in seiner Kehle zu lindern.

Stella half dem Mann vom Stuhl hoch. Er wehrte sich, aber er war geschwächt und atmete schwer. Die Krämpfe waren schlimmer geworden. Sie führte ihn ins Badezimmer und setzte ihn neben der Wanne auf den Boden.

Melvoy würgte zweimal, beugte sich über den Rand und spie eine zähe, grünliche Masse aus. Sie hielt seinen Kopf, als er vor Schmerzen zu zucken anfing. Das, was ihm am wichtigsten war, seine Würde, war fort.

Als die Sanitäter eintrafen, hatte Stella die Hand des Mannes gehalten, der vorgehabt hatte, sie zu ermorden. Die Hand war übersät mit Altersflecken, und sein Gesicht sah nun so alt aus, wie er tatsächlich war.

Im Krankenhaus würde man Melvoy vermutlich einen Tubus durch die Nase bis in den Magen einführen, einen nasogastrischen Tubus, mit dessen Hilfe eine Magenspülung durchgeführt werden konnte. Man würde ihn mit Aktivkohle behandeln und endoskopisch untersuchen, um die Schwere der Verätzungen in Speiseröhre und Magen beurteilen zu können. Man würde ihm intravenös Flüssigkeit zuführen. Sollte die Behandlung anschlagen, mochte er dennoch schwere Schäden in Mund, Hals und Magen zurückbehalten, die sich noch wochenlang hinziehen konnten. Womöglich erholte er sich, nur um einen Monat später unter Schmerzen zu sterben. Das war keine leichte Art, aus dem Leben zu scheiden.

Nun saß Stella Joshua gegenüber in dem Raum des C.S.I.-Hauptquartiers, in dem sie schon einmal zusammengesessen hatten.

Aiden untersuchte die Inhalte seiner Tasche, und Flack hörte nebenan zu. Sie hatten sich darauf verständigt, dass Joshua vermutlich eher reden würde, wenn er es nur mit einer Person zu tun hatte. Nach einer Tasse abgestandenen, widerlich schmeckenden Kaffees hatte Stella sich freiwillig gemeldet.

Stella erinnerte sich, dass sie ihre Badewanne von dem Erbrochenen reinigen musste. Aber bis dahin würde noch einige Zeit vergehen. Sie würde einiges zu tun haben, um den fauligen, säuerlichen Geruch loszuwerden. Zwar hatte sie schon Schlimmeres getan, aber niemals in ihrer eigenen Wohnung.

»Sie werden mir nicht glauben«, sagte Joshua. »Mein Glaube wird geprüft.«

»Versuchen Sie es«, forderte Stella ihn auf.

Joshua sah müde aus. In seiner schwarzen Dockers-Hose, dem grauen T-Shirt und den Turnschuhen beugte er sich mit gefalteten Händen vor, seufzte schwer und sagte: »Der Pfarrer hat Glick und Joel Besser getötet.«

»Warum?«

»Sie waren Juden«, sagte Joshua. »Das reicht.«

»Warum die Erschießung und die Kreuzigung?«

Joshua schüttelte den Kopf.

»Antisemiten haben Juden seit über zweitausend Jahren gefoltert und ans Kreuz geschlagen. Jeschua war einer von Tausenden Juden, die gekreuzigt wurden.«

»Woher wissen Sie, dass er Glick und Besser getötet hat?«

»Ich erhielt einen Anruf«, sagte Joshua. »Ein Mann mit einem schweren spanischen Akzent hat mir gesagt, er hätte etwas gefunden und fürchte sich, damit zur Polizei zu gehen. Er hat mir erzählt, wo es ist, und gesagt, er glaube, sein Priester sei ein Mörder. Er hat geweint. Ich habe versucht, ihm Fragen zu stellen, aber er hat aufgelegt.«

Er hob den Kopf und sah Stella an.

»Sie glauben mir nicht«, stellte er fest.

»Nur weiter«, sagte Stella.

»Ich bin zu der Kirche gegangen«, berichtete Joshua. »Ich bin hinter den Altar getreten, hinter die Statue von Jeschua, und da war sie.«

»Die Tasche?«, fragte Stella.

»Ja.«

»Und Sie haben sie nicht vorher dort deponiert?«

»Nein.«

»Sie hatten die Waffe in der Hand, als wir gekommen sind«, sagte Stella. »Hatten Sie vor, Father Wosak zu erschießen?«

»Ich wollte ihn davon abhalten, noch mehr Juden zu töten.«

»Das ist keine Antwort.«

»Ich weiß nicht, was ich vorhatte, aber das ist nicht wichtig. Sie sind gekommen. Und jetzt bin ich hier, und Sie glauben mir nicht.«

Aiden öffnete die Tür und nickte Stella zu, worauf diese sich erhob. Flack kam in den Raum, um die Befragung fortzusetzen. Im Korridor sagte Aiden: »Ich hatte nicht genug Zeit, alles zu untersuchen, aber ich kann dir sagen, dass der Hammer in der Tasche vermutlich derjenige ist, der benutzt wurde, um die beiden Opfer zu kreuzigen. Am Hammerkopf habe ich Spuren von Eisenoxid gefunden. Es passt zu den Nägeln, die bei der Kreuzigung benutzt wurden. Die einzigen Abdrücke am Griff stammen von Joshua.«

»Aber?«, fragte Stella, die Aiden ansehen konnte, dass es noch mehr zu berichten gab.

»Joshuas Fingerabdrücke sind nur auf zwei Nägeln und auf der Waffe«, erklärte Aiden. »Sonst gibt es keine anderen Abdrücke. Auch keine auf den anderen beiden Nägeln.«

»Kann er Handschuhe getragen haben?«, fragte Stella.

»Warum berührt er die Nägel dann in der Kirche mit bloßen Händen? Warum berührt er den Hammer in der Kirche mit bloßen Händen? Es sind keine Handschuhe bei ihm gefunden worden. Und die Bolzen passen nicht ins Bild. Sie sind nicht zugespitzt worden, sondern beinahe stumpf. Diese Bolzen durch Fleisch in den Boden zu treiben, ist so gut wie unmöglich.«

»Also«, folgerte Stella nachdenklich, »könnte Joshua die Wahrheit sagen. Was bedeuten würde, dass er reingelegt wurde.«

»Und wir kennen den Grund nicht«, sagte Aiden. »Ich kümmere mich wieder um die Tasche.«

Und, dachte Stella, ich mache mich auf die Suche nach einem Mann mit einem schweren spanischen Akzent. Aber sie hegte den Verdacht, dass der Akzent nicht echt war. Und wenn sie ehrlich war, glaubte sie auch nicht, dass der Mann echt war.

Joshua hatte eine lange Nacht im Gefängnis vor sich.

Um zwei Uhr morgens erwachte Danny Messer in der Dunkelheit seines Schlafzimmers, setzte sich schwitzend auf und tastete auf dem Tischchen neben dem Bett nach seiner Brille.

Etwas war anders. Er schaltete das Licht an und betrachtete seine Hände. Das Zittern war vollständig verschwunden, das war anders. Seine erste Reaktion war Erleichterung, gefolgt von der Furcht, es könnte wieder zurückkommen.

Nun war ihm alles klar geworden. Vielleicht war es ihm schon immer klar gewesen. Sein Großvater und sein Vater waren zur Polizei gegangen, um sich ihrer Furcht zu stellen. Sie waren gute, ehrbare, mehrfach ausgezeichnete und respektierte Beamte gewesen. Es war nie die Frage gewesen, ob Danny ebenfalls Polizist werden würde. Das hatte von vornherein festgestanden.

Danny verstand. Er hatte die Furcht anerkannt, und nun saß er in seinem Bett und fragte sich, ob er sich deshalb für das C.S.I. entschieden hatte, weil dort die Arbeit relativ sicher war, ihm aber dennoch gestattete, die Tradition der Messers fortzuführen. Waren die Straßenkämpfe, mit denen er aufgewachsen war, die Drogendealer, denen er die Stirn geboten hatte, und die Straßenräuber in der U-Bahn, denen er nicht hatte nachgeben wollen, ja, die er geradezu willkommen geheißen hatte, seine Art, sich der Furcht zu stellen?

In diesem Moment war das ohne Bedeutung. Er war, der er war, und er tat seine Arbeit mit Hingabe und Begeisterung. Er fragte sich, ob er das alles auch Sheila Hellyer erzählen würde. Vermutlich.

Er stand auf, ging zu seinem Computer, drückte auf eine Taste und öffnete die Datei mit dem Bericht über den Fall Vorhees. Er las ihn sorgfältig, versuchte, dem, was er sah, einen Sinn zu entnehmen, und schließlich entwickelte er eine Theorie. Er würde Mac über seine Überlegungen informieren. Und dann würde er herausfinden, dass Mac die gleichen Schlüsse gezogen hatte. Kyle Shelton hatte die Familie Vorhees nicht ermordet. Sie würden sich erneut an den Computer setzen und ein neues Szenario durchspielen müssen.

Danny schaltete seinen Computer aus, ging in die Küche, um sich eine Flasche Wasser zu holen, und kehrte dann in sein Bett zurück. Die Flasche stellte er auf den Tisch neben dem Bett. Er kontrollierte seine Hände, um sich zu vergewissern, dass sie nicht zitterten, legte die Brille auf den Tisch und schaltete das Licht aus. Er schlief augenblicklich ein.

Es war 2:15 Uhr morgens.

Stella regte sich und wurde langsam wach. Sie erhob sich von dem Stuhl und trat neben das Krankenhausbett.

Durch den Spalt der leicht geöffneten Badezimmertür fiel etwas Licht in den Raum. Sie konnte Melvoys intubiertes Gesicht sehen, konnte ihn atmen hören. Sein Atem war flach, begleitet von einem schmerzhaften, an

Sandpapier erinnernden Kratzen. Dennoch zeigten die über den Monitor laufenden Stromimpulse, dass seine Körperfunktionen stabil waren. Der Mann war stark.

Stella strich sich mit den Fingern durch das Haar und berührte seinen Arm. Sie mochte den Mann, der versucht hatte, sie umzubringen. Am Morgen würde sie ihm erzählen, dass er mit großer Wahrscheinlichkeit ein Menschenleben gerettet hatte. Sie war allerdings noch nicht sicher, wessen Leben er gerettet hatte.

Die Ironie der Geschichte gefiel ihr. Weil dieser Mann sie verfolgt und beabsichtigt hatte, sie umzubringen, hatte er etwas gesehen, wodurch ein Menschenleben gerettet werden konnte.

Sie wusste nicht, wo sie es gehört oder gelesen hatte, aber die Worte kehrten immer wieder aus den tiefsten Tiefen ihres Gedächtnisses in ihr Bewusstsein zurück. Es war eine Art Scherzgebet: „Herr, wenn du mir die kleinen Streiche vergibst, die ich dir gespielt habe, dann vergebe ich dir den einen, großen Streich, den du mir gespielt hat."

Erleichtert, dass Melvoy in Ordnung war, kehrte Stella zurück zu dem Aluminiumstuhl und setzte sich. Der Stuhl war nicht bequem, er diente vielmehr nur für kurze Krankenbesuche. Für die Besucher von Langzeitpatienten gab es bequemere Stühle, die wie aus dem Nichts aufzutauchen pflegten.

Joshua war in der Kirche zusammengebrochen, und Father Wosak hatte sich erweichen lassen, seinen Arm um den Mann zu legen, um ihm Trost zu spenden. Am Morgen würde sie Flack die Leitung der Befragung von Joshua überlassen und sich selbst mit dem Zuhören begnügen.

Macs Uhr zeigte 2:49 Uhr morgens an. Er ging mit Rufus durch den kleinen Hundepark, fünf Blocks von seinem Appartement entfernt. Eigentlich hätte er den Hund zurückbringen sollen, aber Mac hatte schon vor langer Zeit zugeben müssen, dass Hunde seine große emotionale Schwäche waren. Er wusste, wie er mit ihnen umzugehen, wie er mit ihnen zu arbeiten und sie zu loben hatte. Und er wusste auch, dass er in dieser Stadt und mit seinem Job keinen Hund besitzen wollte.

Da war noch eine andere einsame Gestalt in dem Hundepark, ein Mann. Er saß Mac gegenüber auf einer Holzbank und sah zu, wie sein kurzbeiniger Mops durch Gras und Dreck watschelte.

Der Mann, irgendwo zwischen vierzig und sechzig, sah müde aus. Er hatte die Arme über die Lehne gelegt und beäugte Mac und Rufus mit einem matten Blick. Das war Manhattan mitten in der Nacht.

Rufus und der Mops umkreisten einander langsam, schnüffelten und lösten sich voneinander, um sich um ihre eigenen Angelegenheiten zu kümmern.

Dann ging Rufus zu dem Mann auf der Bank, schnüffelte kurz und kehrte hastig zu Mac zurück, der sich bückte, ihn streichelte und flüsterte: »Ich weiß.«

Der Mann auf der anderen Bank hatte etwas bei sich, das zu erschnüffeln Rufus gelernt hatte. Das konnten Drogen sein oder eine Waffe. Trotz der Hitze, die auch die Nächte beherrschte, trug Mac eine Jacke, unter der sich das Halfter mit seiner Waffe versteckte.

Aber er hatte sich überlegt, dass der Mann mit dem Mops mit beinahe absoluter Wahrscheinlichkeit keine Gefahr darstellte. Das war nur ein Mann mit einem Hund.

Mac dachte wieder an Claire. Die Gedanken, die seine Trauer hervorbrachte, waren denen von Kyle Shelton gar nicht so unähnlich, wenn er auch nicht versuchte, sie in philosophische Phrasen zu packen.

Eine heiße Nacht wie diese, damals in Chicago, nach der Hochzeit von Claires Cousin. Zu viele Drinks, aber glücklich und behaglich in ihrer Nähe. Sie waren spazieren gegangen, statt nach Hause zurückzukehren, hatten geredet, statt zu schlafen, hatten Pläne geschmiedet, statt zu schlafen. Das war eine schöne Nacht gewesen. Davon hatte es viele gegeben. Aber nicht genug.

Mac stand auf. Der Mann auf der Bank sah ihm nach, als er ging, und sein Mops rieb sich an seinem Bein.

In wenigen Stunden würde er Kyle Shelton finden. In wenigen Stunden würde er wieder mit Jacob Vorhees sprechen. In wenigen Stunden würden die Ermittlungen im Fall Vorhees abgeschlossen werden, aber das Leiden des Kindes und des jungen Mannes, der so gern Philosophen zitierte, wären nicht vorüber.

Mac sah auf seine Uhr. 3:20 Uhr morgens.

Es war 3:20 Uhr morgens.

Sak Pyon sah auf das beleuchtete Ziffernblatt der Uhr auf seinem Nachttisch. Vorsichtig zog er die Decke zurück, setzte sich langsam auf, erhob sich und ging leise zum Badezimmer, darauf bedacht, seine schlafende Frau nicht zu stören.

So etwas war ihm seit mindestens fünf Jahren nicht passiert. Er schlief stets, ohne sich einen Wecker zu stellen, erwachte automatisch um 4:15 Uhr morgens. Jeden Tag. Er wusch sich, putzte sich die Zähne, kämmte das

Haar, zog sich an und verließ lautlos die Wohnung. Dann pflegte er sich unterwegs einen Kaffee und einen frischen Blaubeermuffin zu holen, ehe er in seinen Laden ging.

Weil es so früh war und er über so vieles nachdenken musste, entschloss sich Pyon, zu Fuß zur Arbeit zu gehen. Der junge Polizist würde sich wegen der Zeichnung, die Pyon angefertigt hatte, vermutlich wieder bei ihm melden, eine Zeichnung, die nicht den Mann darstellte, der durch seinen Laden gegangen war und mit größter Wahrscheinlichkeit den jüdischen Jungen im Nebenhaus getötet hatte. Erst in der letzten Nacht, ehe er eingeschlafen war, war ihm klar geworden, dass er einen Komiker aus einer der Fernsehsendungen gezeichnet hatte, die er auf *Comedy Network* gesehen hatte. Der Polizist würde ganz sicher zurückkommen.

Pyon ging weiter in der schwülen Hitze vor Anbruch der Dämmerung. In Korea hatte ihm die Sommerhitze nie etwas ausgemacht, aber ein Vierteljahrhundert in New York hatte ihn verändert.

Er dachte an den Mann, den er hätte zeichnen sollen, den Mann, von dem er dem Polizisten hätte erzählen sollen. Aber Pyon hatte den Moment nicht vergessen, als dieser andere Mann seinen Laden betreten hatte, an seinen Tresen getreten war, sich bedrohlich zu Pyon herübergebeugt und ihm mit unbewegter Miene erklärt hatte: »Ich weiß, wo du wohnst, und ich weiß, wo deine Tochter in Hartford wohnt. Der Name deiner Enkelin ist Anna. Sie ist fünf.«

Pyon hatte genickt und gefürchtet, er könnte wirklich verstanden haben, was der Mann ihm erzählte.

»Ich war heute nicht hier«, hatte der Mann gesagt. »Wenn du irgendjemandem von mir erzählst, der Polizei, deiner Frau, deiner Tochter, irgendjemandem, dann bringe ich deine Familie um. Verstehst du mich?«

Pyon verstand den Mann, der sich über ihn beugte und dessen Miene so sehr der des Milizoffiziers ähnelte, der Pyons Vater mit einem einzigen Kopfschuss vor den Augen seiner Angehörigen umgebracht hatte. Pyon verstand, und er glaubte dem Mann jedes Wort.

Und so hatte er den Polizisten belogen und eine Zeichnung von einem Fernsehdarsteller angefertigt, dessen Namen er nicht kannte. Während er sich dem Laden in der noch immer dunklen Straße näherte, dachte Pyon ernsthaft darüber nach, das Geschäft an eine der vielen Personen zu verkaufen, die Interesse daran gezeigt hatten. Er könnte den Laden verkaufen, seine Sachen packen und ... nein. Der Mann würde ihn finden. Und er würde wissen, wo er Pyons Tochter Tina finden konnte, die mit ihrem Mann und Pyons Enkelin in Hartford lebte. Der Mann würde sie finden, dessen war er sicher.

Das vielleicht Erstaunlichste an der Bedrohung durch diesen Mann war, dass er sie in fast perfektem Koreanisch vorgetragen hatte.

Er warf einen Blick auf seine Uhr, als er das Licht im Laden einschaltete. Beinahe 5:30 Uhr morgens. Durch das Fenster konnte er die Dämmerung sehen, die über die Häuser auf der anderen Straßenseite zog.

Um 5:30 Uhr schaltete sich Aiden Quinns Radio für die Nachrichten ein. Sie stand auf. Um 6:30 Uhr sollte sie sich mit Hawkes treffen. Er hatte eine Sprachnachricht auf ihrem Mobiltelefon hinterlassen und sie informiert, dass er die Leichen der beiden toten Männer erneut untersucht und den Tatorten einen Besuch abgestattet hatte. Und er hatte etwas Interessantes entdeckt.

Stella und Flack würden Joshua mürbe machen, aber sie hegten Zweifel darüber, ob es diesen unbekannten Anrufer überhaupt gab. Die Beweise hatten wieder zu Arvin Bloom geführt. In ihrem Bericht hatte sie Pro und Kontra dargelegt, aber nichts von ihrem Bauchgefühl.

Um sechs Uhr morgens ging sie, frisch geduscht und voll bekleidet, zur Tür hinaus.

Um sechs Uhr morgens wurde Joshua in seiner Arrestzelle von einem Wachmann gefunden, der ihm sein Frühstück bringen wollte. Joshua saß reglos auf der Pritsche, die Arme ausgestreckt. Tiefe Schnitte zogen sich durch die Haut der beiden Unterarme, und Blut tropfte von der Pritsche. Auf dem Boden hatte sich bereits ein kleiner dunkler See gebildet.

Der Wachmann, ein Mann namens Michael Molton, der schon seit zweiundzwanzig Jahren im Dienst war, rief um Hilfe und suchte nach etwas, um die Blutung zu stoppen. Erst, als sich der Wachmann hinüberbeugte, um den Teil der Decke, der nicht bereits mit Blut verschmiert war, auf die Wunden zu pressen, fiel sein Blick auf Joshuas nackte Füße, die in einer Blutpfütze standen. Beide Füße hatten ähnliche Wunden wie die Handgelenke. Auf dem Boden neben der Pritsche sah Molton ein blutiges Stück rostigen Metalls, ungefähr so groß wie ein Mobiltelefon.

Molton dachte, er hätte schon alles gesehen, aber das war neu für ihn. Und der Tag fing gerade erst an.

Es war sechs Minuten nach sechs.

11

»Es sieht nach Mafiamorden aus«, sagte Hawkes, dessen Augen zwischen den beiden toten Männern hin und her wanderten. Beide lagen bäuchlings auf den Tischen. »Aber wer immer das getan hat, ist sogar noch besser als ein Mafiakiller.«

Aiden sah zu, wie sich Hawkes über die Leiche von Asher Glick beugte.

»Zwei Schüsse, Kaliber .22, abgefeuert aus vielleicht zweieinhalb Zentimetern Abstand«, erklärte Hawkes. »Die Kugeln habe ich im Fleisch unter der Zunge gefunden, gerade einen guten Zentimeter voneinander entfernt. Bei dem anderen …« Er deutete auf Bessers Leichnam. »Da ist es das Gleiche. Die Kugeln wurden aus etwa zweieinhalb Zentimetern Abstand aus derselben Waffe abgefeuert. Diese Kugeln habe ich im Schädel oberhalb der rechten Schläfe im Abstand von ebenfalls zweieinhalb Zentimetern gefunden.«

Eine Untersuchung der Kugeln hatte sie als Patronen Kaliber .22 der Marke Smith & Wesson identifiziert. Sie passten zu einer Pistole, die bequem in der Tasche mitgeführt werden konnte. Und sie passten außerdem zu einer Halbautomatik, die es dem Mörder gestatten würde, zwei Schüsse in schneller Folge hintereinander abzufeuern. Aiden wusste, es gab Pistolen, die gerade vierzehn Zentimeter lang und gute sechshundert Gramm schwer waren. Sie erzählte Hawkes davon.

»Ja«, sagte er, »aber da ist noch etwas Interessantes, das ich dir sagen muss.«

Aidens Augen fixierten ihn.

»Opfer eins, Glick«, sagte Hawkes, »wurde im Stehen erschossen.«

»Stimmt, es gab eine Blutspur, etwa einen Meter von der Stelle entfernt, an der er gestürzt ist oder abgelegt wurde.«

»Richtig, Opfer zwei hat gesessen.«

»Ich erinnere mich, genau hier gab es Blutspritzer auf dem Stuhl, auf dem er gesessen hat.«

Hawkes nickte.

»Ich habe den Einschusswinkel der Kugel noch einmal überprüft. Und dieses Mal habe ich angenommen, wir hätten es mit einem Profi zu tun. Wenn er die Waffe etwa so gehalten hat …«

Hawkes stand aufrecht vor ihr, die Hände ausgestreckt wie ein Kind beim Kriegsspiel, und zielte auf Aiden.

»Das ist die übliche Standardhaltung«, sagte er.

Aiden nickte und forderte Hawkes auf weiterzureden.

»Ich habe unter Berücksichtigung des Schusswinkels bei beiden Opfern eine Testpuppe herausgesucht und ihr die Waffe in die Hand gelegt. Dann habe ich weitere Testpuppen gesucht, die genauso groß sind wie unsere Opfer.«

»Und«, mutmaßte Aiden, »angesichts des Winkels muss der Schütze, falls er gestanden hat, groß sein.«

»Ungefähr ein Meter dreiundneunzig«, sagte Hawkes. »Habt ihr irgendwelche Verdächtigen, die so groß sind?«

»Allerdings«, sagte Aiden.

»Kaffee?«, fragte Hawkes.

»Keine Zeit«, entgegnete Aiden. »Vielleicht später.«

»Ich muss Glicks Leichnam heute der Witwe übergeben«, sagte Hawkes. »Wenn ich das nicht tue, wird die

Gemeinde vor dem Bürgermeisteramt protestieren, ehe der Tag vorüber ist.«

Aiden kehrte ins Labor an den Computer zurück, aber es gab ein paar Dinge, die das Internet ihr vermutlich nicht verraten konnte. Sie würde einige Anrufe tätigen müssen.

Mac saß an seinem Schreibtisch. Auch er hatte einige Anrufe zu machen.

Rufus hatte er widerwillig der Hundestaffel zurückgebracht.

Nun saß er vor seinem Computerbildschirm und hatte aufmerksam Dannys E-Mail bezüglich Kyle Sheltons Website gelesen. Mac wollte sich selbst ein Bild über Sheltons Blog machen, aber gestern hatte er keine Eintragung gemacht.

Es war eigentlich noch viel zu früh, um im College anzurufen, aber er versuchte es dennoch, ließ die Tonbandstimme über sich ergehen und landete schließlich bei einem menschlichen Wesen im Studentenwohnheim, einer Frau namens Tara Abbott.

Sie hatte eine lebhafte Stimme, und sie stellte Mac einige Fragen, um sich zu vergewissern, dass er der war, für den er sich ausgab. Dann ließ sie sich seine Telefonnummer geben und sagte, sie würde ihn sofort zurückrufen. Und das tat sie auch. Sie hatte nur ganz sichergehen wollen, dass er wirklich Polizist war.

»Wie lange werden die Wohnheimunterlagen aufbewahrt?«, fragte er.

»Ewig«, sagte sie. »Wir haben inzwischen alles auf CDs abgelegt, von der Collegegründung 1914 bis heute.«

»Können Sie für mich einen Studenten namens Kyle Shelton in Ihren Unterlagen suchen?«, fragte Mac. »Er war vermutlich vor ungefähr fünf Jahren dort.«

»Ich kann und ich werde«, entgegnete sie.

In Flacks Augen sah Joshua aus wie ein Toter, aber der Mann lag mit verbundenen Händen und Füßen und blutleerem Gesicht in einem Bett, zugedeckt mit einem Laken und einer Decke, neben sich einen Infusionsflaschenständer samt Infusionsbeutel.

»Können Sie mich hören?«, fragte Flack.

Keine Antwort.

»Können Sie mich hören?«, wiederholte er und beugte sich so tief über Joshua, dass dessen flacher Atem über sein Gesicht streifte.

Flack wollte schon aufgeben, als Joshuas Lider zuckten und sich blinzelnd öffneten, als würde das Licht im Raum ihn blenden, aber das Licht war trübe und das Rollo vor dem Fenster heruntergelassen. Bräunlich eingefärbtes Licht drang gedämpft ins Zimmer.

Joshua blinzelte und blickte sich um, ohne den Kopf zu bewegen, bis seine Augen den Detective gefunden hatten.

»Wasser«, keuchte er.

Flack nahm ein leicht angestaubtes Glas vom Tisch. Im Wasser steckte ein Strohhalm. Joshua trank einen tiefen, langsamen Schluck und würgte. Flack stellte das Wasser zurück auf den Tisch.

»Möchten Sie einen Anwalt?«, fragte Flack.

»Nein, ich möchte sterben. Ich wollte sterben«, sagte Joshua. »Aber jetzt habe ich Angst.«

»Vor wem?«

»Vor was. Vor dem Sterben. Letzte Nacht, in dieser Zelle, da habe ich meinen Glauben verloren«, sagte Joshua hustend. »Ist das, was ich getan habe, in den Zeitungen? Im Radio?«

»Noch nicht, aber bald«, sagte Flack.

Joshua seufzte.

»Ich habe meinen Glauben verloren, meine Gemeinde, das bisschen Reputation, das ich hatte. Jetzt wird jeder herausfinden, dass ich trinke. ›Gemeindevorstand Messianischer Juden kreuzigt zwei Juden und wird geschnappt, als er versucht, das Gleiche einem katholischen Pfarrer anzutun. Selbstkreuzigungsversuch im Gefängnis gescheitert.' Das ist die Kurzdarstellung, nicht die Schlagzeile.«

»Haben Sie diese Männer getötet?«, fragte Flack.

»Nein. Ich dachte, der Priester hätte es getan«, sagte Joshua. »Der Telefonanruf ...«

Seine Stimme verlor sich.

»Spanischer Akzent?«, fragte Flack, während er an das Bild eines Mannes hispanischer Herkunft dachte, das Pyon für ihn gezeichnet hatte.

Joshua wollte nicken, aber die Bewegung bereitete ihm Schmerzen, die sich klar und deutlich in seinen Zügen widerspiegelten.

»Mehr Wasser?«, bot ihm Flack an.

»Nein«, sagte Joshua.

Flack sagte nichts weiter, saß nur da, und sah den Mann an, den das Sprechen völlig erschöpfte.

Flack würde es nicht aussprechen. Es war nicht sein Job, Ahnungen und Intuitionen zu folgen. Er musste Beweise finden und die Verdächtigen aufspüren. Aber er glaubte, dass Joshua keinen Mord begangen hatte. Er mochte in vielerlei Hinsicht Schuld auf sich geladen haben, aber diese Morde hatte er nicht begangen. Befangenheit hatte sich in die Ermittlungen eingeschlichen, und das gefiel Flack überhaupt nicht.

Sein Mobiltelefon vibrierte in seiner Tasche. Flack zog es hervor und klappte es auf.

»Ja?«, sagte Flack.

»Wird er durchkommen?«, fragte Stella.

»Sieht ganz so aus«, antwortete Flack und sah Joshua an, der die Augen wieder geschlossen hatte. »Er sagt, er hat die Morde nicht begangen.«

»Vermutlich stimmt das auch«, sagte sie. »Komm mal raus.«

Flack nahm an, dass Stella unter vier Augen mit ihm sprechen, und dass sie ihm etwas erzählen wollte, das Joshua ebenso wenig hören sollte wie Flacks Antwort darauf. Er ging zur Tür und trat hinaus. Stella stand auf dem Flur, klappte ihr Mobiltelefon zu und steckte es in die Tasche.

Stella hatte die letzten beiden Stunden ein Stockwerk tiefer in Melvoys Zimmer verbracht. Melvoy würde überleben, aber er würde einen hohen Preis zahlen müssen. Seine Stimme würde für immer rau, und sein Mund von nun an schmerzhaft trocken sein. Wo immer er hinginge, er würde stets eine Flasche Wasser mitnehmen müssen, und wenn Alzheimer erst seinen Geist beherrschte, würde er mit größter Wahrscheinlichkeit vergessen zu trinken.

»Wie lautet die Anklage gegen mich?«, hatte Melvoy sie flüsternd gefragt, als er Stella erkannte. Sprechen schmerzte, Flüstern offenbar nicht. Dennoch war er nur sehr schwer zu verstehen.

Die Liste seiner Anklage war nicht lang. Mordversuch, Einbruch, unbefugtes Betreten. Tätliche Bedrohung eines Officers.

Aber Stella hatte beschlossen, keine Anklage zu erwirken. Melvoy würde das Krankenhaus als der Held verlassen, der der Polizei geholfen hatte, einen Mörder zu schnappen und einen weiteren Mord zu verhindern.

»Für den Augenblick sollten Sie lieber nicht reden«, sagte Stella, als sie den schmerzlichen Ausdruck seiner Augen erkannte.

»Nur eines«, flüsterte er.

»Ja?«

»Warum verbringen Sie diese Zeit mit mir?«

»Ich mag Sie.«

»Gleichfalls«, brachte er mühsam, aber mit einem Lächeln hervor.

Stella erwiderte das Lächeln.

»Ich muss gehen.«

Er nickte.

Sie kannte die Zimmernummer von Joshua. Als sie Minuten später vor dem Zimmer stand, hörte sie hinter der Tür eine vertraute Stimme. Das war der Moment, in dem sie Flacks Nummer wählte.

Sowohl Aiden als auch Danny hatten den größten Teil des Vormittags damit zugebracht, Telefonate zu erledigen. Beide waren schließlich erfolgreich gewesen, wussten aber nicht recht, wohin die neuen Informationen führen sollten.

Aiden tätigte noch einen Anruf und vereinbarte ein Treffen mit Stella und Flack in einem Café in der Nähe des Labors. Dann schnappte sie sich ihre Notizen und ging zur Tür.

Währenddessen war Danny mit der Aktenmappe unter dem Arm unterwegs zu Macs Büro. Dort angekommen klopfte er an und trat ein. Mac kauerte über den Fotografien, die im Krankenhaus von Jacob Vorhees gemacht worden waren. Eines der Fotos streckte er Danny entgegen und fragte: »Was siehst du?«

Danny nahm das Foto an sich. Mac fiel auf, dass Dannys Zittern verschwunden war, doch sagte er nichts. Auf dem Foto saß der Junge aufrecht mit ausgestreckten Armen da. Beide Arme waren mit roten Insektenbissen übersät. Auch seine Beine waren ausgestreckt, und die Fußsohlen zeigten zur Kamera.

Danny gab Mac, der schweigend auf eine Antwort wartete, das Foto zurück.

»Fußsohlen«, sagte Danny.

Mac nickte zustimmend.

»Er hat gesagt, er sei mehr als eine Meile durch den Wald marschiert. Aber da ist nicht ein Kratzer an seinen Füßen.«

»Er hat gelogen«, stellte Mac fest.

»Weißt du, warum?«

»Vielleicht.«

Der Computer auf seinem Schreibtisch meldete mit einer eingehenden E-Mail einen Anrufer. Name und Nummer wurden auf dem Display des Telefons angezeigt.

Mac nickte Danny zu, sich zu ihm hinter den Schreibtisch zu stellen.

»Kyle Sheltons Eltern leben in Kalifornien«, sagte Mac. »Er hatte eine Schwester, die im Alter von zwölf Jahren gestorben ist. Ich habe Sheltons Eltern angerufen und eine Nachricht hinterlassen, in der ich um ihren Rückruf gebeten habe.«

Mac drückte einen Knopf, und der Anruf wurde auf den Lautsprecher geschaltet.

»Spreche ich mit Detective Taylor?«, fragte eine Frauenstimme.

»Ja, Ma'am«, antwortete Mac. »Können Sie mir sagen, ob Ihr Sohn in New York irgendwelche Freunde hat und wie sie heißen?«

»Warum?«, fragte Sheltons Mutter am Telefon besorgt.

»Wir suchen ihn«, sagte Mac. »Er wird vermisst. Aber wir glauben nicht, dass ihm etwas zugestoßen ist.«

»Herrgott im Himmel, ich hoffe, sie haben Recht«, sagte sie. »Wir haben seit Monaten nichts von ihm gehört. Sie werden uns doch sagen, wenn Sie ihn gefunden haben?«

»Ja«, sagte Mac. »Freunde?«

»Das sind nicht viele«, sagte sie seufzend. »Er war ein einsamer Junge, lernbegierig, hat sich seine Collegeausbildung selbst erarbeitet. Er war immer sanft. Dann hat er sich freiwillig zum Irakeinsatz gemeldet. Er hat nicht mit uns darüber gesprochen. Als er zurückkam, hatte er sich verändert. Er war kein Junge mehr. Er war ein Mann, ein Mann mit großer Würde und großem Kummer. Und er hat nicht mehr gelächelt.«

»Ja, Ma'am.«

»Kyles Freunde in New York«, sinnierte sie. »Na ja, falls es Mädchen gegeben hat, so hat er uns nichts davon erzählt. Im College hat er mit einem netten Jungen zusammengewohnt, Scott Shuman. Sie waren gute Freunde. Ich glaube, Scott ist immer noch in New York.«

Die Information bestätigte das, was Mac bereits von der Universität erfahren hatte. Kyle Shelton hatte während seiner ganzen Collegezeit mit Scott Shuman zusammengewohnt, die ersten beiden Jahre in einem Studentenheim, die letzten beiden in einer eigenen Wohnung.

Während Mac mit der Mutter telefonierte, suchte Danny im Internet nach Scott Shuman und fand alle wichtigen Informationen, einschließlich seiner Adresse, seiner Telefonnummer und seiner Arbeitsstelle. Er ließ sie ausdrucken.

»Sie rufen an oder bringen Kyle dazu, sich zu melden?«, fragte die Frau.

»Das werde ich«, entgegnete Mac. »Danke.«

Gleich darauf drückte er einen Knopf, um das Gespräch zu beenden.

Während die Informationen über Shuman gedruckt wurden, gab Danny die Aktenmappe, die er mitgebracht hatte, an Mac weiter.

Howard Vorhees hatte ein Vorstrafenregister, nicht aus New York, sondern aus Seattle, Minneapolis und Nashville. Alle Vorstrafen stammten aus den letzten fünf Jahren, und bei allen ging es um sexuelle Annäherungsversuche gegenüber minderjährigen Mädchen. Jedes der Mädchen war verängstigt, aber keines war angerührt worden. Die Polizei hatte Vorhees befragt und ihn mit einer Verwarnung davonkommen lassen. Nach jedem dieser Vorfälle war die Familie kurze Zeit später in eine andere Stadt umgezogen. In New York hatten sie erst seit zwei Jahren gewohnt.

»Vermutlich gab es noch mehr Opfer, die den Vorfall nicht gemeldet haben.«

Mac nickte.

»Soll ich der Sache nachgehen?«

»Nein«, sagte Mac.

»Die Frau hat zwei Vorstrafen wegen Fahrens unter Alkohol- oder Drogeneinfluss«, fuhr Danny fort. »Keine Einträge von der Tochter oder dem Jungen.«

Danny war klug genug, nicht zu fragen, was diese Information für ihren Fall bedeutete, falls sie etwas zu bedeuten hatte. Mac hätte die Frage nämlich an Danny zurückgeben.

Mac stand auf, um Sheldon Hawkes Labor aufzusuchen. Über die Schulter sah er sich zu Danny um und sagte: »Besorgen wir uns ein paar Antworten.«

Aiden trank grünen Tee. Die Antioxidantien waren gesundheitsförderlich. Das Problem war, dass sie grünen Tee nicht sonderlich mochte. Oder sonst irgendeinen Tee.

Flack aß ein Brot mit Spiegelei und einer einzelnen Tomatenscheibe, und Stella hatte sich ein großes Glas Orangensaft bestellt.

»Hier ist es«, sagte Aiden und reichte Stella die Akte rüber. »Zusammenfassung gefällig?«

»Fakt eins«, fuhr sie nach kurzer Pause fort. »Asher Glick und Arvin Bloom haben gleichzeitig dieselbe Grundschule besucht. Muss nichts zu bedeuten haben.

Fakt zwei: Arvin Bloom ist an einem Hirntumor gestorben, als er zehn Jahre alt war. Das beweist das Sterberegister.«

»Ein anderer Arvin Bloom?«, hakte Flack nach.

»Nein«, sagte Aiden. »Die Adresse in Chicago, in der er seinen eigenen Angaben zufolge seine Kindheit verbracht hatte, ist die Adresse, die auch auf dem Totenschein steht.«

»Das müssen wir beweisen«, sagte Stella. »Und selbst wenn wir das getan haben, beweist das noch nicht, dass er irgendjemanden umgebracht hat. Es beweist nur, dass er eine fremde Identität angenommen hat.«

»Sieh dir die Fotokopie seiner Geburtsunterlagen an«, sagte Aiden.

Stella suchte sie heraus und entdeckte zwei winzige Fußabdrücke am unteren Rand.

»Also holen wir uns Blooms Fußabdrücke und vergleichen sie mit diesen.«

»Geh mal die Akte weiter durch«, forderte Aiden sie auf.

Stella blätterte in den Seiten, und Flack blickte zu ihr rüber. Schließlich entdeckten sie das Foto eines Fußabdrucks.

»Lebensgroß«, sagte Aiden. »Größe zehneinhalb. Ich habe den Abdruck in Blooms Badezimmer genommen. Er war barfuß, als wir seinen Laden das letzte Mal durchsucht haben.«

»Sie passen nicht«, stellte Stella fest. »Auch nicht, wenn man die fünfzig Jahre Altersunterschied in Betracht zieht.« Ihr war klar, dass Aiden die verschiedenen Abdrücke längst mit Hilfe des Mikroskops untersucht hatte.

»Er wird behaupten, die Abdrücke, die du im Badezimmer gefunden hast, wären nicht von ihm«, erklärte Flack.

»Dann bitten wir ihn freundlich um neue Abdrücke«, entgegnete Aiden. »Und wenn Freundlichkeit nichts bringt, holen wir uns eine gerichtliche Anordnung.«

»Was haben wir noch?«, fragte Stella.

»Ich habe die kleinen Holzsplitter auf Glicks Jacke mit dem Sägemehl vergleichen lassen, das ich in Blooms Laden gefunden habe. Beides ist Blutholz. Der Gerbsäuregehalt stimmt exakt überein. Der Magnesiumgehalt auch. Sogar der Arsengehalt ist gleich.«

»Da wird er sich herausreden können«, gab Flack zu bedenken. »Er könnte behaupten, er hätte Glick umarmt oder so was.«

Aiden lächelte und sagte: »Dann wäre da noch die Einkaufstasche, die Joshua hinter der Jesusstatue in der Kirche gefunden hat. An den Nähten auf der Innenseite waren kleine Holzsplitter.«

»Blutholz?«, fragte Stella.

»Und es passt zu den anderen beiden Proben. Diese Tasche war in Blooms Laden.«

»Motiv?«, fragte Flack.

Aiden deutete mit einem Nicken auf die Aktenmappe auf dem Tisch. Stella blätterte weiter, bis sie auf fünf zusammengeklammerte Seiten stieß.

»Zusammenfassung«, sagte Aiden. »Falls dieser Kerl unser Mörder ist, dann hat er es nicht wegen der vierzigtausend Dollar getan, die er Glick schuldete. Er hat mehr als achtzigtausend auf seinem Privatkonto und etwa genauso viel auf dem Geschäftskonto. Außerdem besitzt er ein Anlageportefeuille im Wert von mindestens zwei Millionen Dollar.«

»Wer zum Teufel ist der Kerl?«, fragte Flack.

»Und hat er wirklich zwei Leute umgebracht?«, fügte Stella hinzu. »Und wenn ja, warum?«

Kyle Shelton hatte am Fenster von Scott Shumans Wohnung gesessen und die Straße beobachtet. Trotz der Hitze des späten Vormittags hatten es die Leute auf der Straße so eilig wie eh und je. Das übliche Tempo in New York.

Er trank eine Dose Ginger Ale und aß Käsecracker mit etwas Erdnussbutter, während er überlegte, wann und wo er seinen nächsten Zug machen sollte.

Das Telefon klingelte. Kyle ging nicht dran, aber Scotts Anrufbeantworter meldete sich: »Hier ist Scott Shuman, bitte hinterlassen Sie eine Nachricht.«

Als die Ansage beendet war, erklang erneut Scotts Stimme, und sie klang ängstlich besorgt: »Kyle, ein Cop namens Taylor hat gerade mein Büro verlassen. Er hat mich gefragt, ob ich dich gesehen hätte. Ich habe Nein gesagt. Ich denke, er hat mir geglaubt, aber du solltest die Wohnung vielleicht trotzdem eine Weile verlassen. Oh, und lösch die Nachricht, sobald du sie erhalten hast, Kumpel.«

Als Kyle die Nachricht löschte, klopfte jemand an die Tür. Er fragte sich, ob, wer immer dort draußen war, das Brummen des Anrufbeantworters während des Löschvorgangs gehört hatte. Kyle blieb reglos neben dem Gerät stehen.

»Kyle«, ertönte eine Stimme, die er kannte. »Wir können Sie da drin hören. Öffnen Sie die Tür, halten Sie die Hände vor den Körper und treten Sie zurück.«

Es war Zeit. So hatte er es nicht enden lassen wollen, aber es war eine der Möglichkeiten, mit denen er hatte rechnen müssen. Er ging zur Tür, öffnete und sah sich Mac und Danny gegenüber, die beide ihre Waffen gezogen hatten.

Kyle wich zurück, die Hände mit nach oben gerichteten Handflächen vor dem Körper. Mac und Danny traten ein und schlossen die Tür.

»Ihr Freund Scott ist ein miserabler Lügner«, informierte ihn Mac.

»Er ist ein guter Freund«, antwortete Kyle. »›Das Höchste, das ich für meinen Freund tun kann, ist, einfach sein Freund zu sein.‹«

Kyle legte eine Pause ein und sagte dann: »Thoreau.«

Danny tastete ihn ab und wies ihn an, Platz zu nehmen. Als er das getan hatte, steckten Mac und Danny ihre Waffen weg.

»Er hat eine Ader an der Stirn«, sagte Mac. »Wenn er lügt, schwillt sie an.«

»Ist mir nie aufgefallen«, entgegnete Kyle. »Und was jetzt?«

»Wir unterhalten uns«, sagte Mac.

»Haben Sie Jacob gefunden?«

»Sie haben mir gute Hinweise geliefert.«

»Geht es ihm gut?«, fragte Kyle und legte eine Hand an die Wange.

Seine Gesichtshaut war spröde. Er hatte ganz offensichtlich weder geduscht noch sich rasiert. Stattdessen hatte er wie angewurzelt auf dem Stuhl neben dem Fenster gesessen.

»Er kommt wieder in Ordnung«, sagte Mac.

»Gut«, erwiderte Kyle. »Ich habe alle umgebracht. Becky, ihre Mutter und ihren Vater.«

»Nein, das haben Sie nicht«, widersprach Danny.

»Was hat Jacob Ihnen erzählt?«

»Lügen«, entgegnete Mac. »Die Lügen, die Sie ihm eingetrichtert haben.«

»Beweise lügen nicht«, fügte Danny hinzu.

»Möchten Sie einen Anwalt?«, fragte Mac.

Kyle schüttelte den Kopf.

»Dann lassen Sie uns die Beweise durchgehen«, sagte Mac.

Die Worte kamen über ihn, ehe Kyle sie aufhalten oder beherrschen konnte. Das geschah in jüngster Zeit öfter, besonders in den letzten drei Tagen, obwohl es schon Jahre vorher angefangen hatte.

Dieses Mal waren es die Worte von La Fontaine: »›Oft trifft man sein Schicksal auf Wegen, die man eingeschlagen hatte, um ihm zu entgehen.‹«

Sak Pyon saß im Vorraum des C.S.I.-Büro, als Flack von dem Treffen mit Aiden und Stella zurückkehrte. Pyon sah aufgeregt aus und auch etwas schuldbewusst. Er hielt eine kleine braune Papiertüte und einen Umschlag in der linken Hand.

Pyon erhob sich, als Flack sich ihm näherte.

»Man hat mir gesagt, Sie hätten eine Besprechung«, sagte er. »Ich habe gewartet.«

Flack nickte.

»Ist Ihnen noch etwas eingefallen?«, fragte er.

Heute war Pyons Golftag, aber er hatte in dem Augenblick, in dem er in der letzten Nacht zu Bett gegangen war, gewusst, dass er nicht den Zug zum Golfplatz nehmen und dass er keine Schläge üben würde. Nein, er würde sich nicht in der Konzentration auf das Spiel verlieren. Stattdessen würde er vermutlich im Gefängnis sitzen.

»Ich habe nicht die Wahrheit gesagt«, gestand Pyon.

Flack antwortete nicht, also fuhr der kleinere Mann fort: »Die Zeichnung, die ich Ihnen gegeben habe, zeigt nicht den Mann, den Sie suchen.«

»Warum haben Sie das getan?«

»Er hat gedroht, mich und meine Familie umzubringen. Er war sehr überzeugend. Hier.«

Flack öffnete den Umschlag, den Pyon ihm nun überreichte, und zog eine Tintenzeichnung hervor, die keinerlei Ähnlichkeit mehr mit dem Hispanier aufwies, den der Geschäftsmann am Vortag gezeichnet hatte. Der Mann auf diesem Bild hatte dagegen große Ähnlichkeit mit Arvin Bloom.

»Sie werden vielleicht vor Gericht aussagen müssen«, erklärte ihm Flack.

Pyon nickte und übergab Flack die Papiertüte.

»Ich war sehr vorsichtig damit«, versicherte er.

Flack öffnete die Tüte, in der sich ein Plastikbeutel befand, der dem Anschein nach, ein Papierhandtuch enthielt.

Flack blickte fragend auf.

»Das ist das Papierhandtuch, das der Mann, den Sie suchen, in meinem Waschraum benutzt hat, nachdem er gedroht hatte, meine Familie umzubringen«, sagte Pyon. »Ich habe es mir geholt, als er fort war.«

»Warum?«, fragte Flack.

»Sie können eine DNS-Probe davon nehmen, nicht wahr? Er …«

Pyon zögerte, suchte offenbar nach dem richtigen Wort. Dann tat er, als würde er sich die Nase schnäuzen.

»Er hat sich die Nase mit diesem Papierhandtuch geputzt?«, fragte Flack.

»Nase geputzt, an diesem Papierhandtuch. Ich habe ihn gehört. Hat sich die Nase geputzt, ist rausgekommen und vorbeigegangen, ohne mich anzusehen. Der Mann hat meine Familie bedroht. Ich wollte etwas haben, das …«

Pyon zögerte erneut.

»Etwas, mit dem Sie ihn hätten erpressen können, wenn er Ihrer Familie etwas angetan hätte«, meinte Flack.

»Ja«, antwortete Pyon im Tonfall tiefer Resignation. »Dann ist mir klar geworden, dass ihn das nicht aufhalten würde. So etwas habe ich schon in Nordkorea erlebt. Er hätte meine Tochter und meine Frau vor meinen Augen gefoltert, bis ich ihm das Papierhandtuch gegeben hätte.«

»Danke«, sagte Flack, den Beutel und die Zeichnung in der Hand.

»Darf ich gehen?«

»Angenehmen Tag.«

Dann drehte sich Flack zu dem Zimmer um, in dem Stella und Aiden konferierten.

Hinter ihm sagte Pyon: »Er hat Koreanisch mit mir gesprochen. Perfektes Koreanisch.«

Flack blickte auf die Zeichnung von Bloom, und zum zweiten Mal innerhalb einer Stunde fragte er sich, wer dieser Kerl war.

Der Mörder hatte gerade erfahren, dass Joshua den Priester nicht umgebracht hatte. Er hatte Joshua am Tag zuvor angerufen und ihm verraten, wo er die Tasche finden würde. Joshua hatte versagt, aber er konnte immer noch seinen Zweck erfüllen und die Polizei überzeugen, dass sie ihren Mörder geschnappt hätte. Damit gewann er Zeit. Aber die Polizei konnte auch zu ihm kommen. Wie viele Hinweise hatten sie wohl schon gegen ihn in der Hand?

Es hatte einen Kollateralschaden gegeben, das ließ sich nicht ändern. Verglichen mit dem, was er überall auf der Welt, vor allem aber in Asien, gesehen und getan hatte, war das nur ein unbedeutender Rückschlag, aber auch der Beweis, dass er wie alles auf Erden älter wurde.

Inzwischen wäre er längst mit seinem Seesack verschwunden, hätte es da nicht eine Verzögerung in der Bank gegeben. Er hatte vor Wut geschäumt angesichts der Unfähigkeit des stellvertretenden Bankdirektors. Aber er hatte sich nichts anmerken lassen und sich freundlich, geduldig und verständnisvoll gegeben.

Auch wenn er es vorgezogen hätte, darauf zu verzichten, würde er nun doch einen Anruf bei der Person tätigen müssen, die allein ihn aus dieser Lage befreien konnte. Es war Jahre her, seit er ihn angerufen hatte, möglich, dass er umgezogen oder im Ruhestand war. Doch wen er auch erreichen würde, er würde *ihnen* sagen, was passiert war. Und würde er nicht anrufen, so würden *sie* es doch herausfinden.

Hatte er etwas vergessen? Möglich. Er würde alles noch einmal überprüfen. Es gab nicht viel, was er loswerden musste. Er hatte nicht viel angehäuft, und alles, was überflüssig war, hatte er in große Plastikbeutel gepackt und mehrere Blocks entfernt in Abfallcontainer geworfen.

Falls notwendig, würde er überzeugend lügen müssen. Darauf war er vorbereitet, und er war überzeugt, dass er darin besser war als all jene, die ihn suchen würden.

Er brauchte nur noch ein bisschen mehr Zeit.

Noch zwei Dinge hatte er zu erledigen. Sollte er sich zunächst darum kümmern, das loszuwerden, was in dem Raum über dem Laden im Bett lag? Vielleicht, aber dazu brauchte er nicht mehr als fünf Minuten.

Er ging zu seinem Computer. Er würde nicht nur alles löschen, er würde auch die Festplatte ausbauen und mitnehmen. Es war Zeit loszulegen. Er hatte gerade den Namen der Bank, seine Kontonummer und sein Passwort eingegeben, als die Ladentür geöffnet wurde.

12

»Mac«, sagte Colonel Antonio Denton, der aufrecht in voller Marineuniform hinter seinem Schreibtisch saß. »Gib uns die Beweise, dann kümmern wir uns um den Fall.«

Eigentlich war es Stellas und Aidens Fall, aber die Verbindung zu Colonel Denton hatte Mac ins Spiel gebracht. Außerdem wollte er sowohl Jacob Vorhees als auch Kyle Shelton Zeit zum Nachdenken geben, ehe er erneut mit ihnen redete.

Das Manhattaner Büro von Colonel Denton war ein echtes Phänomen. Es bestand von den Stühlen über die Böden und die Decken bis hin zum Schreibtisch gänzlich aus poliertem Walnussholz. Es gab nur zwei Fotos an der Wand, und beide waren signiert. Eines zeigte den ersten Präsidenten Bush, das andere einen Marinesoldaten, der das Foto, auf dem neben ihm selbst auch Denton zu sehen war, mit den Worten unterzeichnet hatte: »*Für Captain Antonio Denton zum Geburtstag, mit herzlichen Grüßen von einem dankbaren Frischling. Semper Fi.*« Die Unterschrift stammte von keiner berühmten Persönlichkeit, sondern von einem Mann, den Mac und Denton beide gut kannten, einem Mann nämlich, der sein Leben gelassen hatte, um das der beiden Männer zu retten, die nun hier in diesem Büro saßen.

Denton war vollständig ergraut und trug sein Haar militärisch kurz. Er war von durchschnittlicher Körpergröße, und seine Miene verriet, dass er schon zu viel gesehen hatte.

»Er hat zwei Männer umgebracht«, sagte Mac und schob einen Umschlag über den Tisch zu Denton, dem der kleine Finger an der rechten Hand fehlte.

Denton setzte seine Brille auf und studierte die Akte mit den Fingerabdrücken, die vor ihm lag.

»Habt ihr diese …?«, fragte Denton.

»Als der Verdächtige vor zwanzig Jahren eine Vorstrafe bekommen hat«, sagte Mac. »Der Name wurde mit Arvin Bloom angegeben, aber er ist nicht Arvin Bloom.«

Die beiden Männer verstanden einander.

»Ich wette, dies sind die einzigen aktenkundigen Abdrücke von Arvin Bloom, der nicht Arvin Bloom ist«, sagte Mac. »Diese Abdrücke sind jedes Mal aufgetaucht, wenn wir seine Fingerabdrücke überprüft haben.«

»Und«, fügte Denton hinzu und legte den Bogen weg, »du denkst, der Tag, an dem er seine Vorstrafe erhalten hat, ist auch der Tag, an dem der neue Arvin Bloom geboren wurde?«

»Offiziell taucht er gar nicht auf, Tony«, sagte Mac.

Denton nickte. Er war Mac verpflichtet, und Mac war ihm verpflichtet. Es war möglich, dass Denton etwas ausgraben konnte. Er gehörte zum militärischen Geheimdienst. Seit Einführung der neuen Heimatschutzgesetze und der Entweder-oder-Richtlinie, die alle geheimdienstlichen Einrichtungen anwies, untereinander zu kooperieren, war es für ihn leichter geworden zu helfen.

»Du denkst, er gehört zu uns«, mutmaßte Denton.

»Er tötet, als würde er dazugehören. Vielleicht Militär, vielleicht CIA.«

»Wird nicht einfach sein«, sagte Denton lächelnd.

»Damit habe ich auch nicht gerechnet«, entgegnete Mac. »Er ist außer Kontrolle, Tony. Er wird wieder töten.«

Für einen Moment saß Denton schweigend da. Dann sagte er: »Wie gesagt, gib mir alles, was du hast, dann werden wir uns um das Problem kümmern.«

Macs unbewegte Miene war Denton durchaus vertraut.

»Das ist New Yorks Problem«, sagte Mac. »Du würdest ihn nicht laufen lassen, aber es gibt andere, die von dem abhängig sein könnten, was er weiß und was er getan hat.«

Denton griff zum Telefon und sagte: »Ich rufe dich an.«

Mac nickte und erhob sich.

»Mach ein bisschen Druck«, sagte er. »Der Kerl weiß, wie man tötet, und er weiß, wie man verschwindet.«

»Wie wäre es irgendwann einmal mit einem Abendessen oder einem Drink?«, fragte Denton.

»Sicher«, sagte Mac.

»Du hältst doch durch, Mac?«

Beide wussten, dass er auf den 11. September anspielte, auf Macs verstorbene Frau. Denton war bei der Beerdigung an Macs Seite gewesen.

»Mir geht es gut«, antwortete Mac mit einem gezwungenen Lächeln.

»Lieutenant Rivera«, sprach Denton in sein Telefon. »Schaffen Sie mir Longretti in Washington heran.«

Mac verließ das Zimmer und zog die schwere Tür hinter sich zu.

Stella hatte an Joshuas Bett gesessen und seine Aussage aufgenommen, die, wie sie fürchtete, vermutlich nicht viel wert war, weil der Mann eindeutig im Delirium war.

Außerdem war er von Schuldgefühlen übermannt und tauchte immer wieder in Wahnvorstellungen der Vergangenheit ab.

Ein Arzt namens Zimmerman, leicht übergewichtig, mit einem Stethoskop, das ihn als Arzt auswies, um den Hals, sah fasziniert zu, wie sein Patient befragt wurde. Zimmerman konnte nicht älter als achtundzwanzig sein.

»Ich habe Glick umgebracht«, sagte Joshua und blinzelte. »Ich habe Joel umgebracht. Ich wollte den Priester umbringen.«

»Gehen Sie für mich noch mal jede Tat im Einzelnen durch«, bat Stella.

Joshua leckte sich die Lippen und starrte den Arzt an, als hätte er den Mann noch nie zuvor gesehen.

»Meine Hand wurde von einem Dämon geführt«, offenbarte er.

»Könnten Sie bitte etwas genauer erzählen, was passiert ist?«, fragte Stella.

»Ich erinnere mich nicht«, sagte Joshua. »Er hat mich angerufen. Hat mich in einer Flasche gefunden und in Zungen zu mir gesprochen. Kann ich in diesem Staat um Hinrichtung in Form einer Kreuzigung bitten?«

»Nein«, sagte Stella. »Und auch in keinem anderen.«

»Ich glaube, er blutet wieder«, sagte Dr. Zimmerman mit tiefer Stimme. »Der rechte Fuß.«

Stella nickte, schaltete den Kassettenrekorder ab und legte ihn zurück zu ihrer Ausrüstung.

Joshua hatte niemanden umgebracht. Man würde eine Anklage gegen ihn aufbauen, keine starke Anklage, aber eine, die vor einem Geschworenengericht reichen könnte.

Stella erhob sich.

Joshua blickte zu ihr hinauf und lächelte.

»Hat sich was getan?«, fragte Mac und sah durch die einseitig verspiegelte Scheibe.

»Ha'm auf nett gemacht und sie in Ruhe gelassen«, sagte Detective Buddy Roberts, der mit den Händen in den Taschen vor ihm stand.

»Haben sie irgendetwas gesagt?«, fragte Mac.

»Nein. Shelton weiß, dass wir zuhören.«

Macs Augen ruhten auf Shelton und Jacob Vorhees, der schweigend dasaß.

Er freute sich ganz und gar nicht auf das, was er machen musste, wenn er diesen Raum betrat. Und er freute sich auch nicht auf das, was er diesem verängstigten Jungen würde antun müssen. Mac wusste, dass er Jacob Vorhees verletzen würde, aber auch, dass hier, wie bei den meisten Wunden, die Heilung erst nach dem Schmerz beginnen würde.

Mac sah Roberts an, der, wie zur Verneinung einer unausgesprochenen Frage, den Kopf schüttelte.

Roberts, der noch zwei Monate bis zu seiner Pensionierung vor sich hatte, war groß und kahlköpfig und hatte dicke Tränensäcke unter Augen, die beinahe alles gesehen hatten, was sich ein unmenschlicher Geist einfallen lassen konnte. Er hatte eine Mauer zwischen sich und den Bildern von Kindern aufgebaut, die von den eigenen Eltern verstümmelt worden waren, oder den Bildern von Frauen, deren Körper von ihrer Scham bis hinauf zu ihren blutigen Gesichtern zerfetzt worden waren.

Roberts' Mauer war vor knapp einem Jahr erheblich in ihrer Festigkeit erschüttert worden, als er die Leiche eines sechsjährigen Jungen gesehen hatte, der aufgeschnitten und dem seine Leber herausgerissen worden war. Der Schlächter des Jungen war der Vater gewesen. Es war weniger das Entsetzen über den Anblick des Jungen, als die Reaktion des Vaters, die ihm zu schaffen gemacht hatte.

»Ich will eine Leber spenden«, hatte der Vater grinsend erklärt.

Der Vater war ein mageres Wiesel mit nervösen Händen und ungepflegtem langen Haar gewesen. Als Grund für seine Tat hatte er angegeben, er hätte eine Wiederholung von *Verschollen im Weltraum* gesehen, als er plötzlich auf den Gedanken gekommen sei, seinem Sohn die Leber herauszuschneiden. Das Wiesel hatte sich königlich dabei amüsiert, seine Geschichte vorzutragen und zu erzählen, dass er die Leber versteckt hatte.

Mac hatte ebenfalls an dem Fall gearbeitet und eine Spur aus Blutstropfen von dem Wohnhaus zu einem Deli auf der anderen Straßenseite verfolgt. Roberts hatte Mac beobachtet, der einfach auf der Schwelle des Deli gestanden und sich umgesehen hatte, ehe er zur Eistruhe ging. Der Angestellte in dem Deli konnte beobachten, wie zwei Polizisten gefrorene Fruchtspeiseeisriegel, Eissandwiches, Schokoladeneistüten und Packungen mit einem oder zwei Litern Speiseeis ausräumten.

Und da lag sie, am Boden der Eistruhe, immer noch rot, gefroren in einem durchsichtigen wiederverschließbaren Gefrierbeutel. Roberts erinnerte sich, dass er gedacht hatte, die Leber wäre nicht größer als ein Sandwich-Eis.

Als er den Vater befragt hatte, wurde die Leber schon im kriminaltechnischen Labor untersucht.

»Eistruhe im Deli«, hatte Roberts gesagt.

»Gut«, hatte der Vater strahlend entgegnet und sich die Stirn gerieben. »Wie wäre es, wenn wir sie zum Mittagessen zubereiten würden?«

Roberts Mauer war nicht gänzlich eingestürzt, aber er

hatte gewusst, dass nicht mehr viel fehlte, bis sie es täte. Er wollte nicht sehen, was auf der anderen Seite lauerte. Das hatte er bereits hinter sich.

»Buddy?«, sagte Mac und riss Roberts aus seinen Gedanken.

»Ja«, sagte Roberts.

»Shelton wurde doch darüber informiert, dass er einen Anwalt haben kann und nichts sagen muss und dass auch Jacob einen eigenen Anwalt bekommen muss, ja?«

Roberts, nun wieder vollständig anwesend, lächelte.

»Shelton will keinen Anwalt«, berichtete Roberts. »Das hat er schriftlich und vor Zeugen erklärt. Der Anwalt der Familie Vorhees ist bereits unterwegs. Wir haben dem Jungen geraten, nichts zu sagen, bis sein Anwalt eingetroffen ist.«

Mac warf einen Blick durch das Fenster. Shelton sah müde aus. Jacob wirkte verängstigt, jedoch auch zielstrebig. Er sagte etwas, und Shelton nickte dazu.

Ein paar Minuten später ertönte ein Pochen an der Tür, und es folgte der Auftritt eines schlanken Mannes von etwa siebzig Jahren in einem Straßenanzug, der nicht von der Stange war. Der Mann, der sich als Lawrence Tabler vorstellte, schüttelte Roberts die dargebotene Hand.

Mac wusste, wer Tabler war, ein kostspieliger, aggressiver und überzeugender Streiter für seine Klienten, der nun seine blauen Augen auf Mac richtete und sagte: »Detective Taylor.«

»Mr Tabler«, erwiderte Mac die Begrüßung.

Sie schüttelten einander nicht die Hände.

Etwa einen Monat nach dem 11. September hatte Mac als Sachverständiger im Fall eines Mannes ausgesagt, der seine schwangere Frau brutal zu Tode geprügelt hatte.

Tabler hatte die forensischen Beweise unerbittlich angegriffen, hatte alternative Szenarien erfunden, um die belastenden Beweise zu erklären. Am Ende zog er die Integrität der ganzen C.S.I.-Einheit in Zweifel, um sich ganz zum Schluss Mac persönlich vorzuknöpfen. Tabler hatte seine Hausaufgaben gemacht oder, was wahrscheinlicher war, machen lassen.

»Sie wollen, dass mein Klient verurteilt wird, nicht wahr, Detective?«, hatte Tabler ihn während der Verhandlung gefragt.

»Er ist schuldig«, hatte Mac geantwortet.

»Sind Sie sicher?«, hatte Tabler nachgehakt und sich dabei den Geschworenen zugewendet.

»Ich bin sicher.«

»Ihre Frau ist am 11. September gestorben«, verkündete Tabler.

»Richtig.«

»Sie haben einen Zusammenbruch erlitten.«

»Eine kurze Phase klinischer Depression«, entgegnete Mac. »Wie die meisten Betroffenen.«

»Sind Sie immer noch depressiv?«, fragte Tabler und drehte sich wieder zu Mac um.

Ohne die klageführende Staatsanwältin, eine etwas untersetzte, junge blonde Frau mit langem, glatten Haar, direkt anzuschauen, behielt er sie aus dem Augenwinkel doch im Blick und fragte sich, warum sie gegen diese Art der Befragung keinen Einspruch erhob. Mac wusste, worauf das hinauslief, und er konnte nichts tun, um es abzuwenden.

»Ich bin immer noch depressiv«, sagte Mac.

»Ein Mann wird beschuldigt, seine Frau brutal ermordet zu haben«, stellte Tabler fest. »Sie haben Ihre Frau nicht freiwillig verloren, aber Sie haben die Ermittlungen in diesem Fall unter der Annahme durchgeführt, dass dieser Mann eine Wahl gehabt hätte?«

»Wir untersuchen die Beweise«, erwiderte Mac. »Und wir folgen ihnen, wohin sie uns auch führen.«

»Und dieses Mal haben sie Sie zu meinem Klienten geführt«, sagte Tabler. »Aber manchmal werden die Beweise auch geführt. Sie folgen Ihnen an den Ort, an den Sie sich von ihnen führen lassen wollen, nicht wahr, Detective Taylor?«

»Nein«, hatte Mac mit fester Stimme geantwortet.

»Ihnen sind schon Fehler unterlaufen«, bedrängte ihn Tabler.

»Ja«, hatte Mac gesagt, und am liebsten hätte er hinzugefügt: »Ihnen nicht?«

Die stellvertretende Staatsanwältin und Tabler einigten sich während der Mittagspause in letzter Minute darauf, dass der Angeklagte sich schuldig bekennen und im Gegenzug einen Strafnachlass erhalten sollte. Vor dem Richter gestand der Ehemann, an diesem Tag zu viele Kopfschmerztabletten eingenommen und die Nerven verloren zu haben, als seine Frau ihm am Morgen die gleiche Frage gestellt hatte, die sie ihm jeden Morgen gestellt hatte: »Ein Ei oder zwei?«

Er sei in die Küche gegangen und habe angefangen, auf seine vollkommen überraschte Frau einzuprügeln.

Durch das abgesprochene Schuldeingeständnis kam der Mörder mit einem milden Urteil davon und landete für zehn Jahre hinter Gittern. Mac hatte das Gefühl, dass diese Vereinbarung zu einem gewissen Teil auf seine eigene Aussage zurückzuführen war, und dieser Gedanke machte ihm immer noch zu schaffen.

Nun sagte Mac gar nichts, sondern öffnete die Tür und betrat, gefolgt von Tabler, den Raum. Shelton und Jacob blickten auf.

Tabler lächelte dem Jungen zu und sagte: »Ich bin dein Anwalt.«

Jacob nickte.

»Hast du diesen Leuten irgendetwas erzählt?«, erkundigte sich Tabler und schnappte sich den letzten freien Stuhl im Zimmer.

Mac lehnte sich, die Arme vor der Brust verschränkt, an die Wand hinter Tabler.

»Ihm wurde geraten, nichts zu sagen, bis Sie eintreffen«, verkündete er.

Tabler drehte den Kopf, um Mac anzusehen, aber es gelang ihm nicht.

Mac fuhr fort: »Wir möchten, dass die beiden uns noch einmal genau erzählen, was in der Nacht des Mordes geschehen ist.«

Jacob zog ein zusammengefaltetes gelbes, liniertes Blatt Papier aus seiner Tasche und gab es Tabler, der es langsam und sorgfältig las. Als er fertig war, gab er Jacob das Blatt zurück.

»Er hat bereits eine Aussage gemacht und unterschrieben«, verkündete Mac und trat näher, bis er neben dem Anwalt Position bezogen hatte. »Und sie wurde mitgeschnitten.«

»Das können Sie vor Gericht nicht verwenden«, sagte Tabler. »Es war kein Anwalt anwesend.«

»Er hat freiwillig ausgesagt«, gab Mac zurück.

Tabler schüttelte den Kopf.

»Er ist zwölf Jahre alt. Kein Richter wird die Aussage zulassen«, verkündete er. »Wie dem auch sei, ich habe nichts dagegen, wenn der Bericht meines Klienten über den Mord an seiner Familie vorgetragen wird.«

Shelton, der mit vor der Brust verschränkten Armen auf der anderen Seite des Tisches saß, sah nicht Tabler an, sondern Mac. Als ihre Blicke sich trafen, wandte Kyle Shelton sich ab.

Jacob räusperte sich und las mit zitternder Stimme den Bericht vor, den er unterzeichnet hatte. Bis auf ein paar Kleinigkeiten handelte es sich exakt um das, was Jacob schon vorher erzählt hatte. Im Wesentlichen berichtete er, dass er Geräusche und einen Schrei gehört habe und in das Zimmer seiner Schwester gerannt sei. Dort habe er gesehen, wie Kyle Shelton erst seine Schwester und dann seine Mutter erstochen habe. Jacob sei vor Entsetzen wie erstarrt gewesen. Dann sei sein Vater in Unterhose und einem weißen T-Shirt in das Zimmer gekommen und zu Shelton gerannt, der etliche Male auf ihn eingestochen habe. Jacob wusste, er würde der Nächste sein, also rannte er fort, holte sich sein Fahrrad und fuhr davon. Sein Ziel sei der Wald neben der Straße gewesen. Dort habe er gemerkt, dass er mit Blut verschmiert war. Er habe all seine Kleider ausgezogen und sei nackt durch den Wald zurück zum Haus seiner Familie gerannt. Als er dort ankam, sei das Auto von Shelton nicht mehr dort gewesen. Jacob sei in das Mordzimmer gegangen, habe seine tote Familie gesehen und seine Mutter und seine große Schwester mit größter Anstrengung in anständiger Weise auf das Bett gelegt. Sein Vater sei zu schwer gewesen. Dann habe Jacob etwas gehört – die Haustür? War Kyle Shelton zurückgekommen, um ihn zu holen? Jacob sei in sein Zimmer gelaufen, habe sich den vertrauten Weg zum Kleiderschrank ertastet und sei in sein Geheimversteck geklettert. Dort blieb er zwei Nächte lang. Dann war Mac mit dem Hund gekommen.

»Shelton?«, fragte Mac.

»Was der Junge sagt, stimmt. So ist es passiert«, sagte er.

»Ich nehme an, Sie haben noch Fragen«, sagte Tabler.

»Wir haben eine ganze Menge Fragen«, gab Mac zurück. »Ich werde mit Jacob anfangen.«

Mac, der sich während des Berichts an die Wand zurückgezogen hatte, ließ die Arme sinken und trat an den Tisch. Jacob hob die rechte Hand, als wäre er in der Schule und wollte sich melden.

»Ja?«, fragte Mac.

»Wie geht es Rufus? Ich würde ihn gern wieder sehen«, sagte der Junge.

»Wer ist Rufus?«, erkundigte sich der Anwalt verwirrt.

»Ein Hund«, erzählte Jacob. »Er hat mein Geheimversteck gefunden.«

»Ich werde sehen, was ich tun kann, damit du Rufus besuchen kannst«, versprach Mac.

Dann, den Blick unverwandt auf den Jungen gerichtet, fuhr er fort: »Ich werde ein paar Behauptungen aufstellen, und dann hast du die Möglichkeit, mir zu antworten.«

»Die Antworten hängen ganz von Ihren Fragen ab«, verkündete Tabler.

Mac nickte und stellte seine erste Frage.

»Dein Vater hatte eine schlimme Verletzung am rechten Unterarm. Der Gerichtsmediziner sagt, das ist am Abend des Mordes passiert. Hast du irgendeine Ahnung, wie er sich den Arm verletzt hat?«

Jacob zuckte mit den Schultern und sagte: »Ich weiß nicht.«

»Dein Vater war Rechtshänder, nicht wahr?«

»Ja«, antwortete Jacob und sah Mac an. Ihm war gesagt worden, er solle Kyle nicht ansehen.

»Würdest du bitte deine Schuhe und deine Socken ausziehen?«, fragte Mac.

»Warum?«, wollte Tabler wissen.

Mac sah Kyle an, der genau wusste, warum Mac den Jungen darum bat.

»Ihr Klient behauptet, er sei barfuß und nackt etwa eine Meile weit durch den Wald gelaufen«, entgegnete Mac. »Ich habe datierte Fotos, die seine Fußsohlen zeigen, aber keine Schnitte, Abschürfungen oder Kratzer.«

»Ich möchte diese Fotografien sehen«, sagte Tabler.

Mac überreichte dem Anwalt fünf Abzüge der Größe 20 x 27 Zentimeter. Sie alle zeigen die Fußsohlen des Jungen.

»Für die Akten: Ich bitte erneut darum, dass Ihr Klient Schuhe und Socken auszieht.«

Tabler legte die Fotos auf den Tisch und bedeutete dem Jungen, er möge tun, worum er gebeten wurde. Als er die Schuhe und die Socken ausgezogen hatte, hob Jacob die Füße nacheinander hoch. Tabler und Mac betrachteten sie eingehend. Kyle starrte derweil die Wand an.

»Ihr Klient ist nicht nach Hause gelaufen«, verkündete Mac. »Er hat das Haus nie verlassen. Mr Shelton hat die Beweise im Wald verteilt und es so aussehen lassen, als hätte Jacob sein Fahrrad genommen und sei in den Wald gefahren, habe die Lichtung entdeckt und sein beschädigtes Fahrrad und seine Kleider dort zurückgelassen, sodass wir sie finden konnten.«

»Wie kommen Sie zu solchen Schlussfolgerungen?«, wollte Tabler erfahren.

»Das verraten uns die Beweise, vor allem ein Blatt von einem Lindenbaum und eine zerquetschte Raupe, die in Jacobs Zimmer gefunden wurde«, erklärte Mac und sah dabei Shelton an. »Der Baum und die Raupe stammen aus der Gegend, in der Jacobs Fahrrad und seine Kleidung gefunden wurde. Wir können Laub von den dortigen Bäumen besorgen und das exakt bestimmen. Da Jacob sein Zuhause nie verlassen hat, ist Kyle Shelton mit größter Wahrscheinlichkeit die Person, die auf das Blatt getreten ist. Damit sind Sie an der Reihe, Ihre Schuhe auszuziehen, Kyle.«

Das Spiel war fast zu Ende.

»Wir werden sie nach Blutspuren von den Opfern absuchen und nach Spuren von einer toten Raupe«, fuhr Mac fort. »Wenn wir Spuren von einer Raupe entdecken, können wir sie mit der vergleichen, die ich in Jacobs Zimmer gefunden habe.«

Kyle zog seine Schuhe aus und überreichte sie Mac, der sie auf dem Tisch stellte.

»Kyle, wollen Sie jetzt einen Anwalt?«, fragte Mac.

»Ich rate Ihnen, sich einen Anwalt zu nehmen«, sagte Tabler.

Kyle schüttelte nur den Kopf.

»Dann machen wir weiter«, sagte Mac. »Wir haben ein paar von Ihren Kleidungsstücken untersucht und eine spektrografische Sammlung des Körpergeruchs von Ihnen und Jacob durchgeführt. Mit einem Polizeihund, der auf menschliche Gerüche trainiert ist, konnte ich feststellen, dass Ihr Geruch überall auf der Lichtung im Wald auftauchte. Aber es gab nicht die geringste Spur von Jacobs Geruch, außer an den Kleidungsstücken, die Sie dort zurückgelassen haben. Dann habe ich den Hund in das

Haus der Vorhees' gebracht und ihn dort herumschnüffeln lassen. Ihr Geruch fand sich oben im Flur, auf der Treppe, in der Küche, in Becky Vorhees' Zimmer und in Jacobs Zimmer, aber nicht überall im Zimmer, sondern nur auf einem direkten Weg von der Tür zum Wandschrank. Möchten Sie mir erzählen, was Sie in Jacobs Zimmer gemacht haben?«

»Nein«, sagte Kyle und berührte Jacob an der Schulter.

»Okay«, entgegnete Mac, »dann werde ich das tun. Rufus' Reaktionen haben meinen Verdacht bestätigt, dass Sie Jacob geholfen haben, sich zu verstecken. Die Frage ist: Warum?«

»Ich hatte Angst«, sagte Jacob zitternd.

»Jacob«, ermahnte ihn Tabler.

»Dass die Polizei sagen würde, ich hätte meine Familie ermordet«, sagte der Junge.

»Nein«, widersprach Mac. »Ich denke, Kyle hatte einen Plan, keinen besonders guten, viel zu kompliziert und viel zu viele Löcher. Kyle hatte zu wenig Zeit, sich um all diese Löcher zu kümmern.«

»Detective«, sagte Tabler und sah dabei Jacob an. »Mein Klient hat Ihre Fragen beantwortet. Er ist hier fertig.«

»Wir haben deinen Vater überprüft«, sagte Mac unbeeindruckt. »Und wir haben herausgefunden, warum ihr so oft umgezogen seid.«

»Keine Fragen mehr«, sagte Tabler.

»Ich habe keine Frage gestellt«, sagte Mac. »Ich habe lediglich eine Tatsache festgestellt. Und das Nächste ist sogar noch wichtiger.« Mac zog ein Foto der chinesischen Vase hervor und hielt es hoch, sodass alle es sehen konnten. Jacob fing an zu weinen, und Shelton legte den Arm um den Jungen.

»Das war diese Verletzung am Arm deines Vaters«, sagte Mac. »Am rechten Arm. Der Schlag, den sie verursacht hat, hat ausgereicht, dass er das, was immer er in der Hand hielt, fallen ließ, und es genügte, um die Vase zu zertrümmern. Dein Vater war derjenige, der das Messer hatte. Als du in das Zimmer deiner Schwester gekommen bist, waren sie und deine Mutter schon tot. Ermordet von deinem Vater. Du hast dir die Vase geschnappt, ihn geschlagen, das Messer genommen, das er fallen ließ, und ihn erstochen.«

Tabler erhob sich und sagte: »Wir gehen.«

»Nein«, sagte Jacob. »Wir haben Ihnen gesagt, was passiert ist.«

»Die Messerwunden, die deiner Mutter und deiner Schwester beigebracht worden sind, sind alle annähernd gleich tief und wurden von einer Person verursacht, die deutlich stärker ist als du. Das Messer ist in den Wunden deiner Mutter und deiner Schwester senkrecht eingedrungen. Die Wunden deines Vaters waren nicht so tief, und die Klinge drang dort in einem aufwärts gerichteten Winkel ein. Die Wunden wurden ihm von jemandem beigebracht, der kleiner war als er selbst.«

»Das war ich«, sagte Kyle.

»Sie haben niemanden umgebracht«, widersprach Mac.

»Ich habe viele umgebracht«, konterte Kyle.

»Im Irak«, entgegnete Mac.

»Er hat genug durchgemacht«, sagte Kyle und sah Jacob an. Der Junge hatte seine Brille abgenommen und auf den Tisch gelegt. Nun lehnte er sich mit dem Kopf an Kyle an und schluchzte mit geschlossenen Augen.

Mac nickte und sagte zu dem Anwalt: »Sie sollten ihn jetzt in einen anderen Raum bringen. Ein Detective wird

Ihnen einen Raum zeigen, in dem Sie mit Ihrem Klienten allein sein können.«

»Mein Klient …«, fing Tabler an, dem es offenbar plötzlich sehr Leid tat, überhaupt in diese schmutzige Angelegenheit verwickelt worden zu sein.

»… hat kein Verbrechen begangen, abgesehen davon, dass er sich als Zeuge in einem Mordfall nicht gemeldet hat«, übernahm Mac. »Er hat seinen Vater in Notwehr getötet. Ich bezweifle, dass irgendein Richter am Familiengericht Jacob mehr als eine Therapie auferlegen wird. Ich werde das jedenfalls empfehlen.«

»Komm mit«, sagte Tabler zu Jacob.

Der Junge klammerte sich immer noch an Shelton fest, der ihm nun seine Brille reichte und ihn sanft von seinem Stuhl zu dem Anwalt drängte. Jacob setzte die Brille auf und ließ sich von Tabler aus dem Raum führen.

»Howard Vorhees ist mit einem Küchenmesser in das Zimmer seiner Tochter gegangen«, sagte Mac. »Er hatte vor, sich ihr sexuell zu nähern, und er hat ihr gedroht, sie zu töten. Sie hat sich gewehrt und geschrien, da hat er sie umgebracht. Jacob hat den Lärm gehört und ist direkt nach seiner Mutter in das Zimmer gelaufen. Howard Vorhees hat seine Frau ermordet. In dem Moment hat Jacob die Vase genommen, seinem Vater auf den Arm geschlagen, das Messer aufgehoben und seinen Vater erstochen.«

»Woher …?«

»Rekonstruktion anhand von Beweisen«, sagte Mac. »Etwa zu dem Zeitpunkt sind Sie dann zur Tür hereingekommen, nicht wahr?«

»Richtig«, sagte Shelton.

»Falsch«, konterte Mac. »Was hatten Sie dort mitten in

der Nacht und exakt zu dem Zeitpunkt zu suchen, an dem dort ein dreifacher Mord stattfindet?«

»Ich wollte zu Becky«, erklärte er. »Sie hat auf mich gewartet und mir die Vordertür offen gelassen.«

Mac schüttelte den Kopf.

»Es gab einen Anruf von Beckys Mobiltelefon an Ihr Mobiltelefon nach zwei Uhr fünfundvierzig.«

»Sie hat angerufen, um mich zu fragen, ob ich schon unterwegs bin«, sagte Kyle.

»Sie war tot, Kyle. Jacob hat Sie angerufen, und Sie sind zum Haus gefahren und haben die Leichen bewegt. Sie haben eine halbe Stunde gebraucht, um dort anzukommen. Die Blutspur vom Boden bis zum Bett wäre stärker gewesen, wären Becky und ihre Mutter schon kurz nachdem sie ermordet wurden, bewegt worden.

»Jacob hat mich angerufen«, gab Shelton zu. »Als ich dort ankam, war er von Kopf bis Fuß mit Blut verschmiert. Genauso wie das Messer in seiner Hand. Er hat einfach nur dagestanden und seine tote Mutter angestarrt. Er hatte keine Angst davor, dass man ihn des Mordes an seiner Familie beschuldigen würde. Er hatte Angst, die Welt würde herausfinden, welchem Schrecken sie in diesem Haus ausgeliefert waren. Er wollte lieber einen Einbrecher erfinden, als die Wahrheit zu sagen. Aber mir war klar, dass die Geschichte mit dem Einbrecher nicht funktionieren würde. Zu viele Beweise. Ich habe Jacob in sein Zimmer geschickt und die Leichen auf das Bett gelegt.«

»Warum?«, fragte Mac, obwohl er die Antwort bereits kannte.

»Es war richtig, das zu tun«, sagte Shelton schließlich. »Bette die respektierten und die geliebten Toten nieder und leg ihnen einen toten Hund zu Füßen.«

»Und dann?«, hakte Mac nach.

»Dann habe ich Jacob geholfen, sich zu verstecken, habe sein Fahrrad und seine Kleidung in mein Auto geladen, den Wald neben der Straße gesehen und das ganze Zeug in der Waldlichtung verteilt.«

»Sie wussten, dass wir alles finden würden.«

»Ich wollte das so. Ohne Becky war ich so oder so in ein Leben voller Kummer und Verzweiflung zurückgekehrt, in das Leben, das ich aus dem Irak mitgebracht hatte. Ich hätte mit all dem Kummer leben und mit schlecht bezahlten Jobs alt werden können. Ich entschloss mich, Jacob zu helfen und den Rest meines Lebens im Gefängnis zu verbringen. Einen Versuch war es wert.«

»Wussten Sie von dem Blatt unter Ihrem Schuh?«

Kyle antwortete nicht.

»Sie wollten, dass wir es im Haus finden«, sagte Mac. »Aber Sie wollten nicht direkt mit uns sprechen, damit Jacob nicht dachte, sie hätten ihn verraten. Also haben Sie mich angerufen und mir Hinweise hinterlassen, die immer einfacher wurden. Das Zitat, das Sie Anne Frank zugeschrieben haben, war offensichtlich nicht von Anne Frank. Sie haben mir damit sagen wollen, dass ich nach einem Kind suchen soll, das sich im Haus versteckt hat.

Sie haben sich schuldig gemacht, indem Sie versucht haben, die Umstände eines Verbrechens zu verschleiern«, fuhr Mac fort. »Berücksichtigt man die Art des Verbrechens, Ihre Motive und die Tatsache, dass Sie nicht vorbestraft sind, nehme ich an, Sie werden mit einer Bewährungsstrafe davonkommen. Darum werden wir das Gericht auf jeden Fall bitten.«

»Denken Sie, man wird mir Jacob anvertrauen?«, fragte Kyle.

»Es sind schon ungewöhnlichere Dinge geschehen«, entgegnete Mac, aber er glaubte nicht, dass die Übertragung des Sorgerechts für Jacob auf Kyle Shelton dazugehören würde.

»›Niemand sollte seine Hoffnungen auf Wunder gründen‹«, sagte Kyle.

»Wer hat das gesagt? Voltaire?«, fragte Mac.

»Wladimir Putin«, antwortete Kyle.

13

»Wir sind schon beinahe wie eine Familie«, verkündete Bloom, als er mit resignierter Miene die Tür zu seinem Laden öffnete. »Ich nehme an, Sie haben einen Durchsuchungsbefehl?«

Stella, Flack und ein uniformierter Beamter, der als Verstärkung gedacht war und aussah, als würde er sich zum Lineman in der National Football League eignen, standen auf der Schwelle.

»Wir sind nicht hier, um eine Durchsuchung vorzunehmen«, sagte Flack.

Bloom schwieg und wartete darauf, was die Beamten sagen würden und was ihr nächster Schritt wäre. Der Mann trug eine ordentlich gebügelte marineblaue Hose mit einem weißen, ebenfalls sorgfältig gebügelten Hemd. So ordentlich sie waren, vermochten die Kleidungsstücke doch nicht seinen Bauch zu verbergen. Bloom starrte die Polizisten unverwandt über die Gläser seiner randlosen Brille hinweg an. Er wirkte völlig ruhig und sehr gelassen. Stella dachte, dass er aussah wie irgendein beliebiger Onkel.

Der Duft frischen Kaffees vermischte sich mit dem angenehmen Geruch des Holzes.

»Wir möchten uns mit Ihnen unterhalten«, sagte Flack. »Würden Sie uns bitte begleiten?«

»Können wir nicht hier reden?«, fragte Bloom. »Ich habe gerade Kaffee aufgesetzt.«

»Es wäre uns lieber, wenn Sie mit uns kämen«, sagte Flack.

Der große uniformierte Cop verlagerte sein Gewicht, bereit, jederzeit einzugreifen.

»Mein Anwalt hat mir geraten, nicht länger mit Ihnen zu kooperieren«, verkündete Bloom. »Sie werden mich also festnehmen müssen.«

»Klar«, sagte Stella. »Ich nehme Sie wegen Mordes an Asher Glick und Joel Besser fest.«

Bloom zuckte mit den Schultern und wollte auf die Tür zugehen.

»Halt«, befahl Stella.

Bloom blieb stehen. Flack hatte inzwischen seine Waffe gezogen. Er winkte dem großen Polizisten zu, Bloom abzutasten, während er selbst die Mirandarechte vorlas. Der Polizist, der auf den Namen Rossi hörte, war größer als Bloom. Jedenfalls brachte er es spielend auf einen Meter dreiundneunzig. Der ehemalige Wrestler am Rutgers-College hatte sogar ein Probespiel bei den Steelers absolviert, doch dort hatte man entschieden, dass Rossi einfach zu langsam war.

»Sauber«, sagte Rossi, richtete sich auf und zog seine Handschellen hervor.

Bloom legte mit hängenden Schultern die Hände auf den Rücken. Als er das metallische Klimpern der Handschellen hörte, war es an ihm, sein Spiel zu machen. Er drehte sich um und traf Rossi mit einem überraschenden, scharfen Hieb an der Kehle. Der große Polizist fiel auf die Knie und rang um Atem, während seine Rechte noch immer die Handschellen umklammerte.

Flack war bereit zu schießen, sollte der Verdächtige ihn angreifen. Das Problem war, dass Bloom keine Waffe hatte und aussah wie ein harmloser Mann in mittleren Jahren mit schlechtem Sehvermögen und einem Bauch. Auf einen unbewaffneten Verdächtigen oder überführten Verbrecher zu schießen war nur unter außergewöhnlichen Umständen zulässig, andererseits schienen die Umstände hier außergewöhnlich genug zu sein.

Flack zögerte nicht einmal eine Sekunde lang, was bei den meisten Leuten, die er festgenommen hatte, ausgereicht hätte. Aber Bloom bewegte sich mit einer erstaunlichen Geschwindigkeit und warf sich mit seinem ganzen Gewicht auf Flack, worauf der zurückstolperte und seine Waffe fallen ließ.

Die einzige Person, die nun noch zwischen Bloom und seiner Flucht stand, war Stella, die mit ausdrucksloser Miene auf der Schwelle verharrte. Sie war unbewaffnet.

Bloom hatte einen mittelgroßen Seesack gepackt, der auf seinem Bett im Obergeschoss lag. Er hatte sich nicht viel Zeit zum Packen genommen. Die Verzögerung war lediglich durch die Bürokratie seiner Bank geschehen. Er hatte sie angerufen, um anzukündigen, dass er all sein Geld abheben wolle und binnen einer Stunde vor Ort sei. Als er in der Bank angekommen war, hatte ein Angestellter ihn zum stellvertretenden Bankdirektor geführt, der eher an einen gut angezogenen jungen Filmstar erinnerte, und dieser stellvertretende Bankdirektor hatte Bloom versichert, dass sie das Geld fast beisammen hätten. Eine Stunde später hatte Bloom die Bank endlich mit einer voll gestopften Einkaufstasche, die mit einem Reißverschluss geschlossen wurde, verlassen können. Die Tasche lag im Kofferraum eines Altima, den er keine zwanzig Minuten, bevor Stella, Flack und Rossi auf seiner Schwelle aufgetaucht waren, gestohlen hatte. Der Wagen stand in einem dreistöckigen Parkhaus in Sichtweite von Blooms Geschäft.

Nun musste er improvisieren. Er war darin ausgebildet worden zu improvisieren, und über die Jahre hatte er die Dinge die er Dekaden zuvor gelernt hatte, in vielerlei Hinsicht verbessert.

Bloom kam schnell auf Stella zu. Hinter ihm hörte sich Rossis atemloses Röcheln an wie das Schnaufen eines Menschen, der unter einem Lungenemphysem im Endstadium litt. Flack stemmte sich auf die Knie, sah sich nach seiner Pistole um und entdeckte sie in der linken Hand Arvin Blooms.

Tötet mit der Linken, schreibt und isst mit der Rechten, dachte Stella.

Flack mühte sich auf zitternden Beinen hoch. Bloom hörte den Detective trotz des Röchelns des Polizisten, der noch immer am Boden lag. Sofort richtete Bloom die Waffe auf Flack, der gerade versuchte, nach der Ersatzwaffe zu greifen, die mit Klebeband an seinem Unterschenkel befestigt war. Aber Bloom wusste genau, was er vorhatte.

Ehe der Detective seine Waffe ergreifen konnte, hätte Bloom ihn und die Frau auf der Schwelle längst erschossen. Doch das bedeutete Lärm. Vermutlich würde jemand 911 anrufen und die Schüsse melden. Und war er erst draußen, würde er sich langsam bewegen müssen. Er durfte nicht laufen.

Schmerz. Ein furchtbarer Schmerz bereitete ihm Krämpfe und zwang ihn zu Boden, zwang ihn, Flacks Waffe loszulassen. Bloom, dessen Augen wie rasend hin und her zuckten, sah zu Stella und auf die kleine schwarze Betäubungswaffe in ihrer Hand. Wie viel Volt hatte sie eingestellt? Er fing an, sich auf dem Boden zu krümmen. Flack hatte seine Waffe vom Boden aufgehoben, wo

Bloom sie hatte fallen lassen. Nun steckte er die Waffe zurück ins Halfter und legte Bloom Handschellen an.

Sowohl Stella als auch Flack rannten jetzt zu Rossi, sein Gesicht war leichenblass und angeschwollen. Sein Mund stand weit offen, während er versuchte, nach Luft zu schnappen, und sein flehentlicher Blick wanderte von Flack zu Stella.

Flack zog sein Telefon hervor und rief einen Krankenwagen. »Polizist verletzt«, rief er hinein.

Als er das Telefon wieder zuklappte, sagte Stella, die Rossis Hand hielt: »Er braucht sofort eine Koniotomie. Leg ihn auf den Rücken.«

Stella hatte ihren Koffer nicht mitgenommen. Schließlich hatte sie nicht vorgehabt, einen Tatort zu untersuchen, sondern einen Mörder festzunehmen. Ein Fehler. Dies war eine ganze Woche voller Fehler. Aiden hatte einen Fehler gemacht, Danny hatte einen Fehler begangen, und nun hatte sie auch einen gemacht.

Die Hitze, dachte sie.

»Wir brauchen ein Messer oder eine Rasierklinge«, rief sie. »Etwas sehr Scharfes.«

Flack griff in seine Tasche, den Blick immer noch auf Rossi gerichtet, dessen Gesicht beinahe so rot war wie das Fleisch einer Wassermelone. Mit einem Schweizer Offiziersmesser kam Flacks Hand wieder zum Vorschein. Er klappte eine der Klingen aus und reichte es Stella. Sie wusste, wie man die Schärfe einer Klinge testen konnte, ohne sich dabei zu schneiden. Rasch fuhr sie mit einem Finger über die Schneide. Dann musterte sie die Schneide der Klinge und nickte Flack zu.

»Wir brauchen einen Strohhalm, ein Plastikröhrchen, irgendetwas …«

Stella sah in Flacks Augen, dass er dergleichen schon früher erlebt hatte. Vermutlich könnte er den Luftröhrenschnitt ebenso gut durchführen, doch das war jetzt ihre Aufgabe.

Sie sah Rossi an und konnte den Gedanken nicht abstellen, dass das Leben des jungen Mannes von nun an in Sekunden gemessen werden musste. Derweil hockte Bloom benommen am Boden.

»Ein Stück dünne Pappe«, forderte sie. »Roll sie zu einem festen Röhrchen zusammen.«

Flack verstand. Er erinnerte sich an den Karton mit Papiertaschentüchern, der bei seinem letzten Besuch auf dem Tresen gestanden hatte. Flack eilte dorthin, fand den Karton, schüttete die Taschentücher hinaus, riss eine Seite des Kartons ab und rollte die Pappe zusammen.

»Stella«, rief er und hielt das Röhrchen hoch.

»Das wird reichen«, sagte sie.

Er reichte Stella, die neben Rossi kniete, das zusammengerollte Pappröhrchen. Rossis Augen schlossen sich bereits.

»Brauchst du mich?«, fragte Flack.

»Ich rufe, falls ich Hilfe brauche«, sagte sie.

»Hast du so etwas schon mal gemacht?«

»Nein«, sagte sie, während sie das Messer zu Rossis Kehle führte.

»Viel Glück«, wünschte Flack, stand auf und ging zu Bloom.

Etwas Glück wäre sicher großartig, aber Stella glaubte weniger an Glück als an Können. Sie wusste, wie eine Koniotomie funktionierte. Dreimal hatte sie Sanitäter dabei beobachtet, und wenn sie fertig gewesen waren, hatte sie ihnen Fragen gestellt, und auch Sheldon Hawkes hatte sie gebeten, ihr zu erklären, wie sie im Fall eines Falles vorzugehen hätte.

Stella fand die leichte Vertiefung zwischen Rossis Adamsapfel und seinem Ringknorpel. Dort führte sie einen etwa eineinviertel Zentimeter langen und ebenso tiefen Horizontalschnitt durch. Rossi reagierte nicht. Er schien nicht mehr zu atmen.

Dann bohrte Stella ihren Finger in den Einschnitt. Die ganze Prozedur war alles andere als steril, sie war vermutlich sogar extrem schmutzig, aber das war jetzt nicht zu ändern. Sie fühlte das Blut an ihren Finger und wie es aus der Wunde herausdrang. Stellas Finger stieß in die Luftröhre vor. Mit der freien Hand ergriff sie den provisorischen Papptubus und rollte ihn, bis er straff war. Er sollte passen. Falls nicht, würde sie das Loch vergrößern müssen, vorausgesetzt, ihr blieb noch genug Zeit.

Vorsichtig zog sie den Finger aus dem Einschnitt, ehe sie langsam den Papptubus hineinschob. Dann beugte sie sich hinunter und blies den Tubus durch, um ihn von dem Blut zu befreien, das bei dem Vorgang hineingeströmt war. Sie wartete fünf Sekunden und blies erneut hinein. Sie hatte völlig vergessen, wo sie war und sogar, wer sie war. Ihre Konzentration galt allein dem großen Polizisten. Alle fünf Sekunden blies sie vorsichtig Luft in den Tubus.

»Wie läuft es?«, fragte Flack.

Sie antwortete nicht. Sie war damit beschäftigt, die Sekunden zu zählen.

Dann hörte sie aus der Ferne das Sirenengeheul eines Krankenwagens. Sie drehte den Kopf für einen Augenblick zur Straße, um sich gleich darauf wieder dem verwundeten Polizisten zu widmen. Dann merkte sie, dass dessen Brust sich langsam hob. Keine dreißig Sekunden später öffnete Rossi die Augen. Er atmete nun aus eigener Kraft, mit schmerzender Brust und einem Papröhrchen in seinem Hals.

Tonlos formten seine Lippen das Wort »danke«. Stella nickte nur.

Zwei Sanitäter stürmten mit ihrer Ausrüstung herein.

»Wo haben Sie Schmerzen?«, fragte einer. »Wurde auf Sie geschossen?«

Stella blickte auf ihre Bluse herab, die überall mit Blut verschmiert war, ebenso wie ihre beiden Hände und ihr Gesicht.

»Es geht nicht um mich«, sagte sie. »Kümmern Sie sich um ihn. Das ist sein Blut.«

Beide Sanitäter nickten und knieten sich vor Rossi, der unter Schmerzen wispernd erklärte: »Ich kann selbst gehen.«

»Keine gute Idee«, informierte ihn einer der Sanitäter.

»Ich gehe selbst«, flüsterte er so leise, dass Flack und Bloom ihn nicht hören konnten. »Ich werde nicht zulassen, dass dieser Hurensohn zusieht, wie ich rausgetragen werde.«

Die Sanitäter halfen ihm auf. Er schien wieder normal zu atmen.

»Hübsche Koniotomie«, sagte einer der beiden Sanitäter. Dann sah er Stella an und fragte: »Haben Sie das gemacht?«

Stella nickte.

»Ihr gehört doch zum C.S.I., richtig? Wir sind uns schon früher begegnet?«

»Wir gehören zum C.S.I.«, bestätigte Stella.

»Alle?«

»Der in den Handschellen nicht«, sagte sie. »Das ist ein Mörder.«

Rossi schüttelte matt die Hände der Sanitäter ab und schaffte es tatsächlich, mit normalen Schritten zur Tür zu gehen. Unterwegs sah er sich einmal zu Bloom um, der den Blick jedoch nicht erwiderte. Der Polizist, den er verletzt hatte, war unwichtig, nicht wert, ihn auch nur eines Blickes zu würdigen. Es war nicht von Bedeutung, dass er überlebt hatte, statt zu sterben. Vor ihm hatte es andere gegeben, andere in mindestens sechs verschiedenen Ländern. Nur Pünktchen, die er problemlos ausradieren konnte, Zeugen, die ihm in den Weg geraten waren. Sie waren nicht wichtig gewesen, nur die Morde, die er ausführen sollte, waren wichtig gewesen. Für den Mann, der sich Bloom nannte, war nun nur noch wichtig, selbst am Leben zu bleiben.

Er würde einen Anruf tätigen, und man würde ihn retten. In seiner Vorstellung konnte es daran keinen Zweifel geben. Er war zu wertvoll. Er wusste zu viel und hatte Dokumente an Orten versteckt, an denen nicht einmal *sie* sie finden konnten. Aber *sie* wussten, dass er, sollte ihm irgendetwas zustoßen, einen anderen Anruf tätigen konnte, und dann würde jemand die Dokumente zur *New York Times* bringen. Er würde darauf bestehen, dass eine Bundesbehörde über seine Verhaftung wegen Mordes informiert werden würde.

Flack, bemüht, ein Humpeln zu unterdrücken, stieß den großen Mann Richtung Tür. Dann hielt er kurz inne, um Blooms Brille aufzuheben und sie dem Gefangenen zu geben, als ihm etwas auffiel. Er hielt die Brille ins Licht und reichte sie an Stella weiter.

Auch sie hielt sie ins Licht und sagte: »Fensterglas.«

Bloom blickte sich über die Schulter zu ihnen um und lächelte.

»Wo ist Ihre Frau?«, fragte Stella.

Bloom lächelte nur weiter.

»Bring ihn weg«, sagte sie. »Ich werde mich hier noch ein bisschen umsehen. Wir treffen uns in etwa einer Stunde.«

Sie irrte sich. Sie hielt sich beinahe zwei Stunden lang in dem Laden auf, und das erst, nachdem sie Aiden angerufen hatte, um ihr zu erzählen, was sie entdeckt hatte, und sie zu bitten, ihr ihre Ausrüstung zu bringen.

Sie waren in einem Büro im Familiengericht in Manhattan an der Lafayette Street, Ecke Franklin Street.

Jacob und Tabler saßen einer Richterin gegenüber, die nicht sehr viel Ähnlichkeit mit einer Richterin hatte. Sie war schwarz, sehr hübsch, hatte weich aussehendes, ebenholzschwarzes Haar, das ihr bis auf die Schultern fiel, und konnte höchstens dreißig sein.

Richterin Sandra Whitherspoon hatte die Berichte gelesen. Weil Jacob in die Altergruppe der Sieben- bis Zwölfjährigen gehörte, würde über diese vorläufige Anhörung oder eine Verhandlung, sollte der Fall die Grenzen ihres Zuständigkeitsbereichs sprengen, keine Akte angelegt werden. Zudem konnte Jacob nicht wegen Mordes verurteilt werden.

Sie blickte erst Tabler und dann Jacob an.

»Wie alt waren deine Eltern, als sie geheiratet haben?«, fragte sie.

Die Frage verwirrte Jacob. Tabler überlegte, ob er etwas sagen sollte, ließ es aber sein.

»Mein Vater war einundvierzig«, sagte er. »Meine Mutter war achtzehn.«

Richterin Whitherspoon nickte, als wäre dies eine besonders wichtige Information.

»Wo haben sie geheiratet?«, erkundigte sie sich.

»Houston, glaube ich«, sagte Jacob.

»Wir haben die Eltern deiner Mutter in San Antonio gefunden«, sagte sie. »Sie wollen, dass du bei ihnen lebst. Sie werden kommen, um dich zu holen. Ich werde mich vergewissern, dass sie gute Menschen sind, ehe ich dich in ihre Obhut gebe. Verstehst du das?«

Jacob nickte.

»Wenn du bei ihnen zu Hause in San Antonio bist, werden sie dafür sorgen, dass du zu einem Psychologen kommst, der auf Kinder spezialisiert ist, die Hilfe brauchen.«

Jacob drehte sich zu Tabler um und fragte: »Was ist mit Kyle?«

»Wir werden für ihn tun, was wir können«, sagte der alte Anwalt in mildem Ton.

»Das ist nicht fair«, verkündete Jacob mit erhobener Stimme und Tränen in den Augen.

»Warum ist das nicht fair?«, fragte die Richterin.

»Weil das alles meine Idee war«, sagte Jacob. »Er ist nicht zu uns nach Hause gekommen, weil er Becky besuchen wollte. Er ist gekommen, weil ich ihn angerufen habe. Als er unterwegs war, habe ich mir den Plan mit den Beweisen im Wald, seiner Flucht und den Hinweisen auf mein Versteck ausgedacht.«

»Du hast Mr Shelton überredet, die Verantwortung für einen Mord zu übernehmen, den er nicht begangen hat?«, fragte sie. »Und das ist die Wahrheit?«

Tabler gab auf und legte den Kopf in die Hände.

»Die Wahrheit«, sagte Jacob.

Sie glaubte ihm nicht. Sandra Whitherspoon und ihr Ehemann hatten selbst einen zwölfjährigen Sohn und eine achtjährige Tochter. Sandra Whitherspoon verbrachte ihre Tage mit Kindern, die manchmal logen, manchmal die Wahrheit sagten oder beides miteinander vermischten, und das sogar sehr geschickt. Sie konnte die Lügen eines Kindes erkennen, aber sie konnte sie nicht immer beweisen.

Wahrheit oder Lüge, sie konnte dieses plötzliche Geständnis nicht einfach so gelten lassen.

Selbst wenn der Junge vor Gericht aussagen würde, würde das nichts an der Tatsache ändern, dass Shelton das Gesetz gebrochen hatte. Aber die Information veranlasste sie, das Vorhaben, Jacob so schnell wie möglich bei seinen Großeltern oder anderen Pflegeeltern unterzubringen, noch einmal zu überdenken.

Sie beschloss, eine sofortige psychiatrische Untersuchung anzuordnen.

Die Hände immer noch hinter dem Rücken mit Handschellen gefesselt, saß er da und musterte Stella und Aiden über den Tisch hinweg. Seine Miene wirkte ruhig.

Stella nickte Aiden zu, die eine Liste in der Hand hielt und davon ablas.

»Blutholz von Ihrem Schrank wurde bei Asher Glick gefunden. Die Proben stimmen überein. Sie müssen ihn berührt haben.«

»Wir haben einander umarmt«, sagte der Mann. »Wir waren alte Freunde.«

»Blutholzspäne derselben Art wurden in der Einkaufstasche in der Kirche gefunden«, fuhr Aiden fort.

»Es gibt Hunderte von Läden in Manhattan, die Blutholzmöbel verkaufen oder mit Bodenbelägen und Wandpaneelen aus Blutholz arbeiten.«

Das alles war nur ein Spiel. Er würde mit ihnen spielen, bis jemand käme, um ihn von hier fortzubringen. Dazu musste er gar nicht anrufen. Inzwischen würden *sie* so oder so Bescheid wissen.

»Der Eigentümer eines Zeitschriftenladens gleich neben dem Tempel *Jüdisches Licht Christi* hat eine Zeichnung eines Mann angefertigt, der durch sein Geschäft ging und ihn und seine Familie mit dem Tod bedrohte, sollte er jemandem erzählen, dass er den Laden durchquert und durch die Hintertür verlassen hat.«

Sie reichte ihm eine Kopie der Zeichnung. Er betrachtete sie einige Sekunden lang unbeeindruckt, ehe er sie mit ausdrucksloser Miene zurückgab. Stellas Mobiltelefon vibrierte. Sie griff in ihre Tasche und klappte es auf. Es war Mac, der ihr sagen wollte, dass er auf dem Weg zu ihnen war.

»Ich informiere euch nur, die Ermittlungen überlasse ich euch. Aber das wird Zeit brauchen, und es gibt ein paar Informationen, die ich dir nicht geben kann. Informationen, die du gar nicht haben willst«, sagte er.

»Kein Problem«, entgegnete sie, ohne den Mann aus den Augen zu lassen, dessen Blick auf der Zeichnung ruhte, die Aiden auf dem Tisch hatte liegen lassen.

»Bin unterwegs«, sagte Mac.

Stella und Mac verstanden einander, sie waren Kollegen. Sie waren Freunde. Stella klappte das Telefon zusammen.

»Sieht mir ein bisschen ähnlich«, verkündete Bloom. »Falls, und ich sage nur *falls* ich in dem Laden gewesen wäre, hätte ich den Eigentümer nicht bedroht und wäre nicht zur Hintertür hinaus und in die Synagoge gegangen, um den Mann zu töten.«

»Waren Sie je in Korea?«, fragte Stella.

Auch mit dieser Frage hatte er längst gerechnet. Er war ihnen weit voraus.

»Nein«, sagte er.

»Und Sie sprechen kein Koreanisch?«, hakte Stella nach.

»Nein«, sagte er erneut.

»Die Fotos, die von Arvin Blooms Fußsohlen nach seiner Geburt im Krankenhaus angefertigt wurden, stimmen nicht mit Ihren Fußabdrücken überein.«

»Ich glaube nicht, dass ein Fußabdrucksvergleich je als Beweis vor einem amerikanischen Gericht vorgelegt wurde«, sagte er. »Füße verändern sich. Fingerabdrücke nicht.«

»Wollen Sie denn der Behauptung, Sie wären nicht Arvin Bloom, gar nicht widersprechen?«

»Doch, ich widerspreche.«

»Die Fingerabdrücke in Arvin Blooms amtlichen Unterlagen passen zu Ihren«, sagte Aiden. »Was haben Sie mehr als vierzig Jahre lang gemacht?«

»Strandgut gesammelt«, sagte er.

Stella und Aiden schwiegen.

»In Tahiti«, fuhr er fort.

»Wir haben sie gefunden«, verkündete Stella triumphierend.

Bloom verstand durchaus, ließ sich aber nichts anmerken.

»Ihre Frau«, fuhr Stella fort. »Sie wurde zweimal in den Hinterkopf geschossen und in einem schwarzen Leichensack mit einem Reißverschluss unter dem Boden in Ihrem Schlafzimmer verstaut. Sie können gut mit Holz umgehen.«

»Ich würde gern einen Telefonanruf machen«, sagte er vollkommen ruhig.

Stella legte ihr Mobiltelefon vor ihm auf den Tisch, stand auf und nahm ihm die Handschellen ab. Er rieb sich die Handgelenke und griff nach dem Telefon. Sicher, später würden sie die gewählten Nummern durchgehen und die finden, die er anzurufen gedachte, aber das würde nichts ausmachen. Er hätte natürlich darauf bestehen können, ein öffentliches Telefon zu benutzen, aber auch dann hätte man seine Anrufdaten ermitteln können. Und er hätte darauf bestehen können, allein gelassen zu werden, solange er telefonierte, aber auch darauf konnte er verzichten.

Stella blieb hinter ihm, als er die Nummer eintippte. Das Telefon am anderen Ende klingelte, und eine Tonbandstimme sagte: »Ich bedauere, aber die Nummer, die Sie gewählt haben, ist derzeit nicht vergeben. Wenn Sie glauben, Sie hätten sich verwählt, legen Sie auf und versuchen Sie es noch einmal.«

Er klappte das Telefon zu und legte es auf den Tisch.

Das war nicht richtig. Warum hatten *sie* ihn ausgebootet? Sie wussten doch, dass er nur einen anderen Anruf tätigen musste, und schon würden Kopien der Dokumente auf der Titelseite der *Times* landen, sämtliche Abendnachrichten beherrschen und einen Haufen Leute um ihre Regierungsjobs bringen.

»Hände«, sagte Stella hinter ihm.

Dies war möglicherweise nicht der beste Zeitpunkt, aber eine andere Gelegenheit würde er vielleicht nicht mehr bekommen. Und was hatte er schon zu verlieren? Keine der Frauen war bewaffnet. Draußen vor der Tür, auf der linken Seite, am Ende eines kurzen Korridors, gab es einen Notausgang.

Er schlug nach der Frau, die hinter ihm stand, der Frau, die ihn mit dem Taser matt gesetzt hatte. Gleichzeitig kippte er den Tisch nach vorn auf ihre Kollegin.

Schnell konnte er zur Tür gelangen. Einmal auf der Straße, würde er schon wissen, wie er sich verstecken konnte. Vielleicht würde er noch mehr Morde begehen müssen, aber er wusste, wie er überleben konnte.

Er riss die Tür auf, und Mac Taylor versetzte ihm einen harten Schlag. Der Hieb brach ihm die Nase. Der Mann, der sich selbst Arvin Bloom nannte, wich zurück, ohne aber nach seiner Nase zu greifen. Dann stürzte er auf Mac zu, der eine Bewegung machte, als wolle er nach seinem Gesicht schlagen.

Instinktiv riss der Mann die Hände hoch, um seine gebrochene Nase zu schützen. Aber Macs Hieb traf den Solarplexus des Mannes. Schwer ging er zu Boden und blieb benommen sitzen.

»Seid ihr okay?«, fragte Mac.

Stella stand nicht weit entfernt und hielt ihren Taser in der Hand.

»Die Schulter tut weh«, sagte sie.

Aiden war dabei, den Tisch wieder aufzurichten.

»Mir geht es gut«, sagte sie.

Stella legte dem Mann, aus dessen Nase nun das Blut hervorquoll, hinter dem Rücken die Handschellen wieder an, bevor sie ihn aufstehen ließ.

»Der gibt einfach nicht auf«, sagte sie und führte den Mann zurück zu dem Stuhl hinter dem Tisch.

Aiden drehte sich um, griff nach ihrer Ausrüstung und förderte ein paar große Mullkompressen zu Tage. Als der Mann wieder saß, presste sie ihm die Kompressen an die blutende Nase.

»Er kann nicht. Sein Name ist Peter Moser«, berichtete Mac und beugte sich vor, sodass sein Gesicht nur Zentimeter von dem des Mannes entfernt war. »Und ich habe da noch einen Namen, der interessant sein könnte: Harry Eberhardt.«

Sie wussten inzwischen, wer er war, und er wusste, wer es ihnen verraten hatte. Sie hatten Eberhardt gefunden, und das bedeutete, dass die Dokumente, sein Ass im Ärmel, vermutlich auch gefunden und zerstört worden waren. Er hatte sein Druckmittel verloren.

»Wie haben Sie ihn entdeckt?«, fragte Moser.

»Es fing damit an, dass Sie gesagt haben, Sie hätten den Blutholzschrank gestern verkauft«, sagte Mac. »Angeblich wussten Sie nicht, an wen Sie ihn verkauft haben. Das war ein schweres Stück.«

»Man brauchte mindestens zwei Leute, um ihn zu bewegen«, fügte Aiden hinzu.

Moser blickte auf. Er würde einen Weg finden, um hier herauszukommen. Er hatte schon schlimmere Situationen hinter sich gebracht.

»Wir haben den Bereich des Ladens, in dem der Schrank gestanden hat, auf Fingerabdrücke untersucht. Da waren eine ganze Menge Abdrücke. Ein paar fielen besonders auf. Es waren Finger und Handfläche, so als hätte jemand die Hand an die Wand gelegt, um mit einer Hebelwirkung den Schrank von der Wand abzurücken. Der Abdruck war zwar nicht gut genug, um ihn durch das System zu jagen, aber man konnte erkennen, dass Finger und Handfläche durch Säure und andere Chemikalien beschädigt worden waren.«

Moser atmete schwer durch den offenen Mund.

»Der Abdruck wies Spuren von Chemikalien auf, die wir normalerweise nicht auf Fingerabdrücken finden«, fuhr Mac fort. »Monomethyl-p-aminophenol-Sulfat, Säure, Natriumhydroxid, Kaliumbromid. Wissen Sie, wer solche Chemikalien benutzt?«

Moser wusste es, aber er sagte nichts.

»Fotografen«, sagte Mac. »Sie benutzen sie für die Filmentwicklung. Die meisten Fotos werden heute digital angefertigt. Drogerien und Fotogeschäfte entwickeln immer noch Filme, aber der Vorgang wird inzwischen komplett mit computergesteuerten Geräten durchgeführt. Die einzigen Leute, die immer noch ihre eigenen Filme entwickeln, sind professionelle Fotografen, die Leute, die Portraits machen, Landschaften, Häuser, manchmal auch Hochzeiten fotografieren und Mode- und Katalogfotos der gehobenen Art anfertigen.«

Moser antwortete nicht. Aiden, die inzwischen Latexhandschuhe angezogen hatte, zog die blutige Kompresse von Mosers Nase und ließ sie in einen Beutel fallen. Die Blutung hatte nachgelassen. Sie presste ihm eine frische Kompresse auf die Nase. Als sie wegzurutschen drohte, klebte sie sie in seinem Gesicht fest.

»Wir hätten sie alle überprüfen können«, fuhr Mac fort. »Aber das war gar nicht nötig. Wir haben nach Fotografen gesucht, die ihr Atelier in der Nähe Ihres Ladens haben, sodass der Schrank einfach getragen werden konnte.«

»Eineinhalb Blocks von dem Laden«, fügte Stella hinzu.

»Harry Eberhardt, Fotograf«, sagte Mac. »Wir haben den Blutholzschrank in einem Zimmer hinter Eberhardts Studio gefunden. Da war auch eine Dunkelkammer. Detective Flack hat Eberhardt erzählt, dass auf Sie eine Anklage wegen dreifachen Mordes wartet, und dass eines der Opfer die Frau war, die Sie vor ein paar Stunden erschossen haben. Eberhardt hat uns einen versiegelten Umschlag übergeben, und den hat jetzt ein Vertreter der Bundesregierung.«

Moser blickte stur geradeaus.

Mac machte Stella ein Zeichen mit den Augen. Sie sollte übernehmen.

»Wir haben uns geirrt«, sagt sie. »Sie haben Asher Glick nicht umgebracht, weil Sie ihm Geld schuldig waren. Sie haben ihn umgebracht, weil er Ihr Geschäft aufgesucht hat. Sie haben ihm Ihren Namen genannt, haben ihm erzählt, Sie hießen Bloom, und Sie haben ihm den Ort genannt, aus dem Sie angeblich kommen. Vermutlich hat er Ihnen Fragen nach Ihrer Jugend gestellt. Wahrscheinlich haben Sie Ihre Hausaufgaben gemacht und ihm all die passenden Antworten gegeben, aber Glick wusste trotzdem, dass Sie nicht Bloom sind. Sie hatten das Pech, jemandem zu begegnen, der den echten Arvin Bloom als Junge gekannt hat. Der gewusst hat, dass Sie nicht Bloom waren, und der gewusst hat, dass Bloom tot ist.«

»Vermutlich haben Sie sich eine Geschichte zurechtgelegt«, sagte Mac. »Eine gute Geschichte, aber nicht gut genug. Er hat Ihnen von dem morgendlichen Minjan erzählt, und Sie haben versprochen, hinzukommen und ihm Beweise dafür zu zeigen, dass Sie ihm die Wahrheit erzählt haben.«

»Sie haben ihn allein erwischt«, übernahm Stella wieder. »Sie haben improvisiert, haben ihn umgebracht und dafür gesorgt, dass es wie ein Ritualmord aussieht. Und dann, als wir bei Ihnen aufgetaucht sind und Sie als Verdächtigen behandelt haben, haben Sie Angst bekommen, wir könnten alles herausfinden. Also haben Sie beschlossen, noch jemanden zu ermorden, noch einen Juden, auf die gleiche Weise, eine Person, zu der Sie in keiner Beziehung standen. Die hebräischen Worte hatten keine Bedeutung. Vermutlich haben Sie sie im Internet gelesen. Und Sie haben …«

»… eine Person gefunden, die sich wunderbar als Sündenbock eignete«, führte Mac den Satz fort. »Joshua.«

Eine volle Minute lang schwiegen alle drei Ermittler. Stella saß da und sah Moser an, ohne mit der Wimper zu zucken. Aiden hatte die Arme vor der Brust verschränkt, während sie Moser angewidert musterte, und Mac hatte einfach nur die Handflächen flach auf den Tisch gelegt.

Es pochte an der Tür, und Jane Parsons betrat den Raum. Sie trug ihren weißen Laborkittel und hatte ein einzelnes Blatt Papier in der Hand, das sie Mac überreichte. Der las es, ehe er es an Stella weitergab, die es, als sie es ebenfalls gelesen hatte, Aiden gab. Jane musterte den blutenden Mann, gab sich aber völlig ungerührt.

Moser zeigte keinerlei Interesse an dem, was um ihn herum vorging. Wenn er vor Gericht landete, würde er verurteilt werden. Die Beweise waren überwältigend. Er würde ins Gefängnis gehen, so viel stand fest. Womöglich bekam er sogar die Todesstrafe. Wenn er sich auf einen Handel einließ, um der Todesstrafe zu entgehen, bezweifelte er, dass *sie* ihn mehr als ein paar Wochen oder Monate im Gefängnis überleben ließen. Andererseits hatte er eine Menge anzubieten. Auch ohne die Beweise, die

Eberhardt der Polizei bereits übergeben hatte. Moser wusste mehr als genug – Namen, Daten, Ereignisse –, um ein Chaos anzurichten. Das konnten *sie* nicht zulassen. *Sie* konnten nicht zulassen, dass er sich an die Öffentlichkeit wandte. Entweder würde er in den nächsten paar Tagen fliehen müssen, oder er würde ermordet werden.

Mac sah Jane an. Sie sah müde aus. Sie alle waren müde, überhitzt und verschwitzt.

»Danke«, sagte er.

Jane lächelte. Das hatte sie in letzter Zeit häufiger getan. Dann verließ sie das Zimmer.

»Gute Neuigkeiten«, sagte Stella und sah Moser an, der nicht verhindern konnte, seinerseits aufzublicken.

Sie haben beschlossen, sich der Sache anzunehmen, dachte Moser. Noch ehe der Tag zu Ende war, würde er wieder draußen sein, und dann würde er sich verstecken müssen, ehe jemand ihm zwei Kugeln in den Kopf jagen konnte.

»Wir streichen die Beschuldigung des Mordes an Ihrer Frau aus der Liste der Anklagepunkte«, sagte Stella.

Mosers Lippen spannten sich ein wenig unter der blutigen Kompresse.

»Wollen Sie wissen, warum?«, fragte Mac.

Schweigen.

»Weil«, griff Aiden den Faden auf, »die Frau, die Sie in Ihrem Schlafzimmer ermordet haben, nicht Ihre Frau war. Sie war Ihre Schwester.«

Vermutlich wäre Moser nicht einmal an einem isolierten und überwachten Ort sicher. Einem Ort wie jenen, an denen Mafiakiller untergebracht wurden, die geredet hatten, um ihre Haut zu retten, an denen sie irgendeinem Ghostwriter ihre größtenteils erfundenen Lebensgeschichten diktierten, fernsahen und am Leben bleiben konnten. Aber einen Versuch war es wert.

»Ich will einen Handel schließen«, sagte Moser.

»Wir sind nicht autorisiert, einen Handel mit Ihnen abzuschließen«, entgegnete Mac.

»Dann suchen Sie jemanden, der es ist«, gab Moser zurück.

»Was haben Sie anzubieten?«, fragte Aiden.

Moser legte den Kopf ein wenig auf die Seite und betrachtete jeden einzelnen Ermittler mit einem schaurigen Grinsen, ehe er sagte: »Siebendunddreißig Attentate im Dienst einer Regierungsbehörde, Attentate in neun verschiedenen Staaten, vor allem in Korea, Nord und Süd.«

»Eine Frage«, sagte Aiden. »Wozu die Möbeltischlerei?«

»Das ist die perfekte Art der Meditation«, entgegnete Moser. »Nützliche und schöne Gegenstände mit den eigenen Händen zu erschaffen, rührt und stärkt die Seele.«

»Wir haben die Fingerabdrücke Ihrer Schwester überprüft und einen Treffer bei einer Lily Drew aus Cleveland gelandet«, sagte Stella. »Die Polizei von Cleveland hat Ihre Tante und Ihren Onkel aufgetrieben. Wir werden sie bitten, Sie zu identifizieren. Sie haben Ihre Schwester zur Vervollständigung Ihrer Fassade missbraucht, und sie, als Sie beschlossen haben zu fliehen, einfach umgebracht. Gibt es irgendetwas, das Sie dazu sagen möchten, Evan Drew?«

Mac und Danny hatten die Identitäten des Mannes Stück für Stück herausgefiltert, so lange, bis sie zum Kern vorgestoßen waren.

Evan Drew alias Peter Moser alias Arvin Bloom saß schweigend vor ihnen und starrte die kahle Wand an, in deren Putzoberfläche er ein Gesicht zu sehen glaubte, das Gesicht eines beinahe schon skelettierten Mannes, schreiend, mit weit geöffnetem Mund. Er hatte derartige Dinge überall auf der Welt gesehen, meist auf den Bodenbelägen irgendwelcher Waschräume. Er hatte niemals gefragt, aber er war überzeugt, dass andere Menschen keine Bilder sahen, die sie verfolgten.

»Ich brauche einen Arzt«, sagte Drew.

Die Befragung war vorüber. Keine Stunde später folgte die Mitteilung, dass das Büro des Bezirksstaatsanwalts kein Interesse daran hatte, einen Handel mit Evan Drew abzuschließen.

In seiner Arrestzelle ging Drew noch einmal seine Möglichkeiten durch. Viele blieben ihm nicht. Vielleicht nicht einmal eine einzige.

14

In den über fünfzig Jahren, die er nun schon in dieser Gegend lebte, war dies das erste Mal, dass Rabbi Benzion Mesmur die St. Martines Kirche aufsuchte. Sie war kaum fünf Minuten zu Fuß von seiner Synagoge entfernt.

Father Wosak hatte ihn zu Kaffee und Gebäck eingeladen, beides, wie der Pfarrer ihm versichert hatte, gekauft in Kauffmans koscherer Bäckerei.

»Wenn es Ihnen lieber ist, dass ich zu Ihnen komme …« hatte der junge Geistliche angefangen, als sie sich am Telefon unterhalten hatten.

Der Rabbi konnte an seinem Ton erkennen, dass er daran dachte, wie alt sein Gesprächspartner war und welche Position er in seiner Gemeinde bekleidete.

Wosak hatte die Bitte auf Hebräisch vorgetragen, und er hatte Rabbi Mesmur die Wahl des Zeitpunktes überlassen, sodass seine Pflichten nicht beeinträchtigt würden.

Der alte Rabbi, der auch am heißesten Tag des Jahres einen schwarzen Anzug trug, hatte die Kirche zu Fuß in Begleitung von zwei Mitgliedern seiner Gemeinde aufgesucht. Seine Begleiter waren über siebzig und baten ihn inständig, sich fahren zu lassen, doch der Rabbi hatte nur dankend abgelehnt.

Die beiden Männer warteten draußen, als der Rabbi St. Martines betrat.

Nachdem sie mit dem Kaffee und dem Gebäck fertig waren, sagte der Pfarrer auf Englisch: »Ich habe eine Bitte.«

Der alte Mann wartete.

»Ich würde gern mit unserer Gemeinde beim Gottesdienst am Sonntag für Asher Glick beten«, sagte Father Wosak.

»Dazu brauchen Sie meine Erlaubnis nicht«, entgegnete Rabbi Mesmur.

»Doch«, sagte der Pfarrer.

»Dann haben Sie sie«, antwortete der Rabbi.

»Meine Predigt am Sonntag wird sich mit Jesus, dem Juden, befassen«, sagte Wosak.

Beide Männer dachten an Joshua, der im Krankenhaus lag. Joshua, der nach außen hin behauptet hatte, er könne eine Brücke über die tiefe Schlucht zwischen den beiden Religionen schlagen, und der im Inneren doch gewusst hatte, dass er ein falscher Prophet war.

»Und der andere?«, fragte der Rabbi.

»Wir werden auch für Joel Besser beten«, sagte Wosak.

Rabbi Mesmur strich sich über den Bart und nickte.

Während der nächsten zwanzig Minuten diskutierten die beiden Männer die Bedeutung der Vernichtung der Söhne Aarons durch Gott, nachdem sie dem Altar auf ungebührliche Weise zu nahe gekommen waren. Ihre Interpretationen waren sich erstaunlich ähnlich.

Ein Geräusch jenseits der Tür zum Altarraum veranlasste den Pfarrer sich zu erheben. »Bitte, entschuldigen Sie«, sagte er.

Auch Rabbi Mesmur erhob sich und folgte dem Pfarrer zur Tür.

Stella hatte sich freiwillig erboten, den beiden Männern von der Festnahme des Mörders und von seinen Motiven zu berichten.

Als die beiden Geistlichen in der offenen Tür standen und in die Kirche blickten, sahen sie Stella allein vor dem

Altar knien, die Hände gefaltet, den Kopf demütig zum Gebet gesenkt.

Father Wosak schloss die Tür, und die beiden Männer überließen Stella ihrem Gebet.

Um vier Uhr nachmittags reichte Danny Messer Kyle Shelton ein Taschenbuch durch die Eisenstangen seiner Zelle. Kyle hatte gefragt, ob es möglich sei, ihm das Buch aus seiner Wohnung herzubringen.

»Danke«, sagte Kyle.

Er war frisch rasiert, hatte das Haar ordentlich zurückgekämmt und trug eine gebügelte orangefarbene Gefangenenkleidung. Kyle stand aufrecht, stoisch und militärisch zugleich. Kyle Shelton, ehemaliger Private First Class, der in einer Infanterieeinheit im Irak gedient hatte, hatte ein Rückzugsgebiet gefunden, dachte Danny. Dannys Rückzugsgebiet war seine Arbeit, was einer gewissen Ironie nicht entbehrte. Ausgerechnet das, was er am meisten liebte, hatte ihn an den Rand eines Zusammenbruchs getrieben.

In einer der beiden Kojen hinter Shelton schlief jemand oder versuchte es zumindest. Der Mann auf der Koje deckte die Augen mit dem linken Arm ab, um die Sonne abzuwehren.

Die Klimaanlage war aus Gründen der Sparsamkeit oder vielleicht, weil die Anlage überlastet war, heruntergestellt worden. In der Zelle musste es gute dreißig Grad heiß sein. Feuchtigkeit und Hitze hatten die schlimmsten Gerüche zu Tage gefördert – uralter Zigarettengestank, der immer noch in den Wänden hing, menschlicher Schweiß, der sich mit Alkoholausdünstungen vermischt hatte und tagelang zu riechen war, der Geruch von Erbrochenem und eine vage Andeutung, dass hier auch jemand gestorben war.

Die Hitze hatte den anderen Mann halb bewusstlos auf seiner Pritsche liegen lassen, aber Shelton schwitzte nicht; kein einziger Schweißfleck zeichnete sich auf seiner Gefangenenuniform ab.

»Haben Sie das je gelesen?«, fragte Kyle.

Er hielt das Buch hoch, *Eroberung des Glücks* von Bertrand Russell.

»Nein«, sagte Danny.

Kyle schlug das Buch auf, fand, was er gesucht hatte und las laut: »›Das Leben darf nicht als die Analogie zu einem Melodrama begriffen werden, in dem der Held und die Heldin unfassbarstes Unglück durchleben, für das sie mit einem glücklichen Ende entschädigt werden. Ich habe mein Leben, und ich habe meine Zeit, mein Sohn folgt mir, und er hat seine Zeit, sein Sohn wiederum wird ihm folgen. Was von all dem sollte geeignet sein, eine Tragödie daraus zu machen?‹«

Kyle klappte das Buch zu und sagte: »Danke.«

Danny nickte.

»Möchten Sie einen Blick hineinwerfen, wenn ich damit fertig bin?«, fragte Kyle.

»Ja«, sagte Danny.

Um fünf Uhr nachmittags stand Detective Donald Flack, die Hände flach an den Seiten, vor der Isolationszelle, in der Drew auf seiner einsamen Pritsche hockte und die Wand anstarrte. Die Anwesenheit des Detectives würdigte er keines Blickes.

Flacks Rippen schmerzten sehr, er musste sich langsam bewegen und die Arme ruhig halten. Selbst ein tiefer Atemzug reichte ihm, um gepeinigt zusammenzuzucken. Seit dem Moment, in dem sich Drew auf ihn gestürzt hatte, hatte der Schmerz nicht aufgehört. Die Rippen waren geprellt. Einige davon waren ihm schon einmal von einem anderen Mörder gebrochen worden, an einem Tag, der so kalt gewesen war wie dieser heiß.

Keiner der Männer sagte etwas. Es gab nichts mehr zu sagen. Flack war nur gekommen, um Drew zu zeigen, dass er ihn bei seinem Angriff in dem Laden nicht hatte verletzen können. Mit versteinerter Miene musterte der Detective den Mann, der sehr nahe dran gewesen war, ihn umzubringen – und es konnte kaum Zweifel geben, dass Drew ihn getötet hätte, wenn er die Gelegenheit zum Schießen bekommen hätte. Der Mann war ein Attentäter, der, wenn man ihm glauben konnte, siebenunddreißig Menschen ermordet hatte. Flack glaubte dem großen, dickbäuchigen Mann mit der Mönchsglatze und dem ergrauten Haar. Flack brauchte sich nur daran zu erinnern, wie schnell sich dieser Mann in seinem Laden bewegt hatte, als er Rossi und Flack angriffen hatte.

Drew schien Flack gar nicht wahrzunehmen. Vielleicht tat er nur so, aber in Anbetracht seines Gesichtsausdrucks konnte sich Flack des Eindrucks nicht erwehren, dass der Mann dabei war, sich in sich selbst zurückzuziehen. So etwas hatte Flack schon bei anderen gesehen, aber er wusste auch, dass es in dieser Schutzzone nicht immer sicher war. Ein mehrfacher Mörder hatte ihm erzählt, dass er sich auf ähnliche Weise hatte verkriechen wollen, aber von einem Orkan aus gepeinigten Stimmen zurückgetrieben worden war.

Drew lächelte beinahe vor sich hin, und er erinnerte Flack an jemanden: Norman Bates.

Nach fünf Minuten ging Flack langsam weg, darauf bedacht, den Schmerz in seiner Brust nicht zu zeigen.

Drew dachte in Koreanisch, versuchte sich an den Namen des Arbeiterführers zu erinnern, den er in Thailand umgebracht hatte. Er wusste nicht, warum er das Gefühl hatte, sich erinnern zu müssen, aber er wusste, dass Schuldgefühle nicht die Ursache dafür waren. Wenn er wenigstens für einen kurzen Zeitraum Frieden finden würde, würde er sich erinnern können. Und wenn er sich erinnern könnte, wäre er im Stande zu meditieren, aber er konnte es nicht. So etwas war Evan Drew noch nie passiert. Er hatte keine Kontrolle mehr. Wenn er sich nur an den Namen des Mannes erinnerte, dann könnte er auch zu seiner Meditation zurückkehren. Der Mann hatte gelacht und Essstäbchen in der Hand gehalten, als Evan Drew ihn durch das Fenster erschossen hatte.

Plötzlich war der Name da, aber die Erleichterung, die er sich erhofft hatte, trat nicht ein. Nun musste er wissen, welche Nummer der Mann auf der Liste seiner Morde gewesen war.

Um fünf Uhr nachmittags saß Stella Bonasera mit einem Glas Eistee in der Hand bei voll aufgedrehter Klimaanlage in ihrem Wohnzimmer.

Sie betrachtete eines der Gemälde an der Wand. George Melvoy hatte ihre Bilder bewundert. Er war eingebrochen und hatte die Bedeutung dieses Ortes für immer verändert. Dennoch fühlte sie keinen Zorn. Melvoy genas langsam, aber er würde leiden müssen, zumindest bis

Alzheimer seine Erinnerungen an Schmerz und Verlust auslöschen würde.

Sie wollte nicht, dass er litt. Er war ein stolzer alter Mann, der in seinem Leben genug hatte ertragen müssen. Stellas Zorn brauchte er sicher nicht. Und er brauchte auch ihre Vergebung nicht. Sie betrachtete das Bild, von dem sie wusste, dass Melvoy es ein wenig bewegt hatte, als er das Gift in ihrem Badezimmer versteckt hatte.

Dieses Gemälde hatte Stella vor zwei Jahren in Antwerpen gekauft. Es zeigte eine schwarze Straße, die sich zwischen üppigen Feldern voller gelber Blumen hindurchwand, während in der Ferne die Sonne unterging; ein glühendes Objekt bewegte sich auf die Sonne zu, die niemals untergehen sollte. Es war nicht eindeutig zu erkennen, aber dieses glühende Objekt war ein menschliches Wesen.

Daran gab es nichts zu interpretieren. Die Malerin, Mary-Celeste Kouk, hatte ihr das gesagt. Mary-Celeste war ausgezehrt, hatte geweitete Augen und trug eine stark abgenutzte Jeans und ein rotes langärmeliges Hemd mit einem John-Deere-Logo. Stella war überzeugt, dass das Hemd die Einstiche der Nadeln verdeckte, mit der sich die Künstlerin ihre Drogen spritzte. Mary-Celeste hatte ihre Bilder am Ufer eines Kanals in der Nähe einer Brücke aufgestellt.

»In dem Gemälde steckt ein Geheimnis«, hatte die Frau ihr erzählt. »Dieser leuchtende orangefarbene Punkt war ich. Jetzt sind Sie es.«

Stella war auf einem langen Flug zum Sonnenuntergang. Darin und in ihrem Eistee fand sie Trost.

Um fünf Uhr nachmittags waren Aiden und ihre Freundin Karen Dukes, die im ballistischen Labor arbeitete, zum Dinner in einem japanischen Restaurant an der Second Street verabredet.

Das war eine Seltenheit, ein Abend, an dem sie ausgehen, exotische Speisen bestellen und sich einen Film, eine Komödie, ansehen konnten. Keine der Frauen mochte Horrorstreifen oder Superhelden oder Filme über Straßenbanden.

Sie würden langsam essen und über alles Mögliche reden, nur nicht über ihre Arbeit. Dann würden sie sich den Film ansehen. Aiden konnte sich nicht erinnern, welcher der Wilson-Brüder mitspielte oder wer der andere Star war, aber das war nicht wichtig, wenn er nur witzig war oder es wenigstens versuchte.

Aidens Motto lautete mindestens für die nächsten paar Stunden: »Vergiss den Tag.«

»Was ist das?«, fragte Karen, als Aiden nach ihrem Suppenlöffel griff.

Aiden betrachtete ihre Hand. Der Zeigefinger ihrer rechten Hand war rot und geschwollen.

»Splitter«, sagte Aiden.

»Ist er noch drin?«, fragte Karen.

»Ist er«, entgegnete Aiden und fing an, ihre Suppe zu essen.

»Du solltest ihn rausholen lassen.«

»Ich habe ein Antibiotikum eingenommen«, wehrte Aiden ab. »Das sollte eine mögliche Entzündung im Zaum halten. Und falls es das nicht tut, hole ich ihn raus.«

»Willst du etwa, dass er da drin bleibt?«

»Ja«, sagte Aiden.

»Um alles in der Welt, warum?«

»Um mich an etwas zu erinnern«, erklärte sie. »Die Suppe ist gut.«

»Sehr gut«, stimmte Karen zu. »Was ist das in deinem Finger?«

»Ein sehr kleiner Blutholzsplitter.«

Um fünf Uhr nachmittags schlief Jacob Vorhees friedlich in der Jugendhaftanstalt. Er träumte nicht. Er wagte nicht zu träumen. Er war eingeschlafen, ohne an seine Familie zu denken. Stattdessen hatte er an Rufus gedacht. Später, in der Obhut eines Therapeuten oder eines Sozialarbeiters wäre er vielleicht im Stande, über das zu sprechen, was geschehen war und was er getan hatte. Für den Augenblick konnte er jedoch nur an den Hund denken.

Um fünf Uhr nachmittags stand Danny Messer zu Hause unter der Dusche. Er hatte zwei Wochen Zwangsurlaub bei voller Bezahlung mit der Möglichkeit auf Verlängerung bekommen.

In diesen zwei Wochen musste er sich jeden Tag für eine halbe Stunde bei Sheila Hellyer einfinden. Doch damit hatte er keine Probleme.

Das Zittern war verschwunden. Heißes Wasser prasselte besänftigend auf seinen Kopf und strömte über seinen Rücken. Er hörte sich summen und erkannte erstaunt, dass er sich auf die nächsten zwei Wochen freute.

Er hatte sich selbst das Versprechen gegeben, eines Tages *Krieg und Frieden* zu lesen. Jetzt wäre ein sehr guter Zeitpunkt dafür, aber andererseits gingen morgen Abend die Heimspiele der Mets los, und den Anfang machte ein Spiel gegen die Cardinals.

Um fünf Uhr nachmittags lag Joshua in seinem Krankenhausbett und versuchte erfolglos, zu begreifen, was ihm widerfahren war. Man hatte ihm Morphium gegen die Schmerzen gegeben, und plötzlich wurde ihm eine Offenbarung zuteil. Sein Weg war nicht die Religion. Er hatte ihr keinen guten Dienst erwiesen, und sie hatte ihm keinen guten Dienst erwiesen. Das war nicht seine Berufung gewesen. Er brauchte eine Aufgabe, eine weltliche Aufgabe, eine neue Gruppe hingebungsvoller junger Menschen um sich herum. Wäre der Kommunismus wenigstens ein kleines bisschen lebensfähig gewesen, Joshua wäre noch in dieser Sekunde Kommunist geworden.

Tierschutz. Das war es. Er lächelte und stellte sich all die Misshandlungen vor, die Kühen, Enten, Pferden, Hühnern, Puten, Seehunden, Walen, Schweinen und sogar Fischen angetan wurden. Ich bin Vegetarier, dachte er. Von diesem Moment an bin ich Vegetarier. Und Joshua schloss die Augen.

Um fünf Uhr nachmittags teilten sich Jane Parsons und Mac Taylor in einem Rattenloch mit ganzen drei Tischen eine Pizza. Sein Hauptgeschäft machte der Laden mit Pizzastücken zum Mitnehmen.

Sie hatten sich auf eine doppelte Portion Käse, Zwiebeln und Sardellen geeinigt.

An der Decke kreiste ein Ventilator, der gefährlich wackelte und so gut wie keine Erleichterung verschaffte, sondern bloß die Hitze mit der heißen Luft des Geschäfts vermengte.

Ihr Plan sah vor, Pizza und Diätcola zu verzehren und danach zurück an die Arbeit zu gehen. Jane hatte einen mindestens fünf Zentimeter hohen Stapel DNS-Untersuchungsanforderungen zu bearbeiten. Mac wollte an Interpol per E-Mail einen Bericht über Evan Drews Waffe schicken und bitten, eine Anfrage an alle 184 Mitgliedsstaaten auf der Welt zu versenden. Er wollte nachhaken, ob es irgendwo ungelöste, mindestens acht Jahre alte Mordfälle gab, bei denen die Opfer aus kurzer Distanz mit zwei Kugeln in den Hinterkopf getötet worden waren.

Jemand hinter dem Tresen brüllte einer anderen Person zu, sie möge eine große Wurst-und-Zwiebel-Pizza zum Mitnehmen machen. Jane und Mac aßen schweigend. Dann, als die Pizza gegessen war, legte Jane die Hände zusammen, führte sie an ihre Lippen und sagte: »Erzählen Sie mir von Ihrer Frau.«

Über Claire zu sprechen, fiel ihm nicht leicht. Normalerweise tat er es einfach nicht, aber in diesem lauten, heißen Pizzaladen fing er an zu reden. Er war überrascht, dass es gar nicht wehtat. Er war überrascht über Janes Aufmerksamkeit. Er erzählte ihr Dinge, die er seit dem 11. September noch nie jemandem erzählt hatte, sich selbst eingeschlossen.

Draußen fing es an zu regnen, und es wurde, wenigstens für ein paar Minuten, angenehm kühl in New York.

Helfen Sie dem CSI-Team bei der
Auflösung ihrer schwierigsten Fälle.
CSI:
CRIME SCENE INVESTIGATION
MORD IN 3 DIMENSIONEN
NOKIA
ARBEITEN SIE ZUSAMMEN MIT DEM CSI-TEAM.
BENUTZEN SIE NEUESTE FORENSISCHE TECHNOLOGIEN.
as Videospiel für PC!
KOMPLETT NEUE 3D-GRAFIK.
NEUE FÄLLE MIT SCHOCKIERENDEN WENDUNGEN
CSI:
CRIME SCENE INVESTIGATION
MORD IN 3 DIMENSIONEN
UBISOFT
CSI3game.com
PC DVD ROM
CBS Consumer Products
CBS PRODUCTIONS
JERRY BRUCKHEIMER TELEVISION
ALLIANCE ATLANTIS
UBISOFT